W0294149

Vengeance haute couture

ROSALIE HAM

Vengeance haute couture

roman

Traduction de l'anglais (Australie) par
MARIANNE VERON

MOSAÏC

Titre original :
THE DRESSMAKER

© 2000, Rosalie Ham.

© 2003, Le Fil Invisible, première édition.
© 2016, Harlequin SA

Ce livre est publié avec l'autorisation de HARLEQUIN BOOKS S.A.

Tous droits réservés, y compris le droit de reproduction de tout ou partie de l'ouvrage, sous quelque forme que ce soit.
Cette œuvre est une œuvre de fiction. Les noms propres, les personnages, les lieux, les intrigues, sont soit le fruit de l'imagination de l'auteur, soit utilisés dans le cadre d'une œuvre de fiction. Toute ressemblance avec des personnes réelles, vivantes ou décédées, des entreprises, des événements ou des lieux, serait une pure coïncidence.

MOSAÏC® est une marque déposée

Le visuel de couverture est reproduit avec l'autorisation de :

Images courtesy of 'The Dressmaker' directed by Jocelyn Moorhouse and produced by Sue Maslin.© 2015 Film Art Media (The Dressmaker) Holdings Pty Ltd, White Hot Productions, Film Victoria and Screen Australia.
www.dressmakermovie.com

Réalisation graphique couverture : AUDE DANGUY DES DESERTS

MOSAÏC, une maison d'édition de la société HARLEQUIN
83-85, boulevard Vincent Auriol, 75646 PARIS CEDEX 13
Tél. : 01 42 16 63 63

www.editions-mosaic.fr

ISBN 978-2-2803-5979-5 — ISSN 2261-4540

« La conscience d'être bien habillé donne un sentiment de tranquillité intérieure que la religion est impuissante à procurer. »

Miss C. F. Forbes,
citée par Ralph Waldo Emerson

Des voyageurs parcourant les plaines jaunes de blé jusqu'à Dungatar remarqueraient d'abord une tache sombre miroitant en bordure de cette plate immensité. Plus loin sur la route, cette tache prendrait la forme d'une colline. Au sommet de la colline, une pitoyable baraque en planches marron, agressivement penchée sur le coteau envahi de mauvaises herbes : on aurait dit qu'elle allait dévaler la pente, mais elle était arrimée à une solide cheminée par les puissants tentacules d'une glycine. Lorsque les passagers approchant de Dungatar par le train sentaient le wagon ralentir et pencher dans le virage pour en contourner la base vers le sud, ils jetaient un coup d'œil par la fenêtre et voyaient la triste baraque délabrée. Des plaines alentour, la nuit, on pouvait voir la maison éclairée — phare chancelant au milieu d'un vaste océan noir, clin d'œil de la maison de Mad Molly, Molly la Folle. Quand le soleil se couchait, la colline projetait sur la ville une ombre qui s'étendait jusqu'au silo.

Par une soirée d'hiver, Myrtle Dunnage guettait la lumière de la maison de sa mère à travers le pare-brise d'un autocar Greyhound. Elle avait récemment écrit à sa mère, mais ne recevant pas de réponse, elle avait rassemblé tout son courage pour téléphoner. Une voix cassante avait répondu :

— Molly Dunnage n'a plus le téléphone depuis des années, elle ne saurait même pas ce que c'est.

— J'ai écrit, dit Tilly, et elle n'a pas répondu. Elle n'a peut-être pas reçu ma lettre.

— La vieille Mad Molly ne saurait pas non plus quoi faire d'une lettre.

Tilly décida alors de retourner à Dungatar.

I

CRETONNE

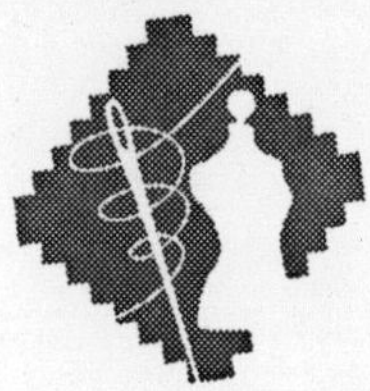

Etoffe de coton de qualité variable, selon le type de fil, la résistance de la couleur et le poids. Peut être tissée suivant différents motifs. Etoffe durable si elle est traitée de manière adéquate. Usages divers, depuis les sacs à grain et les rideaux jusqu'aux robes et costumes d'intérieur.

Etoffes pour travaux d'aiguille

1

Le sergent Farrat ajusta sa casquette d'uniforme, ôta un fil sur son revers et salua son image impeccable. Il gagna d'un pas décidé sa voiture de service rutilante pour commencer sa ronde du soir, sachant que tout était en ordre. Les gens du cru étaient calmes et les hommes dormaient, car il y avait de bonnes chances de victoire, le lendemain, sur le terrain de football[1].

Il arrêta sa voiture dans la grand-rue pour avoir une vue d'ensemble des immeubles aux toits argent fumé. Le brouillard les cernait à pas de loup, s'épaississant autour des montants de grilles et des murs, flottant entre les arbres comme des toiles arachnéennes. Des conversations assourdies lui parvenaient de l'Hôtel de la Gare. Il examina les véhicules garés devant le pub : les Morris Minor et les Austin habituelles, une camionnette, la Wolseley du conseiller Pettyman, et la Triumph Gloria des Beaumont, fourbue mais toujours imposante.

Un car Greyhound approcha en grondant et s'arrêta devant la poste dans des crissements de freins, illuminant de ses phares le visage pâle du sergent Farrat.

— Des passagers ? appela-t-il.

La porte du car s'ouvrit, laissant le faisceau de l'éclairage intérieur jaillir au-dehors. Une jeune femme mince descendit d'un pas léger dans le brouillard. Ses cheveux

1. Il s'agit de football australien qui se joue à dix-huit, avec un ballon ovale. (NdT)

lui tombaient en cascade sur les épaules ; elle portait un béret, avec un manteau d'une coupe singulière. *Très élégante,* pensa le sergent.

Le conducteur sortit une valise de la soute et la porta jusqu'à l'entrée de la poste, où il la déposa dans un coin sombre. Il retourna en chercher une autre, puis une autre et sortit encore autre chose — une chose coiffée d'un dôme, avec « Singer » écrit sur le côté en lettres d'or.

La passagère la lui prit des mains et resta un moment les yeux tournés vers la rivière, avant de parcourir du regard la rue principale.

— Oh ! nom d'une pipe ! s'exclama le sergent Farrat, et il s'élança hors de sa voiture.

En entendant claquer la portière, elle tourna les talons en direction de l'ouest, vers la Colline. Derrière elle, le bus redémarra bruyamment et ses feux arrière s'estompèrent.

— Myrtle Dunnage, ça alors !

Myrtle pressa le pas. Le sergent Farrat aussi. Il examina ses bottes fines — *italiennes ?* se demanda-t-il — et son pantalon, visiblement pas taillé dans une simple serge.

— Myrtle, laissez-moi vous aider.

Comme elle poursuivait son chemin, le sergent, d'un geste vif, lui prit des mains le coffret coiffé du dôme et lui fit faire volte-face. Ils se dévisagèrent un moment, à travers les volutes d'air blafard. Myrtle était devenue une femme, tandis que le sergent Farrat avait bien vieilli. Gêné, il porta une main pâle à sa bouche, puis haussa les épaules et repartit vers sa voiture avec le bagage. Lorsqu'il eut jeté la dernière valise de Myrtle sur la banquette arrière, il lui ouvrit la portière avant et attendit. Elle prit place, et il fit demi-tour pour aller vers l'ouest.

— Nous allons prendre la route la plus longue, annonça-t-il.

Tilly sentit durcir la boule dans son estomac.

Ils semblaient glisser dans le brouillard et, comme ils contournaient le terrain de football, le sergent Farrat dit :

— Nous sommes en troisième série, cette année.

Tilly ne disait rien.

— Vous arrivez de Melbourne, c'est ça ?

— Oui, répondit-elle platement.

— Vous rentrez pour longtemps ?

— Pas sûr.

Ils parcoururent la rue principale. En passant devant le gymnase de l'école, elle crut entendre les bruyantes parties de ballon du vendredi après-midi et les cris sur fond d'éclaboussures des baignades dans la rivière. Quand le sergent Farrat bifurqua à l'angle de la bibliothèque pour prendre la route de la Colline, il lui sembla humer le linoléum ciré de la bibliothèque et voir luire un peu de sang frais sur l'herbe sèche de la pelouse. Le souvenir lui revint d'avoir été conduite au car par le même homme, tant d'années auparavant, et la boule dans son estomac se contracta.

Enfin la voiture de police parvint au sommet de la Colline et s'arrêta. Myrtle resta un moment à contempler son ancienne maison, cependant que le sergent la détaillait. La petite Myrtle Dunnage avait une peau d'albâtre, avec les yeux et les cheveux de sa mère. Elle paraissait forte mais meurtrie.

— Quelqu'un est-il au courant de votre retour, Myrtle ? demanda le sergent.

— Je m'appelle Tilly, dit-elle. Ça se saura bien assez tôt.

Elle se retourna vers le visage attentif du sergent Farrat dans le clair de lune embrumé.

— Comment va ma mère ? demanda-t-elle.

Il ouvrit sa portière.

— Votre mère… ne sort plus, ces derniers temps.

Il descendit de voiture. Le brouillard qui flottait aux alentours de la galerie s'agitait comme les volants d'une jupe autour du sergent qui transportait les valises de Tilly. Il souleva le dôme pesant.

— Vous avez une bien jolie machine à coudre, *Tilly*.

— Je suis couturière, sergent Farrat, répondit-elle en ouvrant la porte de service.

Il applaudit.

— Formidable !

— Merci de m'avoir conduite, dit-elle, et elle lui referma la porte au nez.

En s'éloignant au volant du véhicule de police, le sergent Farrat tenta de se rappeler la dernière fois qu'il avait vu Mad Molly. Ça devait remonter à plus d'un an, mais il savait que Mae McSwiney gardait un œil sur elle. Il sourit. *Couturière !*

La maison de Molly, froide et humide, empestait la pisse d'opossum. Tilly chercha à tâtons l'interrupteur sur le mur poussiéreux et alluma, puis traversa la cuisine jusqu'au salon, qu'elle parcourut jusqu'à la cheminée. Elle approcha la main de la cendre. C'était froid comme la pierre. Elle se dirigea vers la chambre de sa mère, tourna la poignée et poussa la porte. Une lampe sans éclat était allumée dans l'angle près du lit.

— Maman ?

Un corps remua sous un amas de couvertures. Une tête de squelette coiffée d'un couvre-théière se tourna sur un oreiller crasseux en kapok. La bouche béait comme un trou à charbon, et des yeux renfoncés la fixaient.

Molly Dunnage, la vieille folle, dit à sa fille :

— Tu es venue pour le chien, hein ? Tu ne l'auras pas. Nous voulons le garder.

Elle adressa un geste à une foule invisible autour de son lit.

— Pas vrai ?

— Voilà ce qu'ils t'ont fait, dit Tilly.

Une moufle, raidie et souillée, apparut de sous les couvertures. Molly regarda son poignet amaigri et dit :

— 4 h 30.

*
* *

Tilly déballa la bouteille de brandy qu'elle avait achetée pour sa mère et s'assit sur la galerie, à l'arrière de la maison, les yeux fixés sur les mornes formes de Dungatar endormie. Elle s'interrogeait sur ce qu'elle avait laissé derrière elle, et ce vers quoi elle était revenue.

A l'aube, elle poussa un soupir en levant son verre à l'intention de la bourgade grise, et rentra. Elle chassa les familles de souris douillettement installées dans le placard à linge et les araignées de leurs maisons de dentelle sous les abat-jour. Elle balaya de la poussière, de la terre, des brindilles, enleva même une hirondelle morte de la baignoire, et ouvrit les robinets pour la nettoyer. L'eau fut d'abord froide et marron. Quand elle coula enfin limpide et chaude, Tilly remplit la baignoire, puis ajouta des fleurs de lavande du jardin. Elle tira sa mère de son lit crasseux et l'entraîna, chancelante, jusqu'à la baignoire. Mad Molly commença par maudire, égratigner et frapper Tilly avec ses grandes pattes maigres de faucheux, mais elle se fatigua vite et se laissa finalement glisser dans l'eau.

— De toute façon, croassa-t-elle, tout le monde sait que la gelée rouge reste ferme plus longtemps.

Et elle gloussa en exhibant pour Tilly des gencives verdâtres et des yeux fous.

— Donne-moi tes dents, dit Tilly.

Molly serra les lèvres. Tilly coinça les avant-bras de Molly sur sa poitrine, puis lui pinça les narines jusqu'à ce qu'elle ouvre la bouche pour respirer. Tilly enleva alors les dents à l'aide d'une cuillère, et les laissa tomber dans un seau d'ammoniaque. Molly hurla, se débattit jusqu'à épuisement complet et, lorsqu'elle fut bien lavée, Tilly la laissa encore tremper dans l'eau pendant qu'elle allait défaire les lits. Quand le soleil fut bien haut, elle tira les matelas sur l'herbe pour bien les faire sécher.

Plus tard, elle borda le corps efflanqué de Molly dans son

lit et lui fit boire à la cuillère du thé noir bien sucré, sans jamais cesser de lui parler. Les réponses de Molly étaient sans queue ni tête, mais étaient néanmoins des réponses. Puis elle s'endormit. Tilly nettoya le fourneau, ramassa du petit bois dans le jardin et alluma un feu. La fumée s'envolait par la cheminée, et un opossum courut bruyamment en travers des poutres. Elle ouvrit en grand portes et fenêtres, puis entreprit de jeter des choses dehors — une antique machine à coudre et un mannequin de couturière tout mité, une machine à laver vétuste équipée de rouleaux d'essorage, des vieux journaux et des boîtes, des rideaux sales et des bouts de lino tout raides, un canapé miteux et les fauteuils assortis dans le même état, des tables cassées, des boîtes de conserve et des bouteilles vides. La petite maison en planches fut bientôt entourée d'un tas d'ordures.

Quand Molly se réveilla, Tilly l'accompagna jusqu'aux cabinets extérieurs, la fit asseoir sur le siège avec sa culotte aux chevilles et sa chemise de nuit rentrée dans son chandail. Elle lui attacha les mains à la porte avec la cordelière de sa robe de chambre pour qu'elle ne s'en aille pas. Molly brailla à pleins poumons jusqu'à s'en déchirer la gorge. Plus tard, Tilly réchauffa une boîte de soupe à la tomate, fit asseoir sa mère au soleil — vidée, lavée et emmitouflée dans des chandails, des gants, un bonnet, des chaussettes, des pantoufles et des couvertures — et la nourrit. Tout ce temps-là, Mad Molly babillait. Tilly lui essuya la bouche, toute rougie de tomate.

— Ça t'a plu ?

— Oui, merci, nous apprécions toujours, répondit sa mère solennellement.

Et elle sourit aimablement à tous les autres participants au banquet, avant de se mettre à vomir sur cette étrange femme qui lui donnait du poison.

Tilly s'attarda ce soir-là encore sur la galerie, sous la brise qui pressait son pantalon contre ses jambes minces. En contrebas, des tourbillons de fumée s'échappaient de sous une lessiveuse dans la cour des McSwiney, au pied de la Colline, près de la décharge. Les gens de passage pensaient que les wagons de chemin de fer tordus et les caravanes cabossées en faisaient partie, mais c'était là que vivait la famille McSwiney. Edward McSwiney était le tâcheron de nuit de Dungatar. Il pouvait vous curer toutes les fosses d'aisances de toutes les chiottes pleines de Dungatar — même par les nuits les plus noires et les plus venteuses — sans en renverser une seule goutte. Dans la journée, il effectuait aussi des livraisons, allant et venant sur sa charrette avec son fils Barney, celui du milieu, et tout un tas de gosses suspendus à l'arrière.

La petite Myrtle avait regardé jouer les petits McSwiney : le fils aîné, quelques années de moins qu'elle, puis trois filles et Barney, qui était « mal fini ». Il était tout de travers, avec la tête qui pendait et un pied bot.

Le bourg gisait à présent dans la lumière aveuglante du soleil du matin. La gare ferroviaire et le gros silo gris bordaient la voie ferrée, dont l'arc serrait les maisons contre la courbe de la rivière, comme des taches de rousseur sur un nez. La rivière avait toujours été basse, étranglée par les saules et par les roseaux, avec un débit lent et un bruissement de moustiques à la surface de l'eau. Les pionniers fondateurs de Dungatar avaient aménagé une plaine d'inondation le long de sa courbe intérieure, et c'était à présent une sorte de parc avec une salle communautaire au milieu, la maison basse et humide de M. et Mme Almanac à l'extrémité est, en face de leur pharmacie, et, sur la bordure ouest, l'école où Prudence Dimm avait enseigné aux enfants de Dungatar depuis aussi longtemps qu'on pouvait se rappeler. La grand-route suivait la courbe du parc, et servait à le séparer de la zone commerciale. Le poste de police était situé plus à l'est sur la route, entre le cimetière et la limite de la ville. Ce n'était pas une route passante, et peu de magasins la bordaient — la pharmacie, l'Hôtel de la Gare, et puis A. & M. Pratt, alimentation bazar — un magasin où l'on trouvait tout ce dont on pouvait avoir besoin. La poste, la banque et le centre téléphonique étaient logés ensemble dans le bâtiment suivant, et le dernier, le plus à l'ouest, accueillait le centre administratif et la bibliothèque. Quant aux maisons de Dungatar, éparpillées derrière la zone commerçante, elles en étaient séparées par une étroite route empierrée qui menait au terrain de football.

L'œil vert du terrain ovale fixait Tilly, les voitures parquées en épi tout autour comme des cils. A l'intérieur, sa mère s'agita et appela. L'opossum se remit à cavaler à travers le plafond.

Tilly s'approcha du mannequin de couturière couché sur l'herbe. Elle le redressa, l'arrosa au jet, puis le laissa sécher au soleil.

2

Les samedis matin, la grand-rue de Dungatar résonnait du passage des camions de ferme et des solides voitures anglaises qui transportaient d'élégantes familles campagnardes. Les enfants en bas âge étaient confiés à leurs grands frères ou sœurs et envoyés au parc, pour que les mères puissent faire leurs courses et leurs commérages. Les hommes rassemblés par petits groupes parlaient du temps et regardaient le ciel, tandis que les femmes assises derrière des tables à tréteaux, la peau fine et les os épais dans leurs robes d'été à fleurs, coiffées de chapeaux de feutre, vendaient des tickets de tombola.

Le sergent Farrat longea une Triumph Gloria poussiéreuse avec un jeune homme affalé derrière le volant, et traversa la route vers chez Pratt. Il rencontra Mona Beaumont dans l'allée d'accès piétonnier.

— Bonjour, Mona, lança-t-il. Je vois que votre frère est bien rentré au bercail.

— Ma-aman dit qu'on peut do-onner ses huit jours à l'affreux employé. Ce M. Ma-acSwiney…

Mona avait une façon d'étirer les mots qui forçait littéralement le sergent Farrat à employer ses voyelles les plus mélodieuses quand il lui parlait.

— Pas trop vite, Mona, William ne tardera sans doute pas à se faire happer par l'une de nos demoiselles les plus séduisantes. Vous risquez de vous apercevoir qu'il est occupé ailleurs, ajouta-t-il avec un sourire taquin.

Mona se tordit un peu et se mit à gratter des peluches sur la manche de son cardigan.

— Ma-aman dit que les filles par ici sont o-ordinaires.

Le sergent Farrat regarda le béret en tweed de Mona, flanqué sur sa tête comme un chat crevé, et nota son maintien lourd et disgracieux.

— Bien au contraire, Mona, l'histoire nous a donné à chacun l'indépendance, nous vivons une époque de progrès — notre intérêt est d'y souscrire, notamment pour le beau sexe…

Le mot « sexe » fit glousser Mona.

— … prenez par exemple ces dames Pratt : elles s'y connaissent en vis et en boulons, en poudres mortelles pour les parasites des mérinos, en aliments pour le bétail ou en traitements pour la gale du poulet, en mercerie, en conserves de fruits et en lingerie pour dames. Hautement employables.

— Mais ma-aman dit que c'est o-ordinaire…

— Oui, je me rends bien compte que votre mère s'estime très raffinée.

Il sourit, porta la main à sa casquette, et entra dans le magasin. Mona tira de sa manche un mouchoir tout fripé, le porta devant sa bouche ouverte et regarda autour d'elle, perplexe.

Alvin Pratt, sa femme, Muriel, leur fille, Gertrude, et Reginald Blood, le boucher, s'affairaient avec bonne humeur derrière leurs comptoirs. Gertrude était chargée de l'épicerie et de la mercerie. Elle ficelait chaque paquet en faisant claquer le nœud avec son doigt nu : un talent révélateur, de l'avis du sergent. Mme Pratt était l'expert en lingerie et en quincaillerie, mais les gens chuchotaient qu'elle était plus douée pour la quincaillerie. Les petites fournitures et la boucherie se trouvaient dans le fond du magasin, où Reginald découpait et sciait des carcasses, enfonçait de la viande hachée dans de l'intestin de mouton, puis alignait soigneusement ses saucisses en regard des côtelettes dégraissées disposées en cercle. Alvin Pratt avait des manières courtoises, mais c'était un homme dur. Il ramassait trois fois par jour les tickets d'achat à crédit, pour aller les classer par ordre alphabétique dans son bureau vitré. Les clients lui tournaient généralement le dos pendant que Gertrude calculait le prix de leur pesée de flocons d'avoine ou allait chercher des Aspro, parce qu'il allait tirer des dossiers de ses grands tiroirs en bois et feuilleter lentement les pages rayées de bleu pendant qu'ils attendaient.

Le sergent Farrat s'approcha de Gertrude, costaude et sage en robe bleu marine à fleurs, raide comme un piquet derrière son comptoir d'épicerie. Sa mère, terne et inexpressive, prenait appui sur le comptoir à côté d'elle.

— Alors, comment allez-vous ? Gertrude ? Muriel ?

— Très bien, merci, sergent.

— Vous venez voir nos footballeurs gagner la finale cet après-midi, j'espère.

— Il y a beaucoup de travail à finir ici avant qu'on puisse se détendre, sergent Farrat, dit Gertrude.

Le sergent capta un moment son regard.

— Ah ! Gertrude, dit-il. La charge d'une bonne mule est toujours lourde.

Il se tourna vers Muriel en souriant.

— Si ce n'est pas trop vous demander, je voudrais de la cretonne à carreaux bleus et du biais assorti. Je vais me faire des rideaux de salle de bains.

Elles étaient habituées aux façons de célibataire du sergent ; il achetait régulièrement du tissu pour faire des nappes et des rideaux. Muriel disait qu'il devait avoir le linge de maison le plus chic de toute la ville.

Au comptoir de mercerie, le sergent Farrat contempla rêveusement l'étal de boutons pendant que Muriel mesurait et découpait cinq mètres de cretonne. Il lui prit l'étoffe des mains pour la plier, la lissant contre son uniforme et humant l'odeur d'empois neuf tandis que Muriel étendait du papier d'emballage sur le comptoir.

Gertrude baissa les yeux sur son exemplaire de *L'Illustré des dames*, sous le comptoir. « Faites vous-même votre jupe de cow-girl », criait la couverture, et une jolie fille tourbillonnait, faisant joyeusement virevolter une jupe en cretonne blanc et bleu taillée dans le biais et nouée par des rubans assortis. Elle eut un petit sourire secrètement espiègle en regardant la silhouette trapue du sergent Farrat, avec son paquet brun sous le bras, franchir la porte et traverser la rue en direction de la Triumph. La voiture des Beaumont était garée le long du parc. Il y avait quelqu'un assis au volant. Comme elle esquissait un pas vers la porte, Alvin Pratt appela du fond du magasin :

— Geertruude, une cliente pour de l'avoine !

Elle partit donc entre les rayonnages et sous les ventilateurs vers le fond, où Miss Mona et Mme Elsbeth Beaumont de Windswept Crest se découpaient à contre-jour sur l'aveuglant éclat du gravier de l'allée de derrière. Mme Beaumont « se donnait des airs ». C'était une fille de fermier qui avait épousé le fils d'un éleveur prospère, même s'il n'était pas aussi fortuné qu'elle l'avait imaginé lors de leurs fiançailles. Elle était petite, mince, acérée comme une lame de rasoir, avec un long nez et une expression impérieuse. Elle portait comme toujours une robe de lin bleu marine et son renard. Son annulaire taché par le soleil s'ornait d'un minuscule diamant et d'une mince alliance en or. Sa fille se tenait sans mot dire à côté d'elle, tortillant son mouchoir.

Négligée, avec son tablier sale, Muriel parlait à Elsbeth.

— Notre Gertrude est une belle fille travailleuse. Quand dites-vous que votre William est rentré ?

— Ah ! dit Gertrude avec un sourire. William est donc rentré ?

Ce fut Mona qui répondit :

— Oui, et il…

— J'attends, coupa Mme Beaumont.

— Mme Beaumont a besoin d'avoine, ma choute, dit Muriel.

— Est-ce que vous voulez du grain mélangé à votre avoine, madame Beaumont ? demanda Gertrude en l'imaginant avec le sac d'avoine pendu au bout du nez.

Elsbeth inspira profondément, faisant frémir sur ses épaules le renard mort.

— Le cheval de William, dit-elle, préfère l'avoine seule.

— Je parie que vous ne devez pas être l'unique mère ravie de voir revenir votre fils, reprit Muriel, avec une petite mimique.

Elsbeth lança un coup d'œil oblique vers la fille penchée au-dessus d'un cuveau, qui mettait de l'avoine dans un sac en jute, et déclara d'une voix forte :

— William a beaucoup de travail devant lui sur le domaine. Ça va l'occuper entièrement de tout rattraper. Ensuite, il pourra s'atteler sérieusement à la tâche d'organiser notre avenir. Mais le domaine ne sera pas le seul centre de sa vie. Il a voyagé, il a fréquenté la société, c'est un vrai gentleman, maintenant. Il va falloir qu'il regarde beaucoup plus loin qu'ici pour trouver une… *compagnie* qui lui convienne.

Muriel hocha la tête en signe d'agrément. Gertrude se tenait à côté des deux femmes, l'avoine contre ses genoux. Elle se pencha tout près d'Elsbeth et épousseta quelque chose sur son épaule. Des poils de renard voltigèrent.

— J'ai cru qu'il y avait quelque chose pris dans votre pauvre vieille fourrure, madame Beaumont.

— Sûrement de l'avoine, répliqua Elsbeth avec une moue dédaigneuse.

— Non, fit Gertrude en souriant innocemment. Je vois ce que c'est. On dirait que vous avez besoin d'une boîte de naphtaline. Voulez-vous que j'aille en chercher ?

Elle tendit la main, pinça un peu de fourrure mitée et la fit voleter devant elles. Les regards aigus des femmes qui entouraient Elsbeth Beaumont se fixèrent sur les plaques du maigre renard pelé. Mme Beaumont ouvrit la bouche pour parler, mais Muriel annonça d'une voix terne :

— Je mets l'avoine sur votre compte, comme d'habitude.

William Beaumont junior était revenu à Dungatar la veille au soir, quelques heures à peine avant Tilly Dunnage. Il avait étudié au collège agricole d'Armidale, une petite ville de l'intérieur. Lorsqu'il était descendu du train, sa mère s'était jetée sur lui, lui avait écrasé les joues entre ses mains et dit : « Mon fils, te voilà revenu t'occuper de ton avenir — et de ta mère ! »

Il l'attendait à présent dans la voiture, ainsi que sa sœur, en feuilletant *La Gazette argus jumelée de Winyerp & Dungatar* toute froissée qu'il avait sur les genoux. Il fixait au bout de la grand-rue la maisonnette perchée sur la Colline et regardait la fumée s'échapper de la cheminée. Cette cabane avait été construite, bien longtemps auparavant, par un homme qui voulait guetter les voleurs de bétail. Il était tombé raide mort peu après, et le Conseil municipal avait acquis la baraque avec le terrain environnant, puis avait creusé la décharge juste en bas. Quand ils avaient vendu la Colline avec la maison, c'était à bas prix. William imagina un moment que ce devait être bien agréable de vivre là, au sommet de la colline, isolé mais voyant tout. Il soupira et se tourna vers les plaines immenses de l'est, vers le cimetière et les terres agricoles, au-delà du poste de police en bordure de la ville, au-delà des façades des magasins en briques décrépites et en planches disjointes dont la peinture s'écaillait.

— Mon avenir, grommela William avec détermination. Je vais me construire une vie qui mérite que je reste vivre ici.

Puis le doute l'envahit, et il contempla ses genoux, le menton tremblant.

La portière s'ouvrit et William sursauta. Mona s'installa soigneusement à l'arrière.

— Maman veut que tu t'approches, dit-elle.

Il alla se garer devant la porte arrière de Pratt et, pendant qu'il chargeait l'avoine dans le coffre, une grande et solide fille plantée dans l'encadrement de la porte lui sourit : une fille au sourire plein d'expectative, debout à côté de sa mère totalement fade, sur fond de cannes à pêche, de tondeuses à gazon, de cordes, de pneus de voiture ou de tracteur, de tuyaux d'arrosage et de harnais pour chevaux, de seaux émaillés et de râteaux, le tout dans un nuage de poussière de grain.

Tandis qu'ils s'éloignaient, Mona se moucha et dit :

— Chaque fois qu'on vient en ville, j'attrape le rhume des foins.

— Ça ne me réussit pas tellement non plus, dit Elsbeth, en regardant par la vitre les gens du bourg.

Vendeuses des étals de rue, chalands et commerçants étaient rassemblés par petits groupes sur le trottoir à contempler la Colline.

— Qui habite chez Mad Molly, maintenant ? demanda William.

— Mad Molly, répondit Elsbeth. A moins qu'elle ne soit morte.

— Il y a quelqu'un de vivant — ils ont allumé un feu, dit-il.

Elsbeth se retourna vivement pour bien regarder à travers la vitre arrière.

— Stop ! cria-t-elle.

Le sergent Farrat s'arrêta un moment à la porte du centre administratif du comté pour lever les yeux vers la Colline, puis se retourna pour observer la rue. Nancy Pickett s'appuyait sur son balai usagé devant la pharmacie, tandis que Fred et Purl Bundle quittaient le pub pour rejoindre les sœurs Ruth et Prudence Dimm devant la poste. Dans son bureau situé à l'étage, le conseiller Evan Pettyman prit sa tasse de café et fit pivoter son fauteuil en cuir de conseiller général pour jeter un coup d'œil par la fenêtre. Il sursauta, renversa son café, et jura.

Dans les rues secondaires, Beula Harridene courait entre les ménagères postées sur leurs carrés d'herbe, en blouses d'intérieur et rouleaux sur la tête.

— Elle est revenue, sifflait-elle. Myrtle Dunnage est revenue.

A la décharge, Mae McSwiney observait son fils Teddy dans la cour, qui détaillait la fille mince, cheveux au vent, en pantalon sur le perron. Mae croisa les bras et fronça les sourcils.

Cet après-midi-là, le sergent Farrat se concentrait, debout devant sa table, cependant que sa langue cherchait à atteindre le bout de son nez. Il passa un pouce attentif sur les pointes de ses ciseaux à cranter, puis attaqua l'étoffe. Enfant, le petit Horatio Farrat avait vécu à Melbourne avec sa mère, au-dessus d'une boutique de couturier. Devenu grand, il était entré dans la police. Et, juste après la cérémonie du diplôme, Horatio avait soumis à ses supérieurs des dessins et des modèles : il avait conçu de nouveaux uniformes de police.

L'agent Farrat fut immédiatement affecté à Dungatar, où il découvrit extrêmes climatiques, silence et sérénité. Les gens du pays furent heureux d'apprendre que leur nouveau policier était aussi juge de paix et que, contrairement à leur ancien sergent, il ne cherchait pas à entrer au club de football ni à leur extorquer des bières gratuites. Le sergent était capable de dessiner et de confectionner lui-même ses vêtements et ses chapeaux pour suivre les variations du temps. Ses tenues ne flattaient pas nécessairement son physique, mais elles étaient uniques. Il pouvait en apprécier pleinement l'effet lors de son congé annuel mais, à Dungatar, il ne les arborait que chez lui. Le sergent aimait prendre ses vacances au printemps, et il passait ces deux semaines à Melbourne, à faire du shopping, à voir les présentations de mode de Myer et de David Jones, et à aller au théâtre ; mais il était toujours heureux de rentrer chez lui. Son jardin souffrait de son absence, et puis il aimait sa ville, sa maison, son bureau. Il s'installa devant sa Singer, en chaussettes pour manier la pédale, et guida les plis de l'étoffe sous l'aiguille en mouvement.

Des coups de klaxon et des acclamations s'élevaient du terrain de foot, où les jeunes buvaient de la bière debout dans les tribunes. Des hommes en chapeaux et manteaux noirs étaient groupés près des vestiaires en planches, et aujourd'hui leurs épouses avaient abandonné leur tricot pour observer le moindre mouvement des équipes. Dans le baraquement désert de la buvette, les tartes carbonisaient dans le four chaud et les gosses accroupis derrière le chariot à saucisses chipaient des bouts de glaçage sur les gâteaux fourrés. La foule se mit à hurler et les klaxons retentirent de plus belle. Dungatar gagnait.

A l'Hôtel de la Gare, Fred Bundle percevait aussi les bruits qui flottaient dans la grisaille de l'après-midi et il alla chercher d'autres tabourets dans le jardin de son bistrot. Naguère, le corps de Fred avait été imbibé d'alcool et sa peau avait eu la consistance d'un torchon de bar détrempé. Et puis, un jour qu'il servait derrière son comptoir, il avait ouvert la trappe dans l'intention de percer un nouveau tonneau. En tendant le bras pour prendre la torche électrique, il avait reculé et disparu : il était tombé dans la cave — une chute d'au moins trois mètres, sur la brique. Il avait percé le tonneau, terminé son service et fermé comme d'habitude. Mais, comme il ne descendait pas manger ses œufs au bacon le lendemain matin, Purl était montée. Elle avait tiré les couvertures et vu les jambes de son soûlard violacées et enflées comme des troncs d'eucalyptus. Le docteur avait déclaré qu'il avait des fractures multiples aux fémurs. Fred Bundle était depuis un abstinent total.

Là-bas dans la cuisine, Purl fredonnait et rinçait la salade, découpait les tomates et beurrait de grosses tranches de pain blanc pour faire des sandwichs. En tant qu'hôtesse et femme de bistrotier, Purl jugeait essentiel d'être séduisante. Chaque soir, elle mettait en plis ses cheveux blonds oxygénés, se mettait du vernis à ongles et du rouge à lèvres, et arborait des rubans assortis dans ses cheveux. Elle avait un faible pour les corsaires et les poignets mousquetaires ornés de fleurs en plastique. Les ivrognes se découvraient en sa présence, et les fermiers lui apportaient des lapins dépouillés de frais et des courges de leur potager. Les braves femmes de Dungatar retroussaient les lèvres et ricanaient : « Vous faites votre teinture et votre mise en plis vous-même, Purl, n'est-ce pas ? Je dois dire que moi, je paye volontiers le prix pour une bonne mise en plis. »

« Elles sont jalouses, voilà tout », déclarait Fred en pinçant le derrière de sa femme, et, chaque matin, Purl se plantait devant son miroir, souriant à son reflet blond et écarlate, et disait : « La jalousie est une malédiction, mais la laideur est encore pire. »

La sirène finale sonna, et l'hymne du club retentit depuis le terrain de foot. Fred et Purl s'étreignirent derrière le comptoir, et le sergent Farrat s'interrompit pour crier :

— Hourra !

La sirène ne parvint pas jusqu'à M. Almanac dans sa pharmacie. Il était absorbé dans le tri des paquets de photos qui venaient d'arriver du labo de développement de Winyerp. Il examinait les images en noir et blanc à la lumière de son réfrigérateur ouvert qui contenait bien des secrets : des huiles Crooks Halibut, des onguents, des pilules de couleur à l'intérieur de flacons bouchés avec du coton, des crèmes, de la poudre de perlimpinpin et des purgatifs, des émétiques, des antitranspirants, des lotions pour les plis et replis intimes, des pots de réserve, des huiles insecticides pour les cheveux infestés de vermine, des bocaux de verre teint contenant des moisissures pour les cycles féminins ou de l'extrait animal pour les irritations masculines, de l'oxyde de fer pour les furoncles, l'acné et les orgelets, des cataplasmes et des sondes pour les sinus engorgés, des sels et du chloroforme, des pommades et des solutions salines, des minéraux et des teintures, des pierres, des cires, des abrasifs, des sérums antivenimeux et des oxydants mortels, du lait de magnésie et des acides pour résorber les cancers, des lames, des aiguilles et du fil, des herbes et des plantes abortives, des antiémétiques et des antipyrétiques, des résines et des bouchons pour les oreilles, des lubrifiants et des ustensiles pour dégager les objets accidentellement introduits dans un orifice. M. Almanac soignait la population locale avec le contenu de son réfrigérateur, et seul M. Almanac savait ce qu'il vous fallait et pourquoi. (Le médecin le plus proche était à cinquante kilomètres.) Il examinait les clichés carrés en noir et blanc appartenant à Faith O'Brien… Faith debout à la gare, souriante, avec son mari ; Faith O'Brien allongée sur une couverture à côté de la Ford Perfect noire de Reginald Blood, le chemisier déboutonné, la jupe retroussée et la combinaison apparente.

M. Almanac grommela : « Pécheurs », et remit les photos dans l'enveloppe bleu et blanc. Il tendit un bras raide et tordu jusqu'au fond du réfrigérateur, pour prendre un pot de pâte blanche. Faith était venue, chuchotant à M. Almanac que ça lui « démangeait… là, en bas », et il savait à présent que son robuste époux n'était pas la cause de son inconfort. M. Almanac dévissa le couvercle, renifla le contenu, puis tendit le bras pour prendre sur l'évier la boîte déjà ouverte de nettoyant abrasif White Lily, près de son coude. Il en prit un peu avec les doigts, puis les plongea dans la potion en remuant et revissa le couvercle avant de ranger le flacon sur le devant de l'étagère du haut.

M. Almanac referma la porte, tendit les bras vers le bord

du réfrigérateur et s'y agrippa. Avec un petit grognement, le vieil homme lança légèrement son torse courbé vers la gauche, puis vers la droite et, prenant son élan, il balança son corps rigide jusqu'au moment où un pied se leva. L'autre suivit, et M. Almanac fit demi-tour puis traversa en chancelant son officine, pour ne s'arrêter que lorsqu'il heurta le comptoir du magasin. Tous les comptoirs et les étagères de la pharmacie étaient vides. Tout ce qu'on voyait se trouvait dans des vitrines renforcées de grillages métalliques ou sur des présentoirs à hauts bords comme des tables de billard, afin que rien ne puisse tomber et se casser quand M. Almanac venait les heurter pour s'arrêter. La progression de la maladie de Parkinson l'avait tordu comme un point d'interrogation, le visage à jamais déformé, titubant à petits pas dans son magasin et à travers la rue, pour regagner sa maison basse et humide. La collision était son alliée salvatrice lorsque Nancy, son assistante, n'était pas là, et ses clients avaient l'habitude de ne saluer que le sommet de sa tête presque chauve, derrière sa caisse enregistreuse musicale en cuivre ouvragé. A mesure que progressait sa maladie, sa colère croissait quant à l'état des allées piétonnières de Dungatar, et il avait écrit à M. Evan Pettyman, le conseiller général.

M. Almanac attendit là, coincé et replié contre le comptoir, jusqu'à l'arrivée de Nancy.

— Youhou… Je suis là, patron.

Elle le guida gentiment par le bras jusqu'à la porte d'entrée, lui enfonça bien son chapeau sur sa tête penchée en avant et lui noua son écharpe autour du cou avec le nœud sur la nuque, là où s'était autrefois trouvée sa tête. Elle se contorsionna pour le regarder en face.

— C'était serré aujourd'hui, patron, on ne les a battus que huit à deux ! Il y a eu quelques petits bobos, je dirais, mais je leur ai dit que vous aviez des tonnes de pommade et de bandes en crêpe.

Elle lissa la vertèbre cervicale ployée qui se pressait

contre sa blouse blanche et l'accompagna à petits pas jusqu'au bord du trottoir. Mme Almanac trônait en fauteuil roulant derrière la grille ouverte, juste en face. Un rapide coup d'œil des deux côtés de la rue, et Nancy donna une petite poussée à son patron qui franchit sans hâte la petite bosse du milieu de l'asphalte et redescendit vers Mme Almanac, qui brandissait un coussin à bout de bras. Le chapeau de M. Almanac s'arrêta en douceur dans l'épaisseur du coussin, et voilà qu'il était ainsi rentré chez lui sans encombre.

A Windswept Crest, Elsbeth se tenait devant le fourneau AGA de sa cuisine et arrosait tendrement de jus un rôti de porc — son fils adorait le grillé craquant. William Beaumont junior était au terrain de foot, il riait avec les hommes dans les vestiaires, debout dans l'air embué avec des types nus et l'odeur de sueur et de chaussettes sales, de savon Palmolive et de pommade. Il se sentait bien, hardi et confiant dans l'intimité laide et facile des genoux écorchés incrustés d'herbe, des chansons et des grossièretés. Scotty Pullit souriait à côté de lui, buvant des rasades d'un flacon en fer, en se balançant sur la pointe des pieds. Scotty était fragile et cramoisi, avec un nez bulbeux à l'extrémité bleuâtre et une toux grasse qui venait de ce qu'il fumait un paquet par jour de Capstan. Il avait échoué tant comme époux que comme jockey, mais le succès et la popularité lui étaient tombés dessus quand il avait bricolé une excellente eau-de-vie de pastèque. Son alambic était caché quelque part près de la rivière. Il buvait la majeure partie de son tord-boyaux, mais en donnait ou en vendait à Purl en contrepartie de sa nourriture, de son loyer et de ses cigarettes.

— Et vous avez vu le but en deuxième mi-temps ! C'était gagné d'avance, mon vieux, juste l'affaire d'attendre la sirène, les jeux étaient faits…

Il rit, puis se mit à tousser jusqu'à devenir écarlate.

*
* *

Fred Bundle décapsula la bouteille avec toute l'adresse d'un barman et inclina le goulot au-dessus du verre, faisant cascader le liquide noir. Il posa le verre sur le comptoir devant Hamish O'Brien et tria les pièces posées sur le torchon mouillé. Hamish contemplait sa Guinness, en attendant que la mousse soit retombée.

La première vague des amateurs de foot approchait : ils chantaient dans la rue, puis se déversaient dans le bar, un air gelé et victorieux dans leur sillage, et la salle était maintenant pleine et retentissante.

— Mes garçons ! cria Purl.

Et elle tendit les bras vers eux, le visage animé de sourires. Le profil d'un jeune homme retint son attention — comme ils le faisaient à peu près tous, mais c'était un visage surgi du passé, et Fred l'avait aidée à enterrer son passé. Elle resta un moment plantée là, bras ouverts, à regarder le jeune homme boire sa bière, au milieu des footballeurs qui chantaient et chahutaient. Il se tourna pour la regarder, avec une tache de mousse sur le nez. Purl sentit son bas-ventre se contracter, et prit appui sur le comptoir, les sourcils froncés et la bouche pincée.

— Bill ? dit-elle.

Fred fut aussitôt à côté d'elle.

— William ressemble plus à son père qu'à sa mère — tu ne trouves pas, Purl ? ajouta-t-il en la prenant par le coude.

— Je suis William, dit le jeune homme en essuyant la mousse de son nez. Pas une ombre ou un fantôme !

Il sourit comme souriait son père. Teddy McSwiney le rejoignit au comptoir.

— Y a-t-il l'ombre d'une chance d'avoir une bière, Purl ?

Purl inhala en tremblant une longue bouffée d'air.

— Teddy, notre cher et irremplaçable attaquant — as-tu gagné pour nous, aujourd'hui ?

Teddy entonna l'hymne du club. William lui emboîta le pas, et la foule chanta avec eux. Purl gardait un œil attentif sur le jeune William qui riait de bon cœur et réclamait à boire en criant quand ce n'était pas son tour, cherchant à s'intégrer. Fred gardait un œil attentif sur sa Purly.

De l'autre bout du comptoir, le sergent Farrat capta le regard de Fred et désigna sa montre. Il était bien après 9 heures du soir. Fred répondit en levant le pouce. Purl attrapa le sergent sur le seuil, comme il s'arrêtait pour mettre sa casquette.

— Cette jeune Myrtle Dunnage est de retour, à ce que je vois.

Le sergent acquiesça et se détourna pour partir.

— Elle ne va pas rester, si ?

— Je ne sais pas, dit-il.

Puis il s'en alla, laissant les footballeurs fixer les panneaux Masonite sur les portes vitrées et les fenêtres — des rideaux de black-out restés de la guerre. Purl retourna au comptoir et remplit une grande chope de bière mousseuse qu'elle posa soigneusement devant William en lui adressant un sourire d'adoration.

De sa voiture, le sergent Farrat se retourna vers le pub dressé comme un poste de radio dans le brouillard, avec la lumière qui perçait autour des rideaux de black-out et le bruit des sportifs, des vainqueurs et des buveurs qui chantaient à l'intérieur. L'inspecteur de district ne risquait guère de passer par là. Les essuie-glaces étalèrent la rosée du soir sur le pare-brise, et le sergent Farrat commença sa ronde, d'abord jusqu'à la rivière pour s'assurer que l'alambic de Scotty était bien à l'abri des voleurs, puis de l'autre côté de la voie ferrée en direction du cimetière. La Ford Perfect de Reginald Blood était là, derrière les pierres tombales, tout embuée et doucement secouée. A l'intérieur de la voiture, Reginald releva les yeux au-dessus de l'ample poitrine de Faith O'Brien et dit :

— Tu es une créature tendre et délicate, Faith.

Et il baisa l'aréole beige pâle raidie de son sein tandis que son mari, Hamish, aspirait l'écume beige de sa pinte de Guinness dans le pub de l'Hôtel de la Gare.

3

Il y avait un trou entre les enfants McSwiney après Barney, une pause, mais ses parents s'étaient accoutumés à lui et avaient décidé qu'il n'allait pas si mal que ça, et ils avaient recommencé assez vite. En tout, il y avait maintenant onze petits McSwiney. Teddy était le premier-né de Mae, son fils fringant — insolent, vif et astucieux. Il était le patron des parties de cartes du jeudi soir au pub et des paris du vendredi, l'organisateur des bals du samedi soir, le bookmaker des courses de chevaux, il gérait tous les sweepstakes pour le Grand Prix de la Cup Day, et était le premier à offrir un lot pour une tombola si quelqu'un avait besoin d'une chose ou d'une autre. On disait que Teddy McSwiney aurait pu vendre de l'eau de mer à un marin. Il était l'attaquant chéri de Dungatar, il était charmant et les filles bien élevées l'adoraient, mais c'était un McSwiney. Beula Harridene disait que c'était juste un tire-au-flanc et un voleur.

Il était assis sur une vieille banquette de bus devant sa caravane et se coupait les ongles de pied, en levant les yeux de temps à autre vers la fumée qui sortait de la cheminée de Mad Molly. Au milieu de la cour, ses sœurs s'échinaient sur des draps savonneux dans une vieille baignoire qui servait aussi d'abreuvoir pour les chevaux, et l'été, quand la rivière était basse et pleine de sangsues, de piscine pour les petiots. Mae McSwiney jeta des draps trempés par-dessus le fil électrique tendu entre les caravanes et les étendit en poussant de côté le cacatoès apprivoisé. C'était une femme de bon sens qui portait des boubous fleuris et une fleur en plastique derrière l'oreille, replète et propre, avec un teint avenant et taché de son. Elle ôta les pinces à linge de sa bouche et dit à son aîné :

— Tu te rappelles Myrtle Dunnage ? Elle est partie jeune quand…

— Je me rappelle, dit Teddy.

— Je l'ai vue hier qui portait des brouettes pleines de saletés à la décharge.

— Tu lui parles ?

— Elle veut parler à personne, fit Mae en retournant à sa lessive.

— Ça se comprend, répliqua Teddy, les yeux toujours rivés sur la Colline.

— C'est une jolie fille mais, comme je disais, elle veut voir personne.

— J'entends ce que tu dis, m'man. Elle est dingue ?

— Non.

— Mais sa mère l'est ?

— Je suis bien contente de ne plus avoir à lui porter à manger là-haut, j'ai déjà bien assez à faire. Tu vas nous attraper un lapin pour souper, dis, mon Teddy ?

Teddy se leva, cala ses pouces dans les passants de son pantalon de serge grise et s'inclina légèrement à partir de la taille comme pour s'en aller. C'était sa façon de se tenir quand il mijotait quelque chose, Mae le savait.

Elizabeth et Mary tordaient un drap, torsadé comme un gros caramel entre elles deux. Margaret le leur prit des mains et le jeta dans le panier d'osier.

— Oh non ! m'man ! pas encore de la fricassée de lapin !

— Parfait, princesse Margaret, voyons donc si ton frère Teddy pourra nous dénicher un faisan et quelques truffes là-bas dans les ordures — ou tu préférerais peut-être une belle pièce de gibier ?

— Justement, oui, rétorqua Margaret.

Teddy pénétra dans la caravane puis en ressortit avec la .22 Long Rifle sur l'épaule. Il alla derrière le potager prendre dans la cour deux furets visqueux à poil jaune, les mit dans une cage et s'en alla, trois minuscules Jack Russells sur les talons.

Molly Dunnage se réveilla au bruit d'un feu grésillant tout près et de l'opossum qui gambadait sur le plafond, au-dessus de sa tête. Elle chancela jusqu'à la cuisine, en se tenant au mur. La fille mince était encore au fourneau, à remuer du poison dans une casserole. Elle s'assit sur une vieille chaise à côté du feu, et la fille lui tendit un bol de porridge. Elle détourna la tête.

— Ce n'est pas empoisonné, dit la fille. Tous les autres en ont eu.

Molly parcourut la pièce du regard. Il n'y avait personne d'autre.

— Qu'est-ce que tu as fait à toutes mes amies ?

— Elles ont mangé avant de partir, dit Tilly en souriant à Molly. Il ne reste plus que toi et moi, m'man.

— Tu restes combien de temps ?

— Jusqu'à ce que je décide de partir.

— Il n'y a rien, ici, dit Molly.

— Il n'y a rien nulle part, répondit Tilly en posant le bol devant sa mère.

Molly remplit sa cuillère de porridge, et demanda :

— Pourquoi es-tu ici ?

— Pour la paix et la tranquillité, dit la fille.

— Pas de chance ! dit Molly.

Et elle lui lança la cuillerée de porridge, qui atterrit sur le bras de Tilly comme du goudron chaud, brûlant et cloquant.

Tilly noua un mouchoir sur son nez et sa bouche, tendit un sac à oignons vide par-dessus son grand chapeau de paille, puis le resserra autour de son cou avec un bout de ficelle. Elle fourra ses bas de pantalon dans ses chaussettes et poussa la brouette vide jusqu'à la décharge. Elle descendit dans la fosse et fouilla parmi les papiers détrempés et les résidus alimentaires fétides, dans le grouillement des mouches. Elle se débattait avec un fauteuil roulant à moitié enfoncé lorsqu'elle entendit une voix d'homme.

— Nous en avons un comme ça à la maison, en état de marche. Vous pouvez l'avoir.

Tilly leva les yeux vers le jeune homme. Assis près de lui, trois petits chiens tachetés brun et blanc l'écoutaient. Il tenait une cage où se débattaient des furets, un fusil, et trois lapins morts lui pendaient aux épaules. C'était un type musclé, pas gros, et il portait son chapeau repoussé en arrière.

— Je suis Ted McSwiney, et vous Myrtle Dunnage.

Il sourit. Il avait des dents blanches bien alignées.

— Comment le savez-vous ?

— Je sais beaucoup de choses.

— Votre mère, Mae, n'est-ce pas, jetait un coup d'œil sur Molly de temps en temps ? demanda Tilly.

— De temps en temps, oui.

— Dites-lui merci.

Tilly se remit à creuser, rejetant des boîtes vides de fruits en conserve, des têtes de poupées et des roues de vélo tordues.

— Vous lui direz vous-même quand vous viendrez chercher le fauteuil roulant, lança-t-il.

Elle continua à creuser.

— Vous pouvez sortir de là maintenant. Enfin, si vous voulez, dit-il.

Elle se releva et poussa un soupir, chassant les mouches de son sac à oignons. Teddy la regarda escalader les ordures de l'autre côté de la ravine, près de la tranchée où son père allait vider les seaux de nuit. Il fit le tour, et était déjà au sommet de la pente quand elle y parvint. Elle se redressa, leva les yeux pour le dévisager, et chancela. Il la rattrapa et l'aida à retrouver l'équilibre. Ils baissèrent les yeux vers la fosse brune et bouillonnante.

Elle se dégagea.

— Vous m'avez fait peur, dit-elle.

— C'est plutôt moi qui devrais avoir peur de vous, non ?

Il lui fit un clin d'œil, puis tourna les talons et s'éloigna en sifflant.

Rentrée chez elle, Tilly arracha tous ses vêtements et les jeta dans les flammes du poêle à bois, puis elle prit un bain très long. Elle pensait à Teddy McSwiney et se demandait si le reste de la ville serait aussi amical. Elle se séchait les cheveux près du feu quand Molly sortit de sa chambre en trottinant et dit :

— Tu es revenue. Tu veux une tasse de thé ?

— Avec plaisir, dit Tilly.

— Tu pourras m'en faire une aussi, dit Molly avant de s'asseoir.

Elle prit le tisonnier et se mit à fourrager dans le petit bois qui brûlait.

— Vu personne de connu, à la décharge ? ricana-t-elle.

Tilly versa l'eau bouillante dans la théière et prit deux grandes tasses dans le placard.

— On ne peut rien garder de secret, dit la vieille femme. Tout le monde sait tout sur tout le monde, mais personne ne cancane parce que sinon quelqu'un les dénoncerait. Mais toi tu ne comptes pas — c'est tir à volonté sur les parias.

— Tu as sans doute raison, dit Tilly.

Et elle versa le thé noir sucré dans les tasses.

Le lendemain matin, un antique fauteuil roulant en osier délabré, en cuir fissuré et en acier brinquebalant, se trouvait devant la porte, derrière la maison de Tilly. Il était récuré de frais et sentait le Dettol.

4

Le samedi suivant, c'était le match entre Itheca et Winyerp. Le gagnant affronterait Dungatar en grande finale la semaine suivante. Tilly Dunnage avait poursuivi son combat contre la crasse jusqu'à ce que la maison brille et resplendisse, que les armoires soient vides et toutes les provisions en conserve mangées, et maintenant Molly était assise au soleil dans son fauteuil roulant, avec les premiers bourgeons de glycine en arrière-plan. Tilly déploya un plaid de laine Onkaparinga sur les genoux de sa mère.

— Je connais les gens dans ton genre, dit Molly en hochant la tête et pointant ses doigts décharnés.

Depuis que son corps était nourri, et donc son cerveau aussi, elle avait un peu retrouvé sa tête. Elle se rendait compte qu'elle allait devoir ruser, et mettre en œuvre une résistance obstinée et une violence subtile contre cette femme forte et déterminée à rester. Tilly lissa les cheveux gris en désordre de Molly et jeta son sac fourre-tout sur son épaule, s'enfonça un chapeau de paille à large bord sur la tête, mit des lunettes noires, et quitta la galerie en poussant le fauteuil sur les touffes d'herbe rase et les pissenlits jaunes.

Arrivées à la barrière, elles s'arrêtèrent pour regarder en bas. Dans la grand-rue, les chalands du samedi allaient et venaient, ou bavardaient en groupe. Tilly inspira profondément et se remit en marche. Cramponnée aux bras du fauteuil, Molly poussa des grands cris jusqu'au bas de la Colline.

— Alors tu veux *vraiment* me tuer, braillait-elle.

— Non, dit Tilly en essuyant ses mains moites sur son pantalon. Les autres étaient ravis de te laisser mourir, et je t'ai sauvée. C'est moi qu'ils vont essayer de tuer maintenant.

Arrivées à l'angle de la grand-rue, elles s'arrêtèrent encore. Lois Pickett, grosse et boutonneuse, et Beula Harridene, maigre et méchante, tenaient l'étal de la tombola du samedi matin dans la rue.

— Qu'est-ce que c'est ? demanda Lois.

— C'est un fauteuil roulant ! dit Beula.

— Quelqu'un le pousse…

Devant la porte à côté, Nancy cessa de balayer son allée pour scruter les silhouettes qui ondulaient à travers l'ombre et la lumière.

— C'est elle. C'est cette Myrtle Dunnage — quel culot, dit Beula.

— Eh bien !

— Eh bien, eh bien, eh bien…

— Et Mad Molly !

— Marigold le sait ?

— Non ! dit Beula. Marigold ne sait *absolument rien* !

— J'avais presque oublié.

— Comment est-ce possible ?

— Le culot de cette garce.

— Ça va être un régal.

— Les cheveux…

— Pas naturels…

— Elles arrivent…

— Les vêtements !

— Oooaaa…

— Shssss…

Comme les parias approchaient, Lois attrapa son tricot et Beula réarrangea les pots de confiture faite par ces dames. Tilly s'arrêta en serrant ses genoux l'un contre l'autre pour les empêcher de trembler, et sourit aux dames en bas mousse et en cardigans.

— Bonjour.

— Oh ! Vous nous avez fait sursauter, dit Lois.

— Mais si ça n'est pas Molly ! Et ce doit être la jeune Myrtle, revenue de… où est-ce que vous étiez partie, Myrtle ? demanda Beula en fixant un regard dur sur les lunettes noires de Tilly.

— Loin.

— Comment allez-vous en ce moment, Molly ? demanda Lois.

— Pas trop à se plaindre, dit Molly.

Molly scruta les gâteaux, et Tilly examina le gros lot : jambon en conserve, corned-beef, ananas, pêches, paquet de Tic Toc, pudding de Noël, boîtes de Milo, de Vegemite, de Rawleigh Salve, le tout disposé dans un panier d'osier, sous de la cellophane rouge. Les deux femmes dévisageaient Tilly.

— C'est le prix de la tombola, dit Lois. Offert par M. Pratt, au bénéfice du club de football. Les billets coûtent six pence.

— Je vais juste prendre un gâteau, merci, le quatre-quarts au chocolat et à la noix de coco.

— Eh là… pas celui-là, on va attraper une septicémie, dit Molly.

— Ah bon ? fit Lois en croisant les bras.

Beula pinça les lèvres et haussa les sourcils.

— Et celui-ci ? demanda Tilly avant de se mordiller la lèvre supérieure pour se retenir de sourire.

Molly leva les yeux vers le soleil éclatant, dont les rayons traversaient les trous de la tôle ondulée du toit de la galerie comme des barres d'acier brûlant.

— La crème va être rance, mieux vaut le roulé à la confiture.

— Combien ? dit Tilly.

— Deux…

— Trois shillings ! s'écria Lois, qui avait confectionné le quatre-quarts au chocolat.

Elle lança à Molly un regard qui aurait suffi à allumer un

feu de bush. Tilly tendit les trois shillings, et Lois fit glisser le gâteau vers Molly puis recula. Tilly poussa le fauteuil de sa mère à l'intérieur de chez Pratt.

— C'est du vol au grand jour, grommela Molly. Cette Lois Pickett racle ses croûtes et ses points noirs puis elle les mange en se rognant les ongles, et si elle met de la noix de coco sur ses gâteaux, c'est seulement à cause de ses pellicules. Elle dit qu'elle fait le ménage, c'est ce qu'elle fait chez Irma Almanac, et par principe on ne voudrait surtout pas acheter ce que fabrique Beula Harridene, vu le genre…

Muriel, Gertrude et Reginald se figèrent quand Tilly franchit la porte en poussant sa mère dans le fauteuil roulant. Tilly examina la triste sélection de fruits et de légumes, et prit sur une étagère des céréales, qu'elle confia à sa mère. Comme les deux femmes se dirigeaient vers le comptoir de mercerie, Alvin Pratt se précipita hors de son bureau. Tilly demanda trois mètres de crêpe georgette vert, et Alvin dit :

— Certainement.

Muriel coupa donc l'étoffe et l'empaqueta, et Alvin tint le paquet de papier brun sur son cœur, en adressant un large sourire à Tilly. Il avait les dents marron.

— C'est un vert tout à fait inhabituel — voilà pourquoi il est en promotion. Mais si vous êtes suffisamment déterminée, vous pouvez en faire quelque chose. Une nappe, peut-être ?

Tilly ouvrit son sac.

— Vous allez commencer par régler le compte en retard de votre mère, ajouta-t-il.

Son sourire s'effaça, et il tendit une main ouverte.

Molly examina ses ongles. Tilly paya.

Dehors, Molly fit un geste du pouce et dit :

— Sale petit faux jeton de commerçant.

Elles prirent le chemin de la pharmacie. Purl, qui arrosait l'allée pieds nus, se retourna pour les regarder passer. Fred était en bas, dans la cave, et quand le tuyau d'arrosage passa par-dessus les battants ouverts de la trappe, il poussa un cri et sa tête émergea au niveau de l'allée. Lui aussi suivit des yeux les deux femmes. Nancy cessa de balayer pour mieux regarder.

M. Almanac était derrière sa caisse enregistreuse.

— Bonjour, dit Tilly à son crâne rose et rond.

— Bonjour, grommela-t-il à l'adresse du sol.

— J'ai besoin d'un sérum ou d'un purgatif, on m'empoisonne ! cria Molly.

Le crâne chauve de M. Almanac bougea, formant des ondulations.

— C'est moi, Molly Dunnage, je suis toujours en vie. Et votre pauvre épouse ?

— Irma va aussi bien qu'on peut l'espérer, dit M. Almanac. Que puis-je pour votre service ?

Nancy Pickett franchit la porte, portant son balai. C'était une femme au visage carré, aux larges épaules, et à la démarche masculine. Autrefois, à l'école, elle était assise derrière Tilly et la tourmentait, lui trempant sa natte dans l'encrier et la suivant jusque chez elle pour aider les autres à lui casser la figure. Nancy avait toujours été forte à la bagarre et se faisait un plaisir d'aplatir quiconque ennuyait son grand frère Bobby. Elle regarda Tilly bien en face.

— Qu'est-ce que tu viens faire ici ?

— C'est dans ma nourriture, chuchota Molly bien fort à Nancy qui se penchait vers elle. Elle le met dans ma nourriture.

Nancy hocha la tête d'un air entendu.

— Bien sûr.

Elle prit de l'antiacide De Witt's sur une table et le présenta sous le visage de M. Almanac. Il leva sa main grandement veinée, effleura de ses doigts les touches de la caisse enregistreuse et appuya fort. Il y eut un bruit de heurt, une sonnerie et un coup sourd, et M. Almanac souffla d'une voix asthmatique :

— Ce sera six pence.

Tilly paya M. Almanac et en passant devant Nancy, elle lui glissa tout bas :

— Si vraiment je décide de la tuer, je lui briserai sans doute le cou.

Purl, Fred, Alvin, Muriel, Gertrude, Beula et Lois, ainsi que tous les chalands du samedi matin et tous les gens venus de la campagne avoisinante, regardaient la fille illégitime pousser sa mère folle — une femme dissolue doublée d'une sorcière —, traverser la rue et entrer dans le parc.

— Ça me brûle dans le dos, dit Molly.

— Depuis le temps, tu devrais avoir l'habitude, dit Tilly.

Elles allèrent jusqu'à la rivière et s'arrêtèrent pour regarder des canetons s'efforcer de suivre leur mère en luttant contre le courant et une flottille de brindilles. Elles passèrent devant Irma Almanac encadrée par ses roses, qui, forme raide et pâle, avec un plaid voyant sur les genoux et les jointures comme des racines de gingembre, chauffait ses vieux os au soleil devant son portail. La maladie qui handicapait Mme Almanac était l'arthrite rhumatoïde. Elle avait le visage ridé par la souffrance — certains jours, le seul fait de respirer brûlait ses os desséchés et lui enflammait les muscles. Elle pouvait prédire l'arrivée de la pluie, parfois jusqu'à une semaine à l'avance, et était donc un baromètre bien pratique pour les cultivateurs — ils vérifiaient souvent auprès d'Irma ce qu'indiquaient leurs cors aux pieds. Son mari ne croyait pas aux médicaments. « Il y a un effet d'accoutumance, disait-il. Tout ce qu'il faut, c'est la bienveillance de Dieu, un esprit pur et un régime sain, avec beaucoup de viande rouge et de légumes bien cuits. »

Irma rêvait de se déplacer dans le temps comme l'huile sur l'eau. Elle aspirait à une vie délivrée de la douleur et de l'ennui d'un époux plié en deux, bloqué dans un coin ou bien déblatérant sur le péché, cause de toutes les maladies.

— Tu as toujours eu de beaux rosiers, dit Molly. Comment fais-tu ?

Irma haussa les sourcils vers les pétales, mais sans ouvrir les yeux.

— Molly Dunnage ? dit-elle.

— Oui.

Molly tendit le bras et tâta le poignet meurtri d'Irma, en forme de rein. Irma tressaillit et prit une brusque inspiration.

— Ça fait encore mal, hein ? ajouta Molly.

— Un peu, dit Irma, et ouvrant les yeux : Comment ça va, Molly ?

— Affreusement mal, mais je n'ai pas le droit de me plaindre. Qu'est-ce que tu as aux yeux ?

— Ah ! Aujourd'hui, c'est l'arthrite.

Elle sourit.

— Alors, te voilà aussi en fauteuil roulant, Molly.

— Ça arrange ma geôlière.

Tilly se pencha pour la regarder, et dit :

— Madame Almanac, je m'appelle…

— Je sais bien qui tu es, Myrtle. Comme c'est gentil de revenir auprès de ta mère. Et très courageux, en plus.

— Toutes ces années, vous avez envoyé de la nourriture…

— N'en parle pas, répondit Irma en lançant un regard d'avertissement en direction de la pharmacie.

— Si j'étais toi, je ne voudrais pas non plus qu'on en parle, dit Molly. Tu es une cuisinière exécrable.

Elle adressa à Irma un sourire espiègle.

— Ton mari est sacrément ralenti, maintenant. Comment as-tu fait ?

Apitoyée, Tilly posa une main, plus légère que le pollen, sur l'épaule raide et froide de Mme Almanac. Irma sourit.

— Percival dit que tout nous est envoyé par Dieu.

Autrefois, elle faisait beaucoup de chutes qui lui laissaient l'œil au beurre noir et la lèvre fendue. Au fil des ans, à mesure que son mari se transformait en un vieillard roide qui traînait les pieds, elle avait cessé de se blesser.

Irma lança un coup d'œil vers les gens qui faisaient leurs courses, de l'autre côté de la rue. Ils faisaient la queue devant les magasins, les yeux rivés sur les trois femmes qui conversaient. Tilly dit au revoir à Mme Almanac et reprit son chemin en poussant sa mère le long de la rivière, en direction de chez elles.

Une fois Molly nichée au coin du feu, Tilly s'installa sur la galerie et se roula une cigarette. En bas, les gens bougeaient comme des poulets picorant des restes de légumes, tournant de temps en temps les yeux vers la maison sur la Colline pour aussitôt les détourner.

5

Miss Prudence Dimm apprenait aux gens de Dungatar à lire, à écrire et à faire des multiplications dans l'école située en face de la poste, où officiait sa sœur, Ruth. Prudence était également bibliothécaire le samedi matin et le mercredi soir. Alors qu'elle était de taille imposante, pâle et myope, Ruth était au contraire petite, pointue et bronzée, avec une peau qui évoquait la terre craquelée au fond d'une mare asséchée. Ruth alternait le service de nuit du central téléphonique avec Beula Harridene, mais elle était seule responsable du chargement et du déchargement des lettres et paquets acheminés par le train quotidien à Dungatar, ainsi que de leur tri et de leur livraison. Elle s'occupait pour tout le monde de déposer les économies, d'encaisser les chèques et de régler les primes d'assurance pour la maison ou sur la vie.

Sur le grand canapé en cuir de la poste, Nancy Pickett était étendue, la tête nichée dans le doux arrondi de la cuisse mince de Ruth. A côté d'elles, le central était calme, mur électrique de lampes, de cordons, de fiches et d'écouteurs. Des branches de bougainvillier crissaient contre la fenêtre. Nancy se réveilla, souleva la tête et cligna les yeux, nue et blanche avec la chair de poule, les pointes de ses seins dressées comme des boutons électriques. Ruth s'étira et bâilla. Une branche craqua dehors au passage de Beula qui se glissait le long du mur de la poste.

— Beula, siffla Nancy.

Nancy alla s'habiller derrière le central. Ruth bondit pour

s'asseoir à sa place en allumant le plafonnier au passage, et lança :

— Bonjour, Beula.

Dehors, Beula était tombée sur un matelas d'épines hérissées et de branches cassées. Nancy s'esquiva et courut la brève distance de l'allée jusqu'à la barrière, où elle se faufila entre deux panneaux mal ajustés, puis escalada le mur jusqu'à la fenêtre ouverte de chez elle et atterrit sur le linoléum rose-rouge. Sa mère, Lois, était au lit, ses sous-vêtements de la veille sous son oreiller, et grattait les points noirs accumulés sur son nez.

Nancy se glissa à pas de loup dans la salle de bains et s'aspergea d'eau le visage, puis elle attrapa son sac et alla dans la cuisine, où Bobby mélangeait du Denkavit en poudre avec de l'eau pour nourrir ses agneaux. Nancy lui avait donné un chien pour Noël — elle pensait que ça lui ferait peut-être arrêter de sucer son pouce. Mais, dernièrement, comme il défendait la maison et tout ce qui s'y trouvait, le chien avait été attaqué par un serpent venimeux et avait succombé à la morsure. A ses moments de loisir, Bobby jouait au football et prenait sous son aile des bêtes malheureuses, y compris plusieurs tortues, un iguane, un lézard à langue bleue et des vers à soie dont les gosses de l'école s'étaient lassés.

— Salut, sœurette.

— Je suis en retard, M. A. doit m'attendre.

Bobby versa du Denkavit chaud dans des bouteilles de bière vides sur l'évier.

— Tu n'as pas déjeuné. Il faut que tu manges quelque chose, ce n'est pas bon de commencer la journée le ventre vide, répondit-il en tendant des tétines en caoutchouc sur les goulots des bouteilles.

— Je vais prendre du lait.

Nancy prit une bouteille dans la porte du Kelvinator et la secoua, puis porta le goulot à ses lèvres et but. Elle rangea la bouteille dans le compartiment de la porte, et se fraya tant bien que mal un chemin parmi les bêtes affamées qui encombraient la galerie arrière — trois agneaux, deux chats, un veau grassouillet et un petit kangourou, des pigeons, des pies, des poulets et un wombat boiteux.

Comme elle tournait la clé dans la serrure de la pharmacie, elle vit Beula Harridene qui approchait. Elle avait les mollets égratignés et un pétale pourpre accroché à son cardigan. Nancy lui coupa le chemin, sourit, et dit :

— Rebonjour, madame Harridene.

Beula soutint son regard et dit :

— Un de ces…

Soudain, le souffle coupé, elle se flanqua une main sur la bouche et s'enfuit en courant. Nancy en fut à la fois ravie et surprise. Elle ouvrit la porte de la pharmacie, s'arrêta devant le miroir pour se donner un coup de peigne, et vit pourquoi Beula s'était carapatée : une traînée de lait lui bordait les lèvres de blanc. Elle sourit.

Dès 8 h 50, ce lundi matin, le sergent Farrat avait pris son bain et revêtu son uniforme bleu marine bien repassé. Sa casquette était gaiement posée de guingois sur sa tête, sa jupe bleu marine était tendue sur ses cuisses et son généreux fessier, et les coutures de ses bas pâles étaient droites sur ses mollets comme un fil de clôture tout neuf. Sa jupe neuve en cretonne à carreaux était suspendue derrière lui à la poignée de porte de la penderie, repassée et amidonnée. Il finissait de passer l'aspirateur pour engloutir les derniers fils révélateurs dans la vessie de son Hoover.

Beula Harridene était sur la galerie, le visage pressé contre la vitre, à scruter la pénombre. Elle frappa fort à la porte. Le sergent arrêta l'aspirateur et enroula soigneusement le fil autour des crochets sur le manche. Il ôta sa jupe et l'accrocha avec celle en cretonne dans la penderie, dont il ferma la porte à clé. Il s'immobilisa un moment pour passer la main sur ses bas en nylon et admirer sa nouvelle culotte en dentelle. Puis il enfila son pantalon bleu marine, ses chaussettes et ses chaussures. Il vérifia son aspect dans la glace et se dirigea vers le bureau.

Dehors, Beula sautillait d'un pied sur l'autre. Le sergent Farrat jeta un coup d'œil à l'horloge et déverrouilla la porte d'entrée. Beula se précipita en jacassant.

— Les chiens ont aboyé toute la nuit de samedi, excités par ces voyous de footballeurs, et comme vous ne les avez pas fait taire j'ai appelé ce matin le conseiller Pettyman. Il dit qu'il va s'en occuper, et j'ai encore écrit à vos supérieurs — cette fois, je leur ai tout dit. A quoi bon avoir un officier de police pour appliquer la loi s'il ne l'applique que de sa façon, au lieu de la vraie loi légale ? Votre horloge est mal réglée, vous ouvrez en retard, et je sais que vous fermez en avance le vendredi…

Beula Harridene avait des yeux brun clair injectés de sang et globuleux. Elle avait le menton rentré et des dents proéminentes aussi grosses que celles des lapins, de sorte que sa lèvre inférieure était toujours bleue et meurtrie, avec de la bave séchée aux commissures de sa malheureuse bouche. Le sergent en concluait que, du fait d'une denture inapte à mordre, elle souffrait de la faim, d'où cette nature malveillante, affamée et démente. Cependant que Beula poursuivait intarissablement, le sergent Farrat posa un formulaire sur le comptoir, tailla un crayon et écrivit : « 9 heures 1 minute, ce 9 octobre… »

Beula tapa du pied.

— … Et la fille de Mad Molly est revenue — cette espèce de meurtrière ! Et voilà ce prétentieux de William Beaumont qui traîne aussi en ville, sergent, abandonnant sa pauvre mère et le domaine, à traîner avec ces bons à rien de footballeurs, et laissez-moi vous dire que s'il a des idées bizarres nous en souffrirons tous, je sais ce que fabriquent les hommes quand ils s'en vont dans les villes, il y a des hommes habillés en femme et je sais…

— Comment le savez-vous, Beula ?

Beula sourit.

— Mon père m'a avertie.

Le sergent Farrat regarda Beula en face et haussa ses sourcils pâles.

— Et comment le savait-il, Beula ?

Beula cilla.

— Quel est votre problème particulier aujourd'hui, Beula ?

— J'ai été agressée, ce matin même. J'ai été agressée par une bande de petits détrousseurs…

— Et à quoi ressemblaient-ils, ces enfants, Beula ?

— Ils ressemblaient à des enfants — petits et malpropres.

— En uniforme de l'école ?

— Oui.

Pendant que Beula parlait, le sergent écrivait. « Le sergent Horatio Farrat, du poste de police de Dungatar, rend compte d'une plainte officielle déposée par Mme Beula Harridene. Mme Harridene a été victime d'écoliers maraudeurs, deux garçons et une fille, qui ont été vus ce matin de bonne heure, s'enfuyant de devant le domicile de Mme Harridene après avoir attaqué les lieux. Mme Harridene accuse lesdits trois écoliers d'avoir lancé sur son toit de tôle ondulée des poignées de cosses du jacaranda planté en bordure du terrain lui appartenant. »

— C'étaient encore ces McSwiney ! Je les ai vus…

Elle continua à glapir, en sueur, et une odeur entêtante, douceâtre, envahissait la pièce tandis que voltigeaient des postillons qui atterrissaient sur le registre du sergent Farrat. Il ramassa le registre et le formulaire de déclaration, et recula d'un pas. Beula agrippa le comptoir, vacillante, les dents enfoncées dans sa lèvre inférieure.

— Bon, d'accord, Beula. Allons voir Mae et Edward, pour examiner quelques-uns de leurs gosses.

Il reconduisit Beula chez elle. Ils établirent d'emblée que le vent avait dû emporter toutes les cosses de jacaranda accumulées dans les gouttières autour du toit. Ensuite, le sergent Farrat l'emmena à la recherche des susdits délinquants incriminés. Nancy, appuyée sur son balai, jacassait tandis que Purl arrosait l'allée. Irma était à la porte de son jardin. Lois et Betty étaient à la fenêtre des Pratt, les bras passés dans les anses d'un panier d'osier. Miss Dimm se tenait dans sa cour d'école, plongée jusqu'à la ceinture dans une marée d'enfants. En face, Ruth Dimm et Norma Pullit, qui déchargeaient le courrier de la camionnette de la poste, faisaient une pause.

Tout le monde vit passer Beula, glapissant inlassablement aux oreilles du pauvre sergent Farrat, et tout le monde agita la main en souriant pour répondre aux saluts du sergent tandis qu'il se frayait un chemin dans la grand-rue à petits coups de klaxon.

C'était un beau lundi agréable, là-bas chez les McSwiney : il soufflait un vent d'est, qui épargnait leur heureux foyer de bric et de broc en amont de la décharge. Assis sur un siège de voiture, Edward McSwiney raccommodait des cages grillagées, passant et repassant du fil de fer neuf dans le maillage arraché, tordu, et autour des cadres métalliques rouillés. Trois petits gosses coursaient des volailles affolées qui piaillaient, puis ils les traînèrent vers le coin d'abattage où Barney se tenait gauchement avec une hache. La lame était souillée de plumes ensanglantées, et la chemise de Barney éclaboussée d'écarlate. Comme il pleurait, la princesse Margaret lui tendit le tisonnier et l'envoya secouer le feu sous le chaudron bouillonnant plein de poulets pendant qu'elle-même maniait la hache. Mae tirait de la marmite les poulets ébouillantés pour les plumer, puis Elizabeth les posait sur une souche d'arbre et extirpait les entrailles de leurs carcasses roses et dodues.

Les terriers se mirent à japper nerveusement et à courir

en rond pour attirer le regard de Mae. Elle les regarda un moment.

— Les flics, dit-elle.

Edward était un homme calme et solide mais, au mot « flics », il bondit comme s'il avait été mordu et se mit à courir avec sa cage grillagée. Les gardiens des poules, deux gamines en salopette et un tout petit garçon en pyjama rayé, coururent à la barrière de l'entrée. Le petit garçon alla chercher un sac de billes et les fillettes une baguette chacune. La plus grande traça un cercle par terre avec sa badine, le petit y vida ses billes, et tous deux s'accroupirent vivement. L'autre fillette raffermit le tracé d'une ancienne marelle gravée dans la glaise rouge devant les montants de la barrière, et se mit à sauter sur un pied d'une case à l'autre. Lorsque la Holden noire vint s'arrêter à la barrière, les enfants jouaient avec animation. Le sergent Farrat klaxonna. Les enfants l'ignorèrent. Il reklaxonna. La plus grande ouvrit lentement le vantail. Edward revint et s'assit d'un air innocent sur le siège à côté de la caravane.

Beula jaillit hors de la voiture, et le sergent Farrat offrit aux trois petits braillards de piocher dans un sachet de bonbons. Ils y plongèrent les mains et coururent vers leur mère qui approchait, sa hache ensanglantée à la main. Margaret et Elizabeth l'encadraient, dans un nuage de plumes rougies, Elizabeth écarlate jusqu'aux coudes, et Margaret armée d'une petite branche à l'extrémité enflammée. Beula s'arrêta devant elles.

— Bien le bonjour à tous, lança amicalement l'officier de police.

Il sourit de nouveau aux trois enfants. Ils lui rendirent son sourire, les joues distendues, et leurs mentons s'enrobèrent de bave poisseuse.

— Est-ce que par hasard ces petits trésors seraient les enfants que vous avez vus, Beula ?

— Oui ! cria Beula. Ce sont eux, les voyous.

Elle leva la main pour les gifler. Le sergent Farrat, Edward, Mae et les filles avancèrent tous d'un pas.

— Alors c'étaient donc deux filles et un garçon, Beula ?

— Oui, c'était ça, maintenant que je les vois.

— Et les uniformes de l'école ?

— Evidemment, ils les ont retirés.

— Moi, je vais pas encore à l'école, dit le tout petit, et Mary non plus. C'est seulement Victoria, elle ira l'an prochain.

— Es-tu impatiente d'aller à l'école, Victoria ? demanda le sergent Farrat.

Les trois enfants répondirent d'une seule voix :

— Ah nan ! on préfère pêcher à la décharge.

Le sergent Farrat regarda les petits mômes crasseux alignés devant lui. Ils avaient les yeux fixés sur le sachet de bonbons qu'il tenait contre sa poitrine.

— Vous êtes tous allés pêcher à la décharge, ce matin, non ?

Ils répondirent cette fois à tour de rôle.

— Nan, là-bas c'est qu'dalle, aujourd'hui. On y va l'vendredi — l'jour des ordures.

— Aujourd'hui on a chopé des poulets.

— La pêche à la rivière, c'est d'main, pour attraper des poissons.

— Articulez, ordonna gravement Mae. Arrêtez de prononcer les mots à moitié et de sauter les voyelles.

— Ils mentent ! risposta Beula qui était rouge brique, et d'une moiteur âcre. Ils ont lancé des cosses de jacaranda sur mon toit.

Les enfants se regardèrent.

— Non, pas aujourd'hui.

— Vous voulez qu'on le fasse ?

Vociférant et postillonnant, Beula était agitée de soubresauts furieux :

— C'était eux, c'était eux.

Les petiots la regardaient. Le plus petit dit :

— Sûr que vous avez d'la bile à chier aujourd'hui, qu'est-ce que vous avez dû siffler hier soir.

Mae flanqua une tape sur l'oreille droite de George. Le reste du groupe gardait les yeux rivés sur leurs chaussures.

— Je suis désolée, dit Mae. Voilà le type de langage qu'ils apprennent des grands qui vont à l'école.

Le sergent Farrat expliqua l'avantage de réprimer les mauvaises manières dans l'œuf et de donner l'exemple.

— Nous savons tout ça, sergent, répondit Mae en croisant les bras. Mais qu'est-ce que vous allez faire, vous ?

Le sergent Farrat se tourna vers Beula.

— Miss Harridene, les hurlements vous donneraient-ils satisfaction si j'emmenais ces enfants derrière la caravane pour leur donner une correction, ou bien préférez-vous que je les fouette violemment jusqu'au sang, ici et maintenant à la vue de tous ?

Les McSwiney éclatèrent d'un rire bruyant, pliés en deux. Le sergent Farrat tendit à Victoria le sac de bonbons, et Beula se précipita vers la voiture. Elle brisa un phare à coups de pied rageurs, puis prit place en claquant si fort la portière que les vitres du wagon de chemin de fer et des caravanes vibrèrent. Elle se pencha par-dessus le siège du conducteur, posa fermement sa main sur le klaxon et l'y maintint.

Le sergent Farrat la reconduisit de l'autre côté de la barrière, puis arrêta la voiture. Il se tourna vers elle et se rapprocha, penché au-dessus d'elle pour poser la main sur la poignée de la portière. Il braquait sur elle son souffle tiède, tendrement. Elle se recroquevilla contre la porte. Le sergent Farrat parla très doucement :

— Je ne vais pas dans votre direction, Beula, et c'est une infraction de gaspiller l'essence des forces de police. Je vous dépose ici, ajouta-t-il en manœuvrant la poignée.

Au-dessus d'eux sur la Colline, Tilly Dunnage cessa un moment de bêcher pour regarder Beula Harridene s'étaler par terre en descendant de la voiture noire. Elle sourit et se remit à travailler la terre meuble pour son potager.

6

En bas dans la ville, William gara la Triumph Gloria devant chez Pratt et traversa l'allée à belles enjambées, dans le soleil du matin. Il sourit à Muriel qui empilait des aimants en fer à cheval et des crochets muraux, porta la main à son chapeau pour saluer Lois qui fouillait et retournait des conserves pour trouver des petits pois, et agita la main à l'intention de Reg et de Faith au rayon boucherie. Faith attendait que Reg ait tranché ses deux steaks, en fredonnant *Je t'ai dans la peau*.

— Tu l'aimes cette chanson, hein ? dit le beau boucher en lui décochant son sourire le plus éblouissant.

Faith rougit et porta la main à son ample poitrine, faisant miroiter ses bagues en or.

— T'as une bien jolie voix, reprit le boucher en laissant retomber son long couteau pointu dans le fourreau métallique qui pendait à son flanc.

Il avait un torse puissant sous sa chemise blanche empesée, et son tablier rayé bleu était bien proprement tendu sur sa taille plate.

— Autre chose pour toi, Faith ?

Elle pouvait à peine parler. Elle montra du doigt le rayon d'épicerie et dit :

— Un pain du Devon, s'il te plaît.

Dans le bureau, Gertrude s'affairait à épousseter, penchée derrière la cloison vitrée.

— Excusez-moi, dit William.

Gertrude se redressa et lui adressa un grand sourire.

— Bonjour, William.

— Bonjour…

— Gertrude. Je suis Gertrude Pratt.

Elle tendit sa petite main ronde, mais William fouillait le magasin du regard.

— Pouvez-vous me dire où je pourrais trouver M. Pratt ?

— Certainement, souffla Gertrude en montrant du doigt la porte du fond. Il est juste…

Mais William s'était déjà éloigné. Il trouva M. Pratt occupé à sortir des cartons de la charrette des McSwiney.

— Ah ! dit William. L'homme que je cherchais.

M. Pratt passa les pouces dans les cordons de son tablier et s'inclina.

— Le retour du fils prodigue, dit-il, et il se mit à rire.

— Monsieur Pratt, puis-je vous parler un instant ?

— Bien sûr.

M. Pratt ouvrit la porte du bureau et dit à sa fille :

— Gert, le compte de Windswept Crest, ajouta-t-il en s'inclinant à nouveau pour faire entrer William.

Gertrude tendit un épais dossier à son père, qui dit :

— Excuse-nous à présent, Gert.

En sortant, elle frôla William, mais il n'avait d'yeux que pour l'épais dossier de comptes que M. Pratt tenait contre sa poitrine.

— J'aurais besoin de quelques rouleaux de fil de fer et d'une douzaine de paquets de piquets…

La voix de William s'éteignit. Alvin secouait la tête d'une manière indiscutablement négative.

Gertrude se posta près du comptoir d'épicerie. Elle regardait le jeune homme faire tourner son chapeau entre ses doigts et danser d'un pied sur l'autre tandis que son visage mince et tanné s'allongeait d'un air abattu. Quand son père prit un air suffisant pour déclarer : « Trois cent quarante-sept livres dix shillings et huit pence », William s'assit lourdement sur la chaise du bureau, et sa veste en tweed parut soudain trop large aux épaules.

Gertrude alla aux toilettes se mettre du rouge à lèvres.

Ils se tenaient à la porte du magasin, William songeur, les yeux fixés sur l'allée, et M. Pratt tout sourire face à cette belle journée d'hiver. Gertrude vint se glisser près d'eux.

— Je suis contente de vous voir revenu, William, ronronna-t-elle.

Il lui jeta un coup d'œil.

— Merci… et merci à vous, monsieur Pratt, je vais voir ce que je peux faire… au revoir.

William regagna sa voiture à pas lents et s'assit au volant, les yeux fixés sur son tableau de bord. M. Pratt tourna son attention vers sa fille, qui contemplait William d'un air rêveur.

— Allons, Gertrude, au travail, dit-il avant de s'éloigner d'un pas raide en grommelant : Quelle idée… cette grande bonne à rien de bécasse, aucune chance de la fourguer à quelqu'un. Surtout pas à William Beaumont…

Muriel rejoignit sa fille.

— Le bal des footballeurs est samedi en quinze, dit-elle.

Sur la pancarte fixée à la porte de la bibliothèque, on pouvait lire : « Ouvert mercredi soir et samedi matin. Renseignements au centre administratif. » Tilly scruta la grand-rue, vit les gens aller et venir, et décida de revenir mercredi. Au moment où elle faisait demi-tour, elle aperçut l'école de l'autre côté de la rue. La cour était pleine de filles qui sautaient à la corde, de garçons qui jouaient au foot et de bambins qui s'amusaient à sautiller. Tilly traversa la rue pour flâner dans le parc, regarda les bancs sous les poivriers où elle allait s'asseoir pour déjeuner, et sourit en voyant la terre piétinée devant la galerie où les enfants continuaient toujours à se rassembler chaque matin. Se retrouvant au bord de la rivière, elle s'assit sur la rive et ôta ses sandales. Elle contempla ses doigts de pied à travers l'eau. Des bouts de feuilles d'eucalyptus dérivaient, des insectes se démenaient et de petites gouttes de pluie clapotaient sur l'eau.

Les enfants entraient dans la classe en rangs irréguliers, au pas cadencé comme à l'armée, en levant bien haut les genoux et en balançant les bras au rythme du tambour. C'était Stewart Pettyman qui jouait du tambour, un grand costaud de dix ans qui tapait de bon cœur avec une baguette usagée. A côté de lui, une petite fille battait la mesure au triangle tandis que Miss Dimm criait : « Aat-tention, deeee-mitouradroite, on-aaac-ccélère ! »

Ils gardaient le tempo dans la classe, derrière leurs petits sièges couleur chocolat, jusqu'à ce que Miss Dimm crie : « Halte ! Asseyez-vous sans faire racler vos chaises ! » Il se faisait alors un remue-ménage étouffé, un ou deux heurts sourds, puis le silence. Ils attendaient, assis, les bras croisés.

— Myrtle Dunnage, vous serez encore chargée de remplir les encriers, pour vous être battue hier après l'école. Les autres, sortez vos cahiers et vos crayons.

— Mais je l'ai déjà fait hi…

— Myrtle Dunnage, vous serez chargée des encriers jusqu'à nouvel ordre.

Miss Dimm tapa les doigts de Myrtle avec sa règle en fer rouillée et cria :

— Je ne vous ai pas dit de décroiser les bras !

La marque blanche de la règle était encore gravée sur ses doigts quand elle commença à fabriquer l'encre. Elle se pencha au-dessus du lavabo collectif pour mélanger la poudre noire dans l'eau, puis alla de table en table, très lentement, en portant le broc. C'était difficile de verser l'encre bleu-noir dans les encriers. Elle n'avait pas le droit d'en laisser goutter sur le bureau et ne pouvait pas bien voir quels encriers étaient déjà pleins. Comme l'encre moussait jusqu'en haut de celui de Stewart Pettyman, cerclant le bord de porcelaine blanche, il secoua la table. L'encre se répandit, coulant sur la pente du bureau puis sur les genoux nus du garçon.

— Miss Dimm, elle m'a taché, elle m'a taché avec l'encre.

Miss Dimm vint, donna à Myrtle une tape sur la tête et la tira dehors par sa natte. Les autres enfants se penchaient aux fenêtres en riant bien fort. Myrtle passa le reste de la matinée au piquet sur la galerie, d'où la ville entière pouvait la voir.

Après l'école, elle s'enfuit à toutes jambes, mais les autres la rattrapèrent. Ils la coincèrent et lui firent des tortures indiennes, puis ils lui maintinrent les bras grands ouverts, et Stewart se rua sur elle, tête baissée pour charger comme un taureau, et il lui donna un grand coup dans le ventre. Elle se plia en deux, le souffle coupé, et tomba à terre en se tenant le ventre. Les garçons lui baissèrent sa culotte et la tripotèrent, puis reniflèrent leurs doigts. Les filles chantaient : « La mère à Dunnage-cul-large est pu-te, la mère à Dunny-cul-nu est pu-te, Myrtle est bâtar-deuh, Myrtle est bâtar-deuh. »

Marigold Pettyman attendait Evan, son mari, à la lueur de la radio, une poche de glace en équilibre sur les rouleaux de sa mise en plis. Les nouvelles de 6 heures murmuraient doucement à côté d'elle : « Et voici maintenant la météo. On prévoit une petite pluie. »

— Ah ! Seigneur ! dit Marigold en tendant la main vers le flacon brun sur le guéridon.

Elle fit tomber trois comprimés sur sa paume et les avala d'un coup, puis se tendit en arrière contre son dossier et se massa les tempes. Marigold était une femme à la voix stridente qui avait quelque chose d'un roquet, elle sursautait facilement, et elle avait une rougeur nerveuse au cou. En entendant la clé dans la serrure de la porte moustiquaire elle se redressa brusquement et appela anxieusement :

— C'est toi, Evan ?

— Oui, chérie.

— Tu retireras tes chaussures et tu secoueras ta veste avant d'entrer à cause de la poussière, s'il te plaît.

Les chaussures d'Evan martelèrent les planches de la galerie, et des cintres en bois s'entrechoquèrent. Il ouvrit la porte de la cuisine et y entra : la pièce était frottée et désinfectée comme une salle d'opération, le sol lisse étincelait.

Evan Pettyman était un homme en rondeur, jaune de teint et de cheveux, avec des petits yeux rapides. Il était du genre à toujours toucher les femmes et à se pencher tout près pour leur parler, il se léchait les lèvres et, dans les bals, il serrait de près ses partenaires et leur enfonçait sa cuisse entre les jambes pour les guider autour de la salle. Les dames de Dungatar étaient polies avec le conseiller Pettyman — il était le conseiller général du comté et l'époux de Marigold. Mais elles se détournaient dès qu'elles le voyaient approcher, s'affairaient devant une vitrine de magasin ou se souvenaient soudain de quelque chose d'urgent à faire de l'autre côté de la rue. Les hommes évitaient le conseiller général, mais étaient cordiaux. Il avait perdu son fils, et était bien à plaindre avec Marigold dans cet état — « toujours à cran ». Il était un bon conseiller général, qui faisait avancer les choses. Il savait aussi comment chacun gagnait sa vie.

Marigold n'était encore qu'une petite chose innocente et timide quand Evan avait débarqué à Dungatar. Elle avait pour père le conseiller général de l'époque, et comme, à sa mort, il lui avait laissé beaucoup d'argent, Evan s'était empressé de la courtiser. Ses nerfs avaient ensuite commencé à lâcher puis son état avait empiré lentement, et elle n'avait plus jamais été la même depuis la mort tragique de leur fils, Stewart.

Evan passa directement dans la salle de bains, où il ôta tous ses vêtements et les mit dans la corbeille à linge, puis rabattit le couvercle. Il se doucha, et enfila le pyjama repassé de frais qui était posé sur le banc, avec une robe de chambre immaculée et des pantoufles lainées comme neuves.

— Bonsoir, ma poule, dit Evan, et il lui posa un petit baiser sur la joue.

— Ton dîner est au frigo, dit-elle.

Evan prit son repas sur la table de la cuisine. Des tranches de rôti froid, une tomate — épépinée —, de la betterave — dont les rondelles exsudaient leur jus —, un dôme méticuleux de carottes râpées et un œuf dur coupé en deux. Il y avait deux tranches de pain blanc, beurrées jusqu'au bord. Comme il risquait de laisser tomber des miettes, Marigold avait étalé des journaux autour de sa chaise. Il pela et mangea une orange du verger au-dessus de l'évier, en prenant soin de mettre tous les pépins dans la poubelle. Marigold nettoya après lui. Elle frotta ses couverts et son assiette dans de l'eau bouillante savonneuse, saupoudra l'évier de Vim, récura à fond, rinça et sécha, puis désinfecta tous les manches et toutes les poignées sur lesquels Evan avait pu laisser ses empreintes. Evan se lava le visage et la moustache dans la salle de bains, puis revint dans la cuisine.

— Il va pleuvoir demain, dit Marigold d'une voix stridente. Il va falloir que je fasse les vitres quand ça s'arrêtera, et aussi que je lave à fond les poignées de porte et les loquets de fenêtre.

Evan lui sourit, et dit :

— Mais, ma poule, ce n'est pas le moment…

— C'est le printemps ! cria-t-elle en portant la poche de glace à ses tempes. J'ai déjà lavé les murs et les plinthes, j'ai épousseté les plafonds et les moulures, et je pourrai continuer avec les portes et les bords de fenêtre à condition que tu retires tous les loquets et les poignées.

— Tu pourrais t'épargner pas mal de travail en lavant juste autour, ma poule, je suis très occupé.

Marigold se mordit le poing et alla vite se réfugier près

de la TSF, puis elle ferma les yeux, avec la poche de glace sur ses rouleaux.

Evan lui remplit d'eau sa bouillotte.

— Au dodo, dit-il, et il lui versa son sirop dans une cuillère.

Elle serra les lèvres et détourna la tête.

— Allons, Marigold, ton médicament.

Elle secoua la tête en serrant bien fort ses paupières.

— Bon, d'accord, ma poule, dit Evan. Je me lèverai de bonne heure et je démonterai tous les loquets et les poignées avant le petit déjeuner.

Elle ouvrit la bouche, et il lui versa la potion sur la langue puis l'aida à se mettre au lit.

— Ça fait vingt ans que Stewart est tombé de l'arbre…, dit-elle.

— Oui, ma chérie.

— Vingt ans que j'ai perdu mon garçon…

— Là, là, ma chérie.

— Je n'arrive pas à le voir.

Evan ajusta la position de la photo de leur fils mort, qui souriait.

— Vingt ans…

— Oui, ma chérie.

Evan versa encore un peu de sirop et le lui donna. Lorsqu'elle fut endormie, Evan se déshabilla, puis se pencha au-dessus d'elle en se pourléchant et en se frottant les mains. Il tira les draps et ôta la chemise de nuit de Marigold. Elle était inerte, mais il la disposa comme il la voulait, jambes écartées, bras par-dessus la tête, puis il s'agenouilla entre ses cuisses.

Le lendemain matin, Marigold Pettyman se tenait bien à l'abri de la dangereuse pluie devant l'évier de sa cuisine, ses mains rouges comme du cervelas plongées dans l'eau bouillante savonneuse, et elle récurait avec ardeur tous les loquets de fenêtre et les poignées de porte.

7

Le vendredi soir, les footballeurs étaient groupés avec un ou deux fermiers à l'extrémité du comptoir, et ils examinaient un plan du terrain de foot qui était épinglé sur la cible de fléchettes, par-dessus une photo criblée de Bob Menzies, le Premier ministre. Les noms des joueurs étaient griffonnés au crayon sur les différentes positions clés du match. Les experts se tenaient tout autour et hochaient la tête.

— Oh ! mince !

— Quelle vacherie !

— L'entraîneur y a été fort.

— Mais non — il a un plan, une tactique, c'est Teddy qui te le dit.

— Tout ce qu'il veut, Teddy, c'est ton fric.

— Tu as parié combien ?

— Un shilling.

— Il a raison, l'entraîneur — Bobby est costaud, c'est ça qui compte.

— Il est mieux placé au centre.

— Est-ce qu'il a surmonté la mort de son chien ?

Les hommes hochèrent la tête et reportèrent leur attention sur le plan de jeu.

— Gunna a la place de bouger.

— Ça, c'est un coup de génie, le changement à la mi-temps, on amène Bobby, et ils ne verront plus la balle pendant quaranante minutes.

Il y eut un grommellement général d'approbation. Les

hommes se détournèrent du plan, les mains enfoncées dans leurs poches.

C'était une soirée grave. Les footballeurs nerveux et leurs supporters s'alignèrent devant le comptoir. Une bière mousseuse les attendait à chaque emplacement. Ils buvaient à petites gorgées, les yeux fixés sur la plinthe derrière le bar. Quand la marée d'ambre fut descendue jusqu'à la dernière goutte, les hommes échangèrent des regards entendus, sifflèrent le fond de leurs verres, frappèrent dans leurs mains ou les frottèrent, renfoncèrent leurs casquettes et se dirigèrent vers la porte. Ils étaient attendus sur le terrain de foot. Purl regarda Fred et pressa ses ongles rouges sur ses lèvres rouges.

— Tu ne devrais pas y aller, Fred ?

— Nous avons une fête à préparer, ma Purlywurly.

Elle s'approcha et appuya la tête contre lui.

— Je les aime ces garçons, Fred…

Fred passa des bras maigres autour de la taille de sa Purly et enfouit si profondément le visage entre ses seins que seul le haut de ses oreilles dépassait.

— Ouiwouvoutou, dit-il.

Les spectateurs massés derrière la barrière blanche regardaient les joueurs courir et écoutaient leurs cris, échos désespérés dans le crépuscule glacé. Les braves athlètes étaient portés par leur enthousiasme et leur sincérité, même s'ils avaient la peur au ventre. Les supporters s'inquiétaient pour leurs paris — même s'ils ne doutaient pas de la victoire de Dungatar.

Tous les hommes, gamins et chiens qui avaient pu se libérer étaient rassemblés là pour assister à la dernière grande séance d'entraînement, pour écouter ensuite les encouragements de l'entraîneur dans les vestiaires et masser à l'huile de wintergreen les cuisses et les mollets des joueurs. Il y eut une acclamation bien sentie du brillant capitaine

Teddy McSwiney et de ses coéquipiers reconnaissants pour remercier l'entraîneur de ses efforts magnifiques, puis ils chantèrent gravement l'hymne du club, se donnèrent des claques dans le dos, se serrèrent la main, et rentrèrent chacun chez soi manger des côtelettes grillées, de la purée et des petits pois avant de se coucher.

Les supporters retournèrent au bistrot. Les derniers champions de Dungatar à avoir gagné la coupe de football étaient aujourd'hui des anciens combattants qui se cachaient à côté de la TSF dans des salons obscurs, mais demain ils quitteraient leurs fauteuils pour traîner leurs traumatismes de guerre, leur emphysème et leurs prothèses jusqu'à la barrière blanche près des buts, même si ça devait les tuer. Purl était tellement malade d'inquiétude qu'elle était tentée de se ronger les ongles. Le long du comptoir, les supporters avaient l'air sombres devant leurs bières. D'habitude, Hamish O'Brien et Septimus Crescant discutaient âprement. Ce soir, ils se taisaient.

— Mais bon Dieu, dit Purl, regardez-nous tous !

Elle leur souriait de toutes ses dents. Personne ne lui rendit son sourire.

— Alors, et cette nouvelle donzelle qui a débarqué ici ? lança-t-elle d'un air de conspirateur.

Les visages pâles alignés la regardèrent impassiblement.

— Encore une à éviter, dit un vieux conducteur de moutons moustachu.

— Et notre beau gars d'attaquant qui a des vues sur elle, dit un tondeur.

— Sur qui ?

Ils perçurent l'air du soir sur leur dos et sentirent Teddy McSwiney aussitôt qu'il ouvrit la porte. Il s'aspergeait littéralement de talc depuis que cette bonne femme était descendue du car.

— La nouvelle nana, dit le tondeur.

— Myrtle Dunnage, dit Purl.

— Ça doit être Tilly, dit Teddy, et il fit un clin d'œil à Purl.

— Elle est du genre facile, comme sa mère ? dit le conducteur de troupeau.

Teddy sortit ses poings serrés de ses poches et gonfla le torse.

— Du calme, du calme, dit Fred.

— Les garçons ! dit Purl.

— Il paraît que c'est une belle nana, reprit le tondeur.

Purl posa une bière devant lui et prit son argent.

— J'imagine qu'on peut dire ça, dit-elle avec un petit reniflement.

— Ah ouais ! dit Teddy avec un grand sourire.

— Plutôt comme notre Purl, c'est ça ? dit le conducteur de troupeau, et il la fixa d'un air lubrique.

Fred le regarda dans les yeux.

— *Ma* Purl, dit-il avant de tordre un torchon au-dessus de l'évier jusqu'à ce qu'il crisse.

— Elle est à toi, *maintenant*, dit le tondeur, et il finit sa bière.

Les buveurs lui tournèrent le dos, et son verre resta vide devant lui. Teddy alla se placer derrière le tondeur, les bras le long du corps, mais prêt.

— Je me souviens d'elle ! dit Reginald en claquant des doigts. C'est la fille bâtarde de Mad Molly. A l'école, on…

— Ta gueule, Reg !

Teddy recula d'un bond et leva les poings en dansant sur place. Les hommes se retournèrent.

Le tondeur sauta sur l'occasion :

— Tiens, tiens, un peu de passé croustillant là aussi, je ferais mieux de passer bavarder avec Beula en rentrant chez moi…

En un éclair, le tondeur eut son maillot de corps remonté

serré sur la pomme d'Adam, les épaules clouées au sol par les genoux de Teddy.

— Stop ! hurla Purl. Teddy, tu es notre attaquant.

Teddy, le poing brandi, s'immobilisa.

— Je vous conseille de la boucler, à partir de maintenant, dit Fred, s'adressant au tondeur et au vieux berger.

Le tondeur rétorqua :

— Et moi, je conseille à Teddy d'aller se coucher de bonne heure. Je n'aurais qu'à éternuer pour l'expédier à travers la porte vitrée, là.

Reg et les autres s'avancèrent d'un pas, encerclant le tondeur.

— S'il te plaît, Teddy, supplia Purl, larmoyante.

Teddy se redressa et s'épousseta. Le tondeur se releva et le regarda de haut.

— Je risque pas d'avoir une autre bière ici ce soir — j'aime mieux rentrer chez moi me coucher.

Ils le regardèrent gagner la porte d'un pas nonchalant, mettre son chapeau et disparaître dans la nuit. Tous les yeux se tournèrent vers Teddy.

— Je vais juste finir ma bière, dit-il, montrant ses mains ouvertes en signe de reddition.

Il rentra chez lui à pied dans les turbulences du brouillard. Le sergent Farrat, qui faisait sa ronde de nuit, ralentit, mais Teddy lui fit signe de continuer sa route. Plus tard, de son lit, il fixa longuement par la vitre de la caravane le carré jaune brillant de la fenêtre de Tilly, là-haut sur la Colline.

Les supporters de Dungatar subirent quatre longues périodes d'un abominable combat serré avec Winyerp, encourageant leurs guerriers à grandes bordées de jurons à vous glacer les sangs et de menaces justifiées. Vers la fin du dernier quart-temps, les joueurs étaient exténués, trempés et hors d'haleine, et le sang sourdait de leurs membres plâtrés de boue. Seul Bobby Pickett était propre — son short avait gardé son pli, et son maillot était resté sec —, mais il avait tout de même réussi à perdre une dent de devant.

A treize secondes de la fin, Winyerp marqua un but et égalisa. Teddy McSwiney, à des kilomètres de sa position, se glissa sous la meute en mêlée, s'empara de la balle au moment où elle tombait entre les jambes en mouvement et l'emporta en courant. Il esquiva les prises comme s'il était couvert de vaseline, courut à grandes enjambées en direction des quatre poteaux et shoota du pied gauche un coup biaisé qui glissa sur le côté de sa chaussure pour rebondir bas et ricocher vers les buts. La balle passa, et Teddy marqua le but à l'instant même où le sifflet annonçait la fin du match, alors que la meute rouge et vert, noire de boue, se jetait entre les poteaux pour la rattraper.

Dungatar 11-11-77[1]

Winyerp 11-10-76

Le tintamarre des klaxons souleva littéralement le ciel, et la foule hurla d'excitation, de soif de vengeance, de joie, de haine et d'euphorie. La terre trembla au son des applaudissements et des piétinements tandis que la vague serrée et sanguinolente des sportifs, telle une troupe de mille-pattes en ébullition, fonçait à travers le terrain pour se jeter dans les bras des fans qui les attendaient. Jamais équipe ne fut plus heureuse, jamais ville ne fut plus bruyante. Au coucher du soleil, l'hymne du club s'amplifiait au-dessus des plaines de Dungatar, et la ville entière s'élançait vers l'Hôtel de la Gare.

Des pétards secouaient les montants de porte, et des fusées éclairantes illuminaient les champs à trois kilomètres. Derrière le comptoir, Purl dansait en short blanc et maillot rayé, avec des bas résille et des chaussures de foot lacées jusqu'aux genoux. Fred Bundle portait une chemise d'arbitre de ligne tachée de boue. Deux fanions blancs ornés de papier d'argent et de fleurs en cellophane, fixés à son béret rouge et bleu, se dressaient vers le toit. Il avait

1. 11 buts à 6 points — 11 buts à 1 point — soit 77 points. (NdT)

l'air d'un petit renne de Noël. La populace était à divers stades de déshabillage et d'ébriété — étreignant n'importe qui, chantant, dansant dans l'allée piétonne ou suspendue au tuyau déroulé de la bouche d'incendie au-dessous du balcon. Des femmes choisissaient un coin tranquille pour tricoter, bavarder ou allaiter. Reginald — avec un couperet de boucher dans son chapeau — jouait du violon tandis que, dans le coin, Faith O'Brien, armée de son micro, chahutait avec trois jeunes femmes — les filles McSwiney, lourdement maquillées, exhibant le haut de leurs bas et la dentelle de leurs jupons sur leurs cuisses croisées. Elles avaient des fleurs dans les cheveux — des roses bleues — et gloussaient en fumant des cigarettes. Arborant un haut-de-forme, un habit à queue et des chaussures de claquettes, le sergent dansait sur le comptoir. Skinny Scotty Pullit flanquait son ratafia à la pastèque sous le nez de tout le monde en disant : « Tète-moi ça, tournée spéciale. » Teddy en prit une gorgée. Ses lèvres dessinèrent un grand *O*, et le feu lui enflamma les entrailles. Il tendit la main pour en reprendre. Septimus Crescant distribuait des prospectus sur sa Société pour une Terre plate. Il rencontra William, l'air effrayé et les bras croisés pour se protéger de Gertrude, rayonnante, qui le serrait de très près. Elsbeth s'assit à côté de lui, contrariée, avec Mona près d'elle qui brûlait de danser mais n'osait pas. William prit un prospectus puis se dégagea de Gertrude, pour accompagner Septimus au comptoir. En y parvenant, Septimus ôta son casque de chantier et le jeta sur le linoléum vert marbré. Il avait le haut du crâne plat, à tel point qu'on aurait pu y poser une jatte de gelée.

— Rudement costaud, dit-il en marchant sur le casque.

— Pourquoi le portes-tu ?

— A cause d'un accident quand j'étais bébé, encore dans les bras — une chute. Je ne suis pas du tout doué pour les hauteurs. Je suis venu vivre ici à cause du relief et parce que c'est loin du bord. Mais c'est un peu plus haut que le niveau de la mer, alors nous ne serons pas inondés quand viendra la fin — l'eau s'éloignera de nous en dégringolant le long du bord. Et puis, bien sûr, il y a la Colline.

— La fin ?

Une fléchette passa tout près d'eux en sifflant, pour se planter entre les yeux de Robert Menzies.

— Un toast ! cria le sergent Farrat. A ceux qui ont décroché la deuxième place dans l'art de la balle au pied. A Winyerp.

Il y eut un silence pendant que chacun buvait.

— Et maintenant un toast pour nos braves sportifs victorieux, l'équipe de football de Dungatar.

Il se fit un vacarme assourdissant, des sifflements et des applaudissements. L'équipe fut hissée sur des épaules et portée en triomphe autour du comptoir tandis que l'hymne du club retentissait encore, et encore, et encore.

Lorsque Beula Harridene passa devant l'hôtel juste avant l'aube, la fête durait encore. Des gens blafards jonchaient l'allée en tas et en bouquets, les fourrés frémissaient au rythme de flirts très poussés, des hommes se laissaient ramener chez eux par la main et, bien droit au comptoir, Scotty Pullit dormait. Etendue près de lui, Purl dormait aussi. Et Fred, assis à côté d'eux, dégustait à petites gorgées une tasse de Horlicks bouillant.

8

Ruth Dimm scrutait la voie ferrée, adossée à la camionnette postale. Chargé d'un arrosoir dégoulinant, Hamish O'Brien parcourait le quai pour abreuver les pétunias massés sur les piliers de la galerie, telles des socquettes à bord volanté. Au loin, un long tooooooooot retentit. O'Brien s'arrêta, consulta sa montre de gousset, puis fixa les yeux vers le bruit assourdi, tchouf tchouf tchouf tchouf. Le Thomson & Company SAR de 9 h 10 fonçait sur Dungatar de toute la vitesse de ses cinquante-huit kilomètres/heure, avec force vapeur, cahots et halètements poussifs.

Il s'approcha de la gare, les longues barres de transmission ralentirent le long de la voie, les pistons s'apaisèrent cependant que la vapeur jaillissait toujours à gros bouillons blancs et gris, puis la gigantesque locomotive noire s'arrêta dans un crissement assourdissant, rugit et poussa un long soupir. Le chef de train agita le bras, Hamish siffla, et l'employé jeta les énormes sacs de courrier de manière à les faire tomber aux pieds de Ruth. Il traîna ensuite jusqu'à Ruth un chiot réticent qu'il tenait en laisse. Un panonceau fixé à son collier disait : « SVP donnez-moi à boire. »

— C'est pour Bobby Pickett ? demanda Hamish.

— Oui, dit Ruth en caressant les oreilles veloutées du petit chien. De la part de Nancy.

— J'espère qu'il a moins peur des moutons que des trains, dit l'employé.

Et, à l'aide de son chariot, il déposa une caisse à thé sur le gravier à côté de la camionnette. Hamish et Ruth l'observèrent de près. Elle était adressée à : « Miss Tilly Dunnage, Dungatar, Australie », en gros caractères rouges.

Le train démarra, et ils le suivirent des yeux jusqu'à ce qu'il n'y ait plus qu'une traînée de fumée grise à l'horizon. Hamish tourna son visage rougeaud vers Ruth. Des larmes immobiles se nichaient dans les rides pâles sous ses yeux bleus. Il cala sa pipe entre ses dents et dit :

— C'est le diesel qui gagne, tu comprends…

— Je sais, Hamish, je sais…, dit Ruth en lui tapotant l'épaule. Le progrès.

— Foutu progrès, le diesel ou l'électrique, ça n'a plus rien du tout de poétique. Qui a besoin de vitesse ?

— Les fermiers ? Les voyageurs ?

— Au diable les fichus voyageurs. Ça n'a rien à voir avec eux non plus.

A cause du bal prochain des footballeurs et de l'assemblée des Courses de printemps, les sacs postaux étaient remplis de colis — catalogues Myer, robes neuves, étoffes et chapeaux —, mais Ruth se concentrait sur la caisse à thé libellée en rouge. Le contenu en était éparpillé à ses pieds. De petits paquets enveloppés de calicot, ficelés et collés, des boîtes métalliques scellées à la cire et des coupons de tissu pliés comme Ruth n'en avait jamais vu. Il y avait des recettes et des photos de nourriture étrangère, des photos de dames minces et élégantes, d'hommes anguleux, de mannequins souriant devant des monuments célèbres d'Europe. Il y avait des cartes postales de Paris écrites en français, des lettres déjà ouvertes postées de Tanger et du Brésil, adressées à quelqu'un d'autre à Paris, mais envoyées maintenant à Tilly pour qu'elle les lise. Ruth trouva dans un pot de drôles de boutons et des fermoirs assortis, des boucles de ceinture aux formes curieuses, des mètres et des mètres de dentelle fine empaquetée dans un colis posté de Bruxelles, et puis des livres d'Amérique — *The Town and the City* et aussi un d'un certain Hemingway. Ruth lut une ou deux pages de celui-ci, mais n'y trouva pas de trame sentimentale et le jeta de côté, elle ôta le ruban adhésif qui maintenait le couvercle d'une petite boîte métallique avant de l'ouvrir. Elle fourra le bout de son long nez dans l'herbe séchée gris-vert qui s'y trouvait. C'était poisseux, douceâtre. Elle referma le couvercle. Elle dévissa ensuite le dessus d'un pot qui contenait une masse de matière brun-noir, humide, ressemblant à de la colle. Elle gratta la surface et la goûta. Le goût correspondait à l'odeur, celle de l'herbe broyée. Il y avait encore un petit pot de fine poudre grisâtre à l'odeur âcre et une vieille boîte de Milo contenant quelque chose comme de la boue séchée. Quelqu'un avait griffonné : « Délayer à l'eau tiède » sur l'étiquette verte.

Elle serra le bocal de boutons contre sa chemise grise de postière et le glissa dans la poche de sa veste, puis alla cacher la boîte de Milo dans son armoire.

Elles arrivèrent au pied de la Colline, lourdement chargées et exténuées. Molly portait sur ses genoux un tas de produits alimentaires, une tringle à rideaux et de l'étoffe de chez Pratt. Tilly s'éventait avec son chapeau de paille. Un gros double poney au trot apparut au coin de la route, tirant une charrette à quatre roues avec Teddy McSwiney perché dessus, les rênes lâchement passées autour des poignets.

— Holà ho ! dit-il.

Le cheval s'arrêta à côté de Tilly et de Molly. Il renifla le chapeau de Tilly puis soupira.

— Je vous emmène ? proposa Teddy.

— Non merci, dit Tilly.

Teddy sauta à bas de la carriole et souleva Molly Dunnage de sa chaise roulante, avec tout son chargement. Il la déposa délicatement sur le chariot à la meilleure place.

— Cette charrette a toute la merde de Dungatar renversée dessus, dit Molly.

Teddy repoussa son chapeau en arrière et posa le fauteuil roulant sur le plateau du chariot. Il sourit à Tilly et flanqua une tape sur les planches, derrière Molly. Elle regardait sa main d'homme, plate, posée sur une traînée brune poussiéreuse.

— La courte échelle ?

Tilly se mit en marche.

— Ce serait mieux pour Molly, que vous grimpiez à côté d'elle.

— Ça l'arrangerait bien que je tombe, dit Molly.

Teddy se pencha contre Molly et dit :

— Je la comprends.

Tilly plaça ses mains derrière elle sur la charrette et hissa son petit derrière sur les planches à côté de sa mère. Teddy fit clapper sa langue et secoua légèrement les rênes au-dessus du dos de l'animal. La carriole se remit en marche dans un sursaut. Molly gardait les yeux rivés sur la croupe ronde et chaude qui roulait et tressautait à moins d'un mètre de ses solides bottines. Le cheval soulevait et agitait sa queue pour fouetter les mouches, et les crins pointus venaient lui picoter les tibias. Il sentait délicieusement bon l'herbe chaude et la sueur épaisse.

Teddy secoua à nouveau les rênes.

— Nous avons gagné la finale, vous l'avez su ?

— Oui, dit Tilly.

— Comment s'appelle ce cheval ? demanda Molly.

— Graham.

— Ridicule.

Ils grimpaient résolument la côte, avec le soleil dans les yeux et l'odeur entêtante du cheval et de la carriole de vidange dans les narines. Graham s'arrêta au poteau d'entrée devant la maison marron penchée. Tilly se dirigea vers la corde à linge, et Teddy souleva Molly pour la porter sur la galerie. Elle lui mit les bras autour du cou et fit papillonner ses rares cils gris.

— J'ai un paquet de VoVo glacés. Ça te dirait, une tasse de thé ?

— Comment résister ?

Ils étaient assis en silence dans la cuisine, devant les VoVo roses joliment disposés sur la plus belle assiette de Molly.

Elle versa dans sa tasse le thé renversé dans la soucoupe.

— J'aime le thé normal. Pas toi ?

Teddy regarda dans sa tasse.

— Le thé normal ?

— Pour toi, elle a fait du thé normal — mais moi, elle me fait boire du thé à base d'herbes et de racines. Prends encore un gâteau.

— Non merci, Molly, il vaut mieux en laisser pour Tilly.

— Oh ! elle ne les mangera pas. Elle mange des graines pour les oiseaux et des fruits, puis d'autres trucs qu'elle se fait envoyer de la ville. Elle reçoit aussi des choses de l'étranger, des endroits dont je n'ai jamais entendu parler. Elle mélange des choses — des potions —, elle dit que c'est des herbes « médicinales », et elle prétend qu'elle est artiste, alors pourquoi veut-elle rester ici ?

— Les gens artistes ont besoin d'espace pour créer.

Il but le fond de sa tasse, s'essuya la bouche sur sa manche, et se détendit contre son dossier.

— Tu veux juste faire semblant de la comprendre.

— Les filles comme elle ont besoin d'un type comme moi.

Molly hocha la tête.

— Je ne veux pas d'elle. Elle croyait que j'étais sa mère, mais je lui ai dit : « Celle qui serait ta mère, elle vivrait dans un antre de sorcière. »

Puis elle ôta son dentier et le posa sur sa soucoupe. Tilly entra et flanqua un tas de linge tout raide sur la table, entre les deux conspirateurs. Le linge bien sec sentait le soleil. Molly tendit son dentier à Tilly.

— Rince-les-moi, dit-elle, lançant à Teddy un regard d'excuse. C'est la noix de coco, tu comprends.

Tilly passa le dentier de sa mère sous le robinet.

— Ils ont encore des soirées dansantes, le samedi soir ? bredouilla innocemment Molly.

Tilly posa le dentier sur la soucoupe devant elle, puis entreprit de tendre et de plier le linge, dangereusement près de l'oreille gauche de Teddy.

Teddy se pencha en avant.

— Le bal des footballeurs, samedi prochain.

— Oh ! quelle chance ! s'exclama Molly.

Elle adressa à Tilly un sourire attendri. Puis elle regarda Teddy, haussa les sourcils et mit un bonbon dans sa bouche.

— Emmène-la.

— Ce sont les frères O'Brien qui assurent la musique.

Il regarda Tilly, qui continuait à plier et à lisser le coton raide en piles carrées.

— Il paraît qu'ils sont bons, les O'Brien, dit Molly.

— Vachement, dit Teddy. Hamish O'Brien à la batterie, Reginald Blood au violon, avec Big Bobby Pickett à la guitare électrique et Faith O'Brien qui pianote et qui chante. Genre Vaughn Monroe et autres.

— Le grand jeu, dit Molly.

Tilly pliait, flap pfut pfut slap.

— Alors, Tilly ? Ça vous dirait, un tour de piste avec le plus beau danseur né de la ville ?

Elle plongea le regard dans ses yeux bleus étincelants.

— Ça me ravirait, si l'être en question existait.

Nancy s'installa sur le canapé à côté du central téléphonique, avec l'édredon et les oreillers. Ruth lui apporta la tasse fumante de liquide brun. Elles la humèrent, l'examinèrent, la tinrent dans leurs mains.

— Ce n'est pas du Milo, dit Nancy.

— Non, dit Ruth. Prudence dit qu'elle doit être herboriste. Elle l'a lu dans un livre.

— J'ai des sels du frigo de M. A., si jamais ça nous rend malades, fit Nancy en tapotant sa poche de poitrine. Vas-y la première.

— Il n'est rien arrivé quand nous avons mangé l'espèce de machin vert comme de l'herbe.

— On a dormi comme des bébés, dit Nancy.

Ruth regarda la boisson brunâtre.

— Allons, on va le boire ensemble.

Elles burent une petite gorgée, froncèrent le nez.

— Juste la moitié, dit Ruth, et voyons s'il se passe quelque chose.

Elles attendirent, l'œil écarquillé, aux aguets.

— Tu ne sens rien ? dit Nancy.

— Rien.

— Moi non plus.

Elles furent réveillées par des coups frappés à la porte. Ruth regarda autour d'elle, se tâta. Elle allait bien, toujours en vie. Elle alla à la porte.

— Qui est-ce ?

— Tilly Dunnage.

Ruth entrouvrit la porte.

— Qu'est-ce que vous voulez ?

— J'ai perdu quelque chose, ou plutôt, je ne l'ai jamais reçu.

Les yeux de Ruth s'agrandirent. Dans son dos, Nancy se glissa derrière la porte.

— C'était de la poudre, dit Tilly. De la poudre brunâtre.

Ruth secoua la tête.

— Nous ne l'avons pas vue, nous ne savons absolument rien au sujet d'une boîte de poudre.

— Je vois, dit Tilly à Ruth qui avait les lèvres marron.

Ruth fronça le sourcil.

— Quel genre de poudre était-ce ?

— Ça n'a pas d'importance, fit Tilly en s'éloignant.

— Ce n'était pas du poison ?

— C'était de l'engrais pour mes plantes, répondit Tilly. De la fiente de vampires d'Amérique du Sud — la meilleure, à cause du sang qu'ils aspirent.

— Oh ! dit Ruth.

En partant (et en se demandant où elle pourrait se procurer du henné), Tilly entendit des hoquets violents et des bruits de cavalcade. La lumière de la salle de bains s'alluma.

Comme elle se dirigeait vers chez Pratt, Tilly croisa Mae à l'angle de la bibliothèque. Mae rentrait chez elle, chargée de pinces à linge et de lait.

— Bonjour, dit-elle.

— 'jour, dit Mae sans s'arrêter.

Tilly se retourna vers les grosses fleurs rouges qui s'éloignaient à pas rapides, et cria :

— Merci d'avoir gardé un œil sur Molly.

Mae s'arrêta et se retourna aussi.

— Je n'ai rien fait de spécial, ça paraissait normal.

— Vous m'avez caché qu'elle était…

Tilly ne pouvait se résoudre à employer le terme « follc » ou « dingue », parce que c'était comme ça qu'on avait appelé Barney. Un jour, des gens étaient venus le chercher à l'école pour l'interner, mais Margaret avait couru chercher Mae. Et depuis, il y avait toujours quelqu'un avec Barney, encore maintenant.

— Il vaut mieux se tenir à carreau par ici, j'aime mieux que vous le sachiez, dit Mae, revenue vers Tilly. Rien ne change jamais vraiment, Myrtle.

Elle repartit à grands pas, laissant Tilly stupéfaite et atterrée.

***

Le lendemain s'écoula platement. Dans le ciel, les nuages n'étaient pas plus épais qu'une couche de beurre citronné sur un toast, gardant la terre au chaud. Irma Almanac était installée sur la terrasse, derrière chez elle, et regardait rouler les eaux rapides de la rivière portant avec elles des signes de printemps. Le long de la rive, Tilly poussait sa mère sur son fauteuil roulant, dans sa direction.

— Comment ça va aujourd'hui ?

— Il y a la pluie qui arrive, répondit Irma. Mais juste assez pour faire reposer la poussière.

Les deux femmes restèrent un moment assises ensemble pendant que Tilly préparait le thé. Irma et Molly bavardaient, en évitant soigneusement les sujets sensibles qu'elles partageaient — l'absence de bébé, la brutalité des hommes. Elles parlaient de la prolifération des lapins, de l'éventualité d'une vaccination contre la coqueluche, du communisme, de la nécessité d'égoutter les gros haricots avant et après ébullition, et avant de les mettre dans la soupe à cause des risques d'empoisonnement. Tilly posa des petits gâteaux devant Irma.

— A propos de poison…, marmonna Molly.

— Je vous ai fait des gâteaux spéciaux, dit Tilly.

Irma en prit un de ses doigts gauches et enflés, et le goûta.

— Inhabituel, dit-elle.

— Tu as déjà mangé des choses préparées par Lois Pickett ?

— Oui, sûrement.

— Bon, alors ça va passer tout seul, dit Molly.

Irma mastiqua, puis avala.

— Dis-moi, pourquoi une belle fille intelligente comme toi revient-elle ici ?

— Et pourquoi pas ?

Elles partirent avant le déjeuner. Irma se sentait légère et heureuse. Elle avait une conscience aiguë des détails de la journée — le ciel paisible et l'odeur boueuse de la rivière avec ses roseaux pourrissants —, de la chaleur, de sa pelouse d'herbe rase, du chant des moustiques et d'une brise à peine perceptible qui faisait bouger ses cheveux autour de ses oreilles. Elle sentait chauffer ses os à l'intérieur de son corps, mais ils ne lui faisaient plus mal et la douleur avait cessé. Elle mangeait un deuxième gâteau quand Nancy passa la tête par la porte.

— Alors vous voilà, hein ?

Irma sursauta, puis se raidit dans l'attente de la douleur violente qui allait brutalement lui couper le souffle, mais rien ne vint. Nancy était fâchée, le front plissé et les mains sur les hanches. Derrière elle, le crâne chauve de Percival pointait lentement dans l'encadrement de la porte comme le nez d'un DC-3. Irma gloussa.

— Vous n'étiez pas devant chez vous pour bloquer M. A., et il serait allé se cogner dans la porte si je n'étais pas accourue…, ajouta Nancy en tapotant la tête de M. A.

Les larmes ruisselaient sur le visage d'Irma, et son vieux corps déformé tressautait de rire.

— A l'avenir, je la laisserai ouverte, dit-elle, et c'était tout juste si elle ne poussait pas des cris de joie en se tapant sur les cuisses.

M. Almanac se laissa tomber dans son fauteuil comme un râteau qui tombe sur une brouette.

— Tu es idiote, dit-il.

— Bon, eh bien, je vais vous laisser, dit Nancy, et elle s'éloigna en se pavanant.

— Ces mégères de Dunnage sont venues ici, grommela M. Almanac.

— Oui, dit Irma avec bonne humeur, et la petite Myrtle a emporté mes robes. Elle va mettre des boutons plus gros, pour que je puisse les boutonner plus facilement.

— Elle ne pourra jamais rattraper ça, dit-il.

— Elle n'était qu'une enfant…

— Tu ne sais rien du tout.

Irma regarda son mari, assis avec le visage courbé au ras de la table, et tous ses traits qui pendaient comme des mamelles de chienne qui allaite. Elle se remit à rire.

Cette semaine-là, Teddy McSwiney retourna encore trois fois à la Colline. A sa première visite, il apporta des écrevisses et des œufs frais que Mae venait de ramasser. « Elle dit que, s'il y a besoin, il faut la siffler. » Tilly fut soulagée, mais elle trouva tout de même un travail urgent à faire dans le jardin et le laissa en tête à tête avec Mad Molly pour manger les écrevisses — qui venaient d'être attrapées, cuites, décortiquées, enroulées dans des feuilles de salade et assaisonnées de vinaigre de citron fait maison. Il lui laissa sa part au réfrigérateur. Elle les mangea tard ce soir-là avant de se coucher, et lécha le jus de l'assiette avant de la mettre dans l'évier.

La deuxième fois, Teddy arriva avec deux filets de morue marinés dans une sauce inconnue et saupoudrés de thym frais. Tilly sortit travailler dans son potager, mais l'odeur de friture de la morue la ramena dans la maison. Le poisson fondait sous leurs papilles ravies et, quand il ne resta plus rien dans leurs assiettes, Tilly et Molly posèrent côte à côte leurs couverts à poisson sans quitter des yeux leurs assiettes. Tilly déclara d'une voix neutre :

— C'était délicieux.

Molly rota et dit :

— C'est déjà mieux. Tu ne devrais pas être impolie avec lui, sa mère m'a sauvé la vie.

— Sa mère t'apportait de la nourriture préparée par Mme Almanac. C'est moi qui t'ai sauvé la vie.

— C'est un gentil jeune homme, et il aimerait t'emmener danser, dit Molly en lançant à Teddy un clin d'œil entendu.

Il adressa à Molly un sourire charmeur et leva son verre.

— Je ne veux pas y aller, dit Tilly, et elle alla poser les assiettes dans l'évier.

— C'est ça, reste ici à me torturer, mets-toi dans mes pattes, assure-toi que je n'irai pas chercher de l'aide. C'est ma maison, tu sais.

— Je n'y vais pas.

— Pas grave, dit Teddy. Elle ne ferait que gêner mes partenaires habituelles… et tout le monde par-dessus le marché.

Il regarda les épaules de Tilly se raidir.

Molly bouda pendant deux jours. Elle ne regardait pas Tilly, et ne voulait pas manger. Elle réveilla Tilly trois fois la même nuit pour dire : « J'ai mouillé mon lit. » Tilly changea les draps. Quand elle entra dans la cuisine, le troisième jour, avec un panier plein de draps secs, Molly s'approcha vivement d'elle et lui entailla profondément la jambe avec le bord tranchant du repose-pieds.

— Je n'irai quand même pas danser, dit Tilly.

Avec ses jumelles, il la vit qui lisait, assise sur la marche du perron ; il se hâta aussitôt de grimper vers le haut de la Colline avec du vin, des tomates rouge sang fripées qui venaient du potager, des oignons, des panais et des carottes (encore tièdes de terre), une douzaine d'œufs frais, un poulet dodu (plumé et vidé), et une marmite toute neuve.

— Elle vient de la poubelle de Marigold. Elle n'a pas dû savoir quoi en faire, dit-il.

Tilly le regarda en haussant un sourcil.

— Infatigable, hein ?

— Ça s'appelle une cocotte-minute. Je vais vous montrer.

Il passa devant elle pour entrer dans la cuisine. Molly se tracta jusqu'à sa place attitrée au bout de la table, enfonça une serviette de table dans son col et la lissa sur le devant de sa robe neuve. Teddy commença à préparer un poulet rôti au vin. Lorsque Tilly pénétra dans la cuisine, Molly dit :

— J'ai eu une surprise ce matin, jeune homme, on m'a apporté de la gare un phono. Aimerais-tu écouter de la musique pendant que tu cuisines ?

Teddy regarda Tilly de ses yeux larmoyants, devant la poignée d'oignons qu'il venait de découper. Tilly accrocha son chapeau de soleil à un clou au mur et mit les mains sur ses hanches.

— Elle fera ça après avoir mis le couvert, ajouta Molly.

Tilly posa un disque sur la platine.

— Est-ce que, l'une ou l'autre, vous avez entendu parler d'une nouvelle comédie américaine qui s'appelle *South Pacific* ? dit Teddy Ça n'est pas encore arrivé ici. J'ai un copain qui peut m'avoir le disque dès qu'il arrivera. Vous en voulez un, Molly ?

— Ça a l'air très romantique.

— Oh oui ! Molly, dit Teddy.

— J'ai horreur des histoires sentimentales, dit Tilly.

Billie Holiday commençait à chanter une histoire de cœurs brisés et d'amour douloureux. Plus tard, sur le poulet rôti au vin, Tilly passa une sorte de jazz, d'un genre que Teddy n'avait jamais entendu et sur lequel il avait bien trop peur de poser des questions, aussi parla-t-il d'autre chose :

— George Bernard Shaw est mort.

— Ah bon ? répondit Tilly. Mais J. D. Salinger est vivant, en revanche. Pourriez-vous prier votre copain de me procurer un exemplaire de *L'Attrape-Cœurs* ? Ce n'est pas encore publié.

Son sarcasme resta en suspens dans l'air.

Molly la dévisagea, puis souleva son bol fumant de poulet en sauce et se le renversa sur les cuisses. La robe en tergal que Tilly venait de terminer pour elle fondit sur ses cuisses frêles. Tilly était clouée sur place.

— Regarde ce que tu m'as fait faire, gloussa Molly avant de se mettre à trembler et à siffler entre ses dents sous l'effet du choc.

Teddy arracha la jupe de ses cuisses avant qu'elle colle. Il regarda Tilly, toujours clouée sur place.

— Du beurre, commanda-t-il brièvement.

Tilly bondit. Il tira de sa poche un flacon et versa du whisky entre les lèvres de la vieille femme. Elle s'évanouit. Il la transporta sur son lit puis s'en alla, mais fut bientôt de retour pour la veiller avec Tilly. Elle ne disait rien, elle restait assise au chevet de sa mère, l'air sombre. Barney arriva avec un pot de pommade de chez M. Almanac et le tendit à Teddy.

— J'ai fait comme tu avais dit, j'ai dit que ce n'était pas pour Mad Molly.

— Tu as dit son nom ? gronda Teddy.

— Tu m'as dit de ne pas le dire.

— Alors tu n'as pas dit son nom ?

— Non. J'ai dit ton nom, et il a dit : « Faudra la mettre demain. »

Tilly regardait Barney, planté dans l'encadrement de la porte.

— Demain, répéta-t-il. Il m'a dit de te le dire, demain.

Teddy tapota doucement l'épaule de son frère.

— Très bien, Barney, dit-il puis, se tournant vers Tilly : Vous vous souvenez de mon frère ?

— Merci d'avoir apporté la pommade, dit-elle.

Barney rougit et fixa le mur à côté de lui.

Après leur départ, elle flaira la pommade de M. Almanac et la jeta, puis sélectionna des herbes et des onguents dans une malle sous son lit et en fit une pâte. Molly gisait sur son lit, nue depuis la taille jusqu'aux pieds, tandis que deux grosses cloques rouges, larges comme la main, enflaient sur ses cuisses et s'emplissaient d'un liquide aqueux. Tilly vida le bassin de sa mère plusieurs fois par jour, pansa ses blessures et fit tout comme le voulait la vieille femme. Les cloques finirent par désenfler, laissant deux marques cuisantes.

9

Là-bas, à Windswept Crest, Elsbeth était assise bien raide devant la grande baie vitrée, le poing serré et les yeux pleins de larmes. Mona s'attardait dans les coins de la cuisine, à essuyer des surfaces étincelantes, à jeter un coup d'œil dans le four et à vérifier des couvercles de récipients, tout en lançant des regards obliques sur sa mère.

William était au bistrot, accoudé au comptoir, et pensait à sa mère et au fait qu'il était l'heure du dîner. Les jeunes autour de lui vidaient leurs chopes de bière et zigzaguaient vers la porte, en direction du hall. Scotty Pullit lui donna une tape dans le dos.

— Allez mon pote, viens, on va éblouir les nanas.

Et il s'éloigna, courbé en deux par la toux.

William s'arrêta devant la poste en agitant des pièces dans sa poche, les yeux sur la cabine téléphonique. Il ne s'était pas encore remis de son entretien avec M. Pratt et de l'épais dossier intitulé « Windswept Crest ». Scotty Pullit reparut à côté de lui et lui tendit sa bouteille d'eau-de-vie de pastèque, transparente mais brûlante. William but une gorgée, toussa, reprit son souffle puis suivit Scotty et les autres footballeurs, avec les fils et les filles de fermiers. Il y avait des ballons et des banderoles suspendues de crochet en crochet. Il se dirigea vers le buffet, où il fuma et but du punch avec les autres garçons. Les filles des environs se dispersaient par deux ou trois vers les tables d'angle, en bavardant et en gloussant.

Les O'Brien réglaient leurs instruments. Hamish bourdonnait autour de sa batterie tandis que sa femme fredonnait debout devant le piano en assouplissant et étirant ses doigts. Faith était serrée dans une robe en taffetas de rayonne rouge comme un camion de pompiers. Ses boucles brun sombre étaient ramassées sur le sommet de sa tête avec des fleurs à la Carmen Miranda, et des roses en plastique lui pendaient aux oreilles. Une bague assortie lui couvrait trois phalanges. Elle arborait une plâtrée de fond de teint, avec beaucoup trop de poudre par-dessus. « A fond la caisse », commenta la voix acidulée de Beula. Faith planta son large derrière et sa jupe froncée sur un minuscule tabouret, s'éclaircit la voix et modula toute une gamme en bémol jusqu'à un *do* douloureusement aigu. A côté d'elle, Reginald — le « violoniste de Faith » — râpait son archet sur les cordes de l'instrument en s'efforçant de l'accompagner. Bobby Pickett pinçait les cordes de sa Fender en exhibant dans un grand sourire le trou de sa dent perdue, tandis qu'en écho les haut-parleurs des retours graillonnaient à tout-va. Faith tapota le micro, « Un deux, un deux », puis souffla dedans. Un hurlement électrique strident alla se répercuter sur les poutres. William se boucha les oreilles en grimaçant.

— Bonsoir et bienvenue à la sauterie du samedi soir du Faithful O'Brien's Band…

— Eh là, le Blood and O'Brien *Brothers* Band ! cria Hamish.

Faith leva les yeux au ciel, posa les mains sur ses hanches généreuses et déclara au micro :

— Hamish, tout ça a déjà été dit. Aucun d'entre vous n'est frère.

Sur un coup de cymbales de Hamish, les musiciens commencèrent à jouer *God Save the King*, et tout le monde se mit au garde-à-vous. Comme cela lui rappelait sa mère, William empoigna la bouteille d'eau-de-vie de pastèque de Scotty et en but une longue rasade pour apaiser sa conscience. A la fin de l'hymne national, les footballeurs entraînèrent hardiment une fille chacun sur la piste de danse, puis se retournèrent, les bras tendus et les yeux fixés sur les cimaises. L'orchestre attaqua *Buttons and Bows*, et les couples se mirent à bondir latéralement comme un seul homme, naviguant autour de la salle dans le sens des aiguilles d'une montre. Après quoi l'orchestre familial de Faith O'Brien se lança dans une interprétation enjouée de *On the Sunny Side of the Street.* A côté de William, un fermier rondouillard fut happé par une fille d'un domaine voisin, et ils se mirent à tournoyer sur la piste de danse au milieu des envolées de jupes, des bas à coutures, des martèlements de talons plats et des entraperçus de jupons. Ici et là, un tailleur en lainage, vieux d'au moins dix ans, manœuvrait posément parmi le tourbillon de fanfreluches.

Gertrude Pratt franchit la porte, son cardigan sur les épaules et son sac au bras. Elle marcha droit vers le buffet. William se retournait pour écraser sa Capstan dans la sciure et s'en aller quand il se trouva nez à nez avec elle. Il regarda la fille au visage lourd et aux yeux bruns pleins de douceur et, avec un sourire d'excuse, leva le bras en direction de la porte, derrière elle, en disant :

— J'allais justement rentrer chez moi…

Elle avança, prit sa main levée, et l'entraîna parmi les danseurs.

William n'avait plus dansé depuis les cours de Miss Dimm, quand il n'était qu'un garçon de quinze ans maladroit. La fille dans ses bras lui rappela cette époque, sauf qu'elle était étonnamment légère sur ses pieds, qu'elle était douce à toucher et qu'elle sentait le parfum. Il sentait ses hanches onduler, la chair tiède de sa taille remuer sous sa paume, sa luxuriante chevelure brune lui caresser la joue. Comme il trébuchait, lui marchait sur les pieds et lui heurtait les genoux avec les siens, elle le serra plus fort et de plus près, et il sentit ses seins se presser contre les revers de sa veste. Au bout d'un moment, rassuré par la gentille fille qu'il avait entre les bras, il lui semblait suivre un sillage d'anges qui passaient. Ils auraient pu être au paradis.

A la fin du morceau, il alla chercher du punch. Il trouva Scotty au buffet et but au goulot une solide rasade d'eau-de-vie. Scotty désigna Gertrude du coin de l'œil.

— J'imagine qu'elle doit coûter un paquet à entretenir, celle-là, dit-il.

— Bah ! répondit tristement William. Je dois dire que, pour l'instant, c'est avec mon argent que son père l'entretient.

Il regrettait de ne pas trouver le moyen d'en récupérer une partie ou de faire un emprunt, juste pour pouvoir démarrer. Il se demanda si… Il tendit encore la main vers la bouteille d'alcool de pastèque, puis se dirigea vers la table où s'était assise Gertrude en attendant son punch.

— Il fait vraiment chaud, là-dedans, dit-elle.

— Oui, dit William.

— Si on allait faire un tour dehors ?

Et elle lui prit la main.

Les danseurs attendaient, raides comme les statuettes sur les trophées de champions. Barney McSwiney tournait les pages noircies de Faith, et l'orchestre cherchait une note commune, avec force couacs. Ils virent Tilly Dunnage arriver au bras de Teddy McSwiney, la star du match, au moment même où les deux jeunes gens franchissaient la porte. Faith les repéra, et l'orchestre se figea ; toutes les têtes se tournèrent pour regarder. Quelque part un ballon éclata.

Tilly gardait les yeux dans le lointain. Elle savait que c'était une erreur, que c'était trop tôt, trop audacieux. Une nausée fiévreuse la submergea, la culpabilité l'envahit, et elle dut se répéter : *Ce n'était pas ma faute.* Mais elle esquissa néanmoins un mouvement de recul. Teddy la tenait fermement, le bras solidement passé autour de sa taille.

— Je ne peux pas rester, murmura-t-elle.

Mais il avançait, la pilotant à travers la salle. Les couples s'écartaient et dévisageaient Tilly, drapée dans un long fourreau d'un vert saisissant qui paraissait sculpté sur son corps svelte. Il épousait la courbe de ses hanches, se tendait sur sa poitrine, et lui moulait les cuisses. Et l'étoffe — du crêpe georgette, à deux shillings six pence le mètre au rayon soldes de Pratt ! Les filles en robes courtes pincées à la taille, avec leurs boucles bien rondes et bien raides, ouvraient grandes leurs lèvres roses et tiraient avec embarras sur leurs jupes vaporeuses. Celles qui faisaient tapisserie se rencognaient encore davantage contre les murs, et une vague de signes de tête admiratifs parcourut les rangs des hommes jeunes.

Tilly maintint une expression rigide à travers toute la salle jusqu'à la table vacante, juste à côté de l'orchestre. Elle s'assit tandis que Teddy la débarrassait de son châle et le posait délicatement sur le dossier de la chaise. L'étoffe verte faisait ressortir la blancheur de ses épaules, et une longue boucle échappée descendait le long de son cou, entre ses omoplates.

Teddy alla au buffet. La foule masculine lui ouvrit un chemin. Il commanda un punch pour elle et une bière pour lui, et retourna s'asseoir près d'elle. Ils levèrent les yeux vers l'orchestre. L'orchestre soutint leur regard. Tilly haussa un sourcil à l'adresse de Faith. Faith cilla et se tourna vers son clavier. En une seconde, le brouhaha avait repris. L'orchestre attaqua *If You Knew Susie Like I Know Susie.* Teddy se détendit contre son dossier, croisa négligemment les jambes, et tendit un bras par-dessus le dossier de Tilly. Elle tremblait. Il lui fit un petit signe.

— Dansons.

— Non.

Elle garda la tête tournée vers l'orchestre toute la soirée. Elle refoulait l'angoisse jusqu'à ce que ça lui brûle l'estomac. Elle y était habituée, habituée à oublier et à s'amuser, puis soudain à se rappeler, soudain à se sentir indigne. Personne ne s'approcha de la star du match ni de sa partenaire ce soir-là. Elle était bien contente ; c'était plus facile comme ça.

Quand il fut clair que William ne rentrerait pas dîner, Mona lut un moment sous le faisceau de la lampe jaune, dans un coin. Le ronron calme et terne de la TSF se répandait dans la maison. Elsbeth Beaumont restait là, se découpant sur la baie vitrée avec le clair de lune qui soulignait le contour de son nez.

— Je crois que maintenant je vais aller me coucher, maman, dit Mona.

Sa mère l'ignora. Mona referma fermement la porte de sa chambre derrière elle. Elle alla à sa coiffeuse et prit son miroir. Elle baissa les stores, régla sa lampe de chevet, ôta sa petite culotte en rayonne souple et souleva sa jupe. Elle se percha sur le bord de son lit en braquant le miroir de manière à étudier les fronces noir pourpre de son bas-ventre, souriant à la vue des replis de figue sombre. Puis elle se dévêtit lentement, en s'observant dans le miroir, laissant glisser de ses épaules, et tomber autour de ses chevilles, les bretelles de sa combinaison. Elle caressa ses seins et passa les mains sur sa gorge. Puis, sous son couvre-pieds en tergal, Mona Beaumont s'offrit son paisible orgasme vespéral.

Sur les bords de la rivière Dungatar, William, en pleine ardeur et érection, se frottait à tout-va contre la cuisse ronde et tiède de Gertrude Pratt. En ouvrant sa braguette, il ne trouva qu'une seule chose à dire :

— Gertrude, je t'aime.

— Oh oui ! dit Gertrude, et elle ouvrit un peu plus les cuisses.

Gertrude Pratt gagna William Beaumont en lui permettant d'insérer le médius de sa main droite dans les moiteurs soyeuses et palpitantes de sa petite lèvre intérieure pourpre jusque-là où se resserrait le goulet, pas tout à fait jusqu'au tréfonds.

William arriva à Windswept Crest le visage enflammé et le cœur éperdu de gratitude. Sa mère était toujours assise dans l'arrondi de la baie vitrée, éclairée en contre-jour par la lumière du petit matin.

— Bonjour, mère, dit-il.

Elle se tourna vers lui, ses joues ivoirines ruisselant de larmes qui coulaient jusque sur le paon de marcassite épinglé sur son sein.

— Je t'ai attendu toute la nuit.

— Il ne fallait pas, maman.

— Tu as bu.

— Maman, je suis un homme, maintenant, et c'est samedi soir — enfin, c'était.

Elsbeth renifla et se tamponna les yeux avec son mouchoir.

— Je me suis… amusé. La prochaine fois, j'insisterai pour que Mona vienne avec moi, dit-il, et en sifflotant il alla dans sa chambre.

Teddy McSwiney raccompagna Tilly à pied jusqu'à la porte de chez elle.

— Bonne nuit, dit-elle.

— Ce n'était pas si terrible, si ?

Elle resserra son châle autour de ses épaules.

— Je pourrais te protéger…

Il sourit et se pencha vers elle. Elle avait noué son tabac dans son châle et se détourna pour le chercher dans les plis.

— … c'est-à-dire, si tu veux.

Elle glissa une feuille de papier à cigarettes entre ses lèvres, la boîte de tabac à la main.

— Bonne nuit, dit-elle, et elle ouvrit la porte de derrière.

— Ils n'auront qu'à s'habituer à toi, dit-il avec un haussement d'épaules.

— Non. C'est moi qui vais devoir m'habituer à eux.

Elle referma la porte derrière elle.

II
SHANTUNG

Etoffe tissée avec un fil de soie sauvage, et présentant un aspect légèrement irrégulier. Sa couleur naturelle écrue est souvent teinte de couleurs vives, produisant un effet éclatant. Un peu rêche au toucher, avec un lustre doux. Convient pour robes, chemisiers et ganses.

Etoffes pour travaux d'aiguille

10

Le sergent Farrat était enfoncé jusqu'aux tétons dans une eau fumante, seul avec le tic-tac du réveil et le plic-plac du robinet d'eau chaude qui gouttait. Autour de son corps humide et rose flottaient des brindilles de romarin (pour stimuler la clarté d'esprit) et de citronnelle (pour satisfaire l'odorat). Il s'était frictionné les cheveux avec un œuf de cane cru, et des filaments gluants lui coulaient sur le front, rejoignant aux extrémités de ses sourcils blancs son masque facial de pulpe d'aloe vera. Il suçotait un crayon en examinant le croquis de robe qu'il avait esquissé sur son carnet. Il manquait une plume — une plume de paon, peut-être.

Le réveil sonna. Il avait encore une heure avant l'arrivée de Beula, pleine de haine et d'accusations contre tout ce qui avait pu se passer au bal. Il se pinça le nez et s'enfonça dans l'eau brune pour débarrasser son corps de tous ses soins de beauté. Il s'extirpa à grand-peine de la baignoire, son derrière pressé contre l'émail, et se mit debout, avec son scrotum rouge tomate pendant et fumant. Il tendit le bras pour attraper une serviette et, tout dégoulinant, alla dans sa chambre s'habiller et s'apprêter pour la semaine à venir.

Quand Beula Harridene arriva et commença à tambouriner contre la porte de son bureau, le sergent était penché au-dessus du comptoir et déchiffrait les instructions en petits caractères de son catalogue de tricot, *Quaker Girl*, pour suivre le motif d'un chandail italien de la collection « Biki » de Milan. Il marmonnait : « Aiguilles n° 14, monter 138 m, 9 cm en k. 1, p. 1 côte inc. comme suit : k. 21 (k. 11, inc. ds m. suiv.) 8 fois… » Il avait un fil de laine fine tendu sur son gros index et deux fines aiguilles métalliques au repos dans les mains. Le sergent Farrat était en uniforme de police, avec des chaussettes rose pâle et de délicats chaussons de danse abricot aux rubans de satin blanc lacés autour de ses solides chevilles. Il ignora Beula et continua à étudier les mailles disposées en pétales au-dessous des aiguilles, puis le motif. Enfin, il posa le tout et fit quelques entrechats jusqu'à sa chambre à coucher, où il enfila chaussettes et chaussures réglementaires. Puis il ouvrit la porte du poste de police et reprit sa place derrière le comptoir tandis que Beula lui emboîtait le pas en récriminant.

— … et toute la fornication qui a eu lieu samedi soir dans cette ville, sergent Farrat, c'était ignoble et répugnant. Ma parole que ça va chauffer quand je vais raconter à Alvin Pratt ce que fricotait sa fille…

— Savez-vous tricoter, Beula ?

Beula cligna les yeux. Il retourna le catalogue et le poussa vers elle. Elle baissa la tête sur le motif, escamotant son menton dans son cou.

— J'ai besoin de votre aide pour écrire en anglais normal ce que signifient réellement ces abréviations.

Il se pencha pour lui chuchoter à l'oreille :

— C'est codé. J'essaye de décoder un message du quartier général. Top secret, mais je sais que vous vous y connaissez en secrets.

A la pharmacie, Nancy positionna délicatement M. Almanac face à la porte ouverte. Elle lui donna une petite poussée, et il se mit à trottiner sur sa lancée, avec une tendance à dévier sur la gauche. Nancy porta les mains à ses oreilles avec une grimace. M. Almanac heurta une table, ricocha et vint s'immobiliser contre le mur, telle une échelle appuyée.

— Pourquoi ne me laissez-vous pas aller chercher le courrier aujourd'hui, monsieur Almanac ?

— J'aime ma promenade du matin.

Nancy manœuvra le corps raide du vieux monsieur et lui fit passer la porte jusque dans l'allée pour le placer dans la bonne direction, puis elle le poussa doucement.

— Suivez bien la fissure du milieu.

Elle regarda son corps ployé, sans tête, s'éloigner en trottinant, puis elle rentra en courant pour décrocher le téléphone.

Ruth était occupée à ouvrir une grosse lettre adressée à Tilly Dunnage, devant sa bouilloire électrique fumante. Elle entendit la sonnerie et alla au standard. Elle prit le casque, approcha le cornet de sa bouche, tira le cordon et se brancha sur la pharmacie.

— Nance ?

— Oui, c'est Nance, il est en route.

Ruth retourna à sa bouilloire, plaça l'enveloppe au-dessus de la vapeur, finit de décoller le rabat et sortit la lettre. C'était écrit en espagnol. Elle la remit dans son sac de courrier et alla à la porte. Elle l'ouvrit, remonta les stores d'un coup sec, retourna d'une chiquenaude la pancarte « Ouvert » et sortit se planter dans l'allée. M. Almanac approchait tout droit à petits pas traînés.

— Bonjour, dit-elle en posant la main sur son crâne luisant.

Il marqua le temps avec ses pieds jusqu'à ce que le signal « stop » leur parvienne, depuis son cerveau.

— Bonjour, répondit-il, laissant glisser un fil élastique de salive entre ses chaussures.

Ruth lui cala un paquet de papier brun bien ficelé sous un bras rigide, le fit pivoter et le poussa de l'index entre les omoplates. Il repartit en traînant les pieds.

— Là, et restez bien sur la ligne du milieu.

Devant la pharmacie, une rue plus loin, Nancy arrêta de balayer pour saluer de la main son amie. Reginald entra d'un pas sautillant dans le magasin et fit signe à Nancy de le suivre.

— Que puis-je pour vous, Reg ?

Reg avait un air souffreteux.

— Il me faudrait quelque chose pour un… une éraflure, chuchota-t-il.

— Faites voir.

Reg grimaça.

— C'est plutôt comme une irritation, à vif…

— Oh ! dit Nancy, hochant la tête d'un air entendu. Quelque chose de calmant.

— Calmant, oui, répéta Reg en la regardant ouvrir le frigo de M. Almanac. J'en prendrai deux grands flacons.

Muriel astiquait les pompes à essence devant le magasin quand Beula Harridene marcha droit sur elle, le visage rouge et contrarié.

— Bonjour, Beula.

— Cette Myrtle Dunnage, Tilly, comme elle se fait appeler maintenant, elle est allée au bal de samedi soir.

— Pas possible.

— Avec ce Teddy McSwiney.

— Pas possible, répéta Muriel.

— Vous ne devinerez jamais ce qu'elle portait, enfin ce qu'elle portait presque : une nappe verte qu'elle avait achetée chez vous. Juste enroulée sur elle. Qui ne cachait rien du tout. Tout le monde en est resté sans voix, écœuré. La revoilà encore à mijoter quelque chose de pas net, pire que sa mère.

— Vous m'en direz tant, dit Muriel.

— Et devinez qui était avec Gertrude, *toute la nuit*.

— Qui ça ?

A cet instant, William passa très lentement, au volant de la vieille horreur noire de sa mère. Comme elles se retournaient pour le regarder, il leva deux doigts à son chapeau pour les saluer tout en poursuivant son chemin.

Muriel regarda Beula et croisa les bras.

— Faites-moi confiance, Muriel, fit Beula, il l'aura emmenée derrière le cimetière avant que vous ayez dit ouf.

Lois était à genoux, un avant-bras crasseux plongé dans un seau d'eau savonneuse, et autour d'elle le sol humide luisait. C'était une femme trapue affligée d'un tablier de sapeur, dont l'adiposité rebondissait sur ses cuisses quand elle marchait. Ses cheveux gris bien courts rebiquaient en crête de coq et lui saupoudraient les épaules de pellicules poisseuses et blanches comme neige. Elle transpirait, et l'eau salée gouttait au bout de son nez rouge, alors qu'elle n'avait encore lavé qu'un mètre carré de sol chez Irma Almanac.

Irma se dirigeait vers son coin favori, manœuvrant de ses doigts gourds les roues de son fauteuil, ses vieux os grinçant comme la craie au tableau noir. Comme elle approchait peu à peu de la cheminée, son essieu se mit à crisser.

— Où est le beurre, Irmalove ? demanda Lois.

De ses yeux bleus, Irma désigna le frigo. Lois attaqua au beurre les joints et les pignons du fauteuil roulant, puis le fit rouler d'avant en arrière, d'arrière en avant. Plus le moindre crissement, mais le visage d'Irma se crispa et les larmes lui montèrent aux yeux.

— Il vous en faudrait pour vos os, Irmalove ?

Irma regardait Lois frotter le sol. Elle regrettait de ne pas avoir la force de lui dire de mettre les chaises sur la table pour laver dessous — ce coin-là n'avait pas été lessivé depuis que Lois avait été engagée pour faire le ménage, des années auparavant.

— Comment était le bal ? demanda-t-elle.

— Oh ! moi, vous savez, jamais de ragots ni rien…

— Non, bien sûr.

— … mais cette Myrtle Dunnage, qui se fait appeler Tilly maintenant, eh bien elle a un culot, je vous dis pas, elle a débarqué avec une robe indécente — obscène — et elle n'a pas lâché Teddy McSwiney de toute la soirée. En voilà une qui n'annonce rien de bon, si vous voulez mon avis. Moi je ne dis rien, comme je ne dis rien sur Faith O'Brien et ses cochonneries, mais cette Tilly va encore amener des histoires, attendez de voir. Et il paraît que la petite Gertrude Pratt et ce William, là, ont passé toute la nuit ensemble…

— Gertrude, vous dites ?

— … et Nancy m'a dit que Beula lui avait dit qu'à son avis Gertrude allait bientôt se marier. Vous imaginez la tête d'Elsbeth ?

11

Le soleil du matin chauffait le dos du sergent Farrat pendant qu'il prenait son petit déjeuner sur sa terrasse, derrière la maison. Il serrait l'extrémité d'une banane entre deux doigts de manière à la maintenir sur l'assiette, et il la fendit en son milieu puis la découpa à des intervalles d'un pouce. Il posa son couteau et retroussa délicatement la peau à l'aide d'une élégante fourchette à dessert, puis il glissa dans sa bouche une petite demi-lune et la mastiqua rapidement. Il avait entendu parler du fourreau vert et se demandait s'il pourrait solliciter de Tilly une plume d'autruche. Il mangea du pain grillé tartiné de marmelade, puis épousseta les miettes sur ses vêtements — un ensemble de Rita Hayworth qu'il avait copié sur une photo du mariage de Rita avec Ali Khan publiée dans un magazine. Il avait toutefois agrémenté le chapeau d'un bord plus large — dix-huit pouces — et l'avait noué d'un tulle bleu pâle orné de roses en papier crépon blanc. Il soupira ; ça aurait été parfait pour la journée des Courses de printemps.

Là-haut sur la Colline, Tilly était courbée sur sa machine, à coudre une fermeture à glissière de quinze centimètres sur le corsage d'une robe d'un violet profond, et ses doigts experts guidaient l'étoffe sur la griffe d'entraînement. Molly entra dans la cuisine et, en route vers la porte du fond, balaya de sa canne la salière et le poivrier, un vase d'herbes séchées et un brûleur d'encens sur la tablette. Tilly continua à coudre. Molly prit appui contre le pilier de la galerie pour regarder approcher une silhouette : un jeune homme qui balançait haut les bras pour compenser le poids de l'énorme chaussure de son pied bot au bout de sa jambe atrophiée. Au portail, il ôta son chapeau cabossé et resta planté là, empestant la sueur et souriant largement, malgré un visage enflammé de boutons rouges à pointes jaunes. Il avait la bouche petite, qui débordait de dents. Sa veste était trop serrée, et son short trop ample.

— Madame Dunnage ?

— Je sais, dit-elle.

Le sourire de Barney s'évanouit.

— C'est moi, Barney.

— Sommes-nous parents ?

— Non.

— Dieu merci.

— Je voudrais voir Tilly, s'il vous plaît.

— Qu'est-ce qui peut bien te faire croire qu'elle voudrait te voir ?

Barney cilla et déglutit. Son visage s'affaissa, et il écrasa son chapeau dans ses poings.

— Bonjour, Barney.

Tilly était derrière Molly. Elle lui souriait.

— Ah ! bon, dit-il.

Puis il remarqua qu'elle ne portait qu'un jupon court en soie bleu vif et se remit à danser d'un pied sur l'autre, en se déhanchant tristement sur son pied bot.

— C'est Teddy qui t'envoie ?

— Oui.

— Barney…

Elle descendit la marche dans sa direction, et il recula.

— Veux-tu retourner dire à Teddy que je lui ai déjà dit que je ne voulais pas aller aux courses avec lui et que c'était sérieux ?

— Ouais, je sais, mais je me disais que tu voudrais peut-être y aller avec moi. S'il te plaît.

Il se déhancha encore, en frappant son chapeau.

Comme Molly ouvrait la bouche, Tilly se tourna vers elle et lui plaqua fermement la main dessus.

— Ça m'est bien égal si tu te tues, Molly : je n'y vais pas, dit-elle.

Les cuisses brûlées de Molly lui faisaient encore mal dans un bain chaud. Tilly se retourna vers le garçon déconfit.

— Ce n'est pas que je ne veuille pas y aller avec toi…

— Balivernes, lança Molly. Bien sûr que si. C'est parce que tu es infirme.

Tilly compta jusqu'à dix en fixant le sol, puis releva la tête vers le visage blessé de Barney et ses petits yeux bleus pleins de larmes.

— Si tu veux bien entrer pour attendre que je finisse l'ourlet de ma robe, Barney ? J'en ai juste pour une minute. Puis, se tournant vers sa mère : Tu te conserves, toi.

— Je ne risque pas de pourrir, répliqua-t-elle en souriant à Barney. Entre, mon gars, je vais te faire du thé. Ne la laisse rien préparer pour toi, c'est une sorcière. Ça doit être assommant de traîner un pied bot comme ça — tu as aussi une bosse dans le dos ?

Le sergent Farrat était à son miroir, sans rien d'autre sur lui que sa gaine à taille haute en caoutchouc, conçue pour « comprimer le pneu superflu tout en contrôlant le diaphragme ». Il se vêtit avec soin, puis prit son Brownie pour se photographier, en admirant sa silhouette amincie. Il aperçut l'ensemble Rita Hayworth disposé sur le lit derrière lui et se rembrunit.

Les tribunes étaient combles, tout le monde attendait la course suivante. Elsbeth paraissait mal à l'aise dans cet air chaud qui sentait le cheval. William Beaumont apparut avec Gertrude Pratt à son bras, et Alvin derrière eux. Les spectateurs cessèrent de s'éventer avec leurs formulaires de paris pour regarder. Mona en eut le souffle coupé, et la main d'Elsbeth jaillit vers la broche de marcassite agrafée sur sa gorge. Elsbeth se détourna et ajusta ses jumelles de théâtre pour contempler fixement la barrière déserte, dans le lointain. Mona se couvrit la bouche de son mouchoir et se rapprocha de sa mère. William, Gertrude et Alvin traversèrent la foule et vinrent s'asseoir à côté d'Elsbeth. Alvin lui adressa un large sourire et la salua tandis que Gertrude fixait son regard sur un point situé au-delà des cimes des arbres et que William souriait cordialement aux gens qui les dévisageaient dans la tribune.

Puis Alvin demanda :

— Avez-vous fait un pari, Elsbeth ?

— Je ne joue pas d'argent, répliqua-t-elle.

Alvin eut un rire bref.

— Je vois. Alors vous êtes juste là pour la galerie ?

Elsbeth écarta les jumelles et les donna à Mona.

— Je crois que je vais parier sur le n° 13, Bien marié, poursuivit Alvin jovialement.

Les spectateurs recommencèrent à s'éventer lentement avec leurs programmes. Elsbeth rétorqua d'une voix perçante :

— Et ce sera *en plein dans le mille*, sûrement.

Gertrude s'empourpra, et William se mordit la lèvre inférieure en fixant les lacets de ses chaussures. Alvin se leva, se racla la gorge, et déclara d'une voix très, très claire :

— Comme j'étais sûr de vous rencontrer ici, madame Beaumont, j'en ai profité pour apporter le compte de vos impayés… des deux dernières années.

Il ouvrit sa veste et plongea la main dans sa poche intérieure.

— Je me suis dit que j'économiserais le timbre. Vous savez ce que c'est.

Elsbeth lui arracha le gros paquet de factures. Gertrude se leva et s'en alla, tête haute dans la foule qui s'ouvrait sur son passage.

A côté d'Alvin, William se leva et fusilla sa mère du regard.

— Fichue bonne femme, dit-il.

Et il s'élança parmi les chapeaux de paille, les casquettes et les bérets, tandis que les mains gantées de blanc agitaient frénétiquement leur programme dans son sillage.

Tilly s'approcha de la table de la cuisine, vêtue de sa robe neuve et coiffée d'un chapeau de paille à large bord. Barney se leva précipitamment, renversant sa chaise. Il déglutit. Il avait de la noix de coco et du glaçage rose à l'extrémité de son menton trop long. Tilly se tenait à contre-jour dans la cuisine grise, dans sa robe de shantung améthyste éclatante. Le profond décolleté était carré, et le corsage descendait très bas, tendu sur le haut de ses cuisses. Au genou bouillonnait et dansait un court volant de fronces soyeuses. Elle avait les jambes et les bras nus, et Barney songea qu'elle devait avoir bien du mal à se tenir en équilibre dans ses sandales noires à lanières.

— Il faut que tu saches une chose, Barney, dit Tilly. Ton frère t'a envoyé m'inviter aux courses pour pouvoir me récupérer quand nous arriverons, et puis il te donnera de l'argent pour se débarrasser de toi. Tu ne crois pas que c'est ça ?

— Non. C'est faux. Je l'ai obligé à me donner l'argent d'abord.

Teddy attendait à l'angle de la bibliothèque dans une Ford très ancienne mais impeccablement astiquée lorsque Tilly — dans sa robe soyeuse qui miroitait au soleil — apparut tranquillement au bras de Barney avec sa patte folle. Ils bavardaient avec animation, en longeant le bord de la rivière de l'autre côté de la rue, et ils continuèrent à l'ignorer tandis qu'il roulait à leur hauteur tout au long d'Oval Street jusqu'au terrain de foot, qui devenait champ de courses ou terrain de cricket selon la saison. Les femmes en blouses de cretonne fleurie par-dessus leurs jupes à plis creux s'arrêtaient pour les regarder. Elles restaient bouche bée, les yeux écarquillés en les montrant du doigt, puis chuchotaient :

— Elle se prend pour une reine.

Tilly alla jusqu'aux écuries au bras de Barney. Teddy marchait maintenant à côté d'eux, souriant et touchant son chapeau pour saluer les gens ahuris. Ils tournèrent tous trois le dos à la foule pour s'appuyer à la barrière des écuries et regarder les chevaux. Barney dit :

— Mon meilleur ami, c'est Graham, c'est un bon cheval.

— Toi aussi, grommela Teddy à mi-voix.

— J'aime beaucoup les chevaux, dit Tilly.

— Maman dit que je ne suis pas fini. Et papa, que je suis seulement cinq shillings sur la monnaie de dix.

— Les gens disent des choses sur moi aussi, Barney.

Des chuchotements acidulés leur parvinrent, et Teddy entendit Tilly dire, tout bas :

— On peut rentrer à la maison, si tu veux.

Il se retourna pour faire face aux femmes derrière eux. Elles se tenaient par deux ou par petits groupes, penchées ensemble, toutes à examiner leurs propres robes — des imprimés fades en rayonne, des épaulettes, des tailles largement ceinturées, des pinces de poitrine proéminentes, des cols raides et guindés, des manches trois quarts, des tailleurs en tweed, des gants et des chapeaux encombrants qui leur cachaient les yeux.

C'était la robe violette. Elles discutaient de la robe de Tilly.

— Il n'y a aucune raison de partir, dit Teddy.

Gertrude Pratt s'avança et se plaça entre Tilly et Barney.

— C'est toi qui as fait cette robe ? demanda-t-elle.

Tilly se tourna pour la regarder et répondit avec circonspection :

— Oui. Je suis couturière. Tu connais Barney, n'est-ce pas ? ajouta-t-elle en désignant Barney, qui dansait d'un pied sur l'autre derrière Gertrude.

— Tout le monde connaît Barney, répliqua Gertrude, dédaigneuse.

Ses yeux ne quittaient pas le visage de Tilly. C'était un visage singulier, à la peau d'albâtre un peu veloutée. Elle paraissait sortir d'un film, et l'air autour d'elle semblait différent.

— Ah ah, vous voilà, Gertrude !

C'était le sergent Farrat. Gertrude se tourna vers lui.

— Oh ! quel joli parapluie !

— Oui. Objet perdu. William vous cherche, Gertrude. Je crois que vous le trouverez là-bas au…

Gertrude fit volte-face pour dévisager à nouveau Tilly.

— C'est de William Beaumont que parle le sergent. William et moi sommes fiancés, pratiquement.

— Félicitations, dit Tilly.

— Alors tu es couturière professionnelle ?

— Oui, dit Tilly.

— Où as-tu appris ?

— A l'étranger.

— Le voilà qui vient vers nous, dit le sergent Farrat.

Gertrude s'élança pour intercepter son amoureux, s'emparant du jeune homme pour l'entraîner plus loin.

— Vous êtes absolument superbe, Tilly, dit le sergent Farrat, rayonnant

Mais Tilly observait le galant de Gertrude, et ce dernier l'observait aussi.

— Je me souviens de lui, dit Tilly.

— Il pissait dans son froc à l'école, dit Teddy.

William trouvait saisissante cette grande fille au visage étrange et aux épaules solides. Elle avait un McSwiney de chaque côté, telles deux sentinelles encadrant une statue lumineuse.

— Est-ce que c'est… ? demanda-t-il comme Gertrude le tirait par le bras.

— Myrtle Dunnage et les McSwiney. Ils se méritent bien.

— J'avais entendu dire qu'elle était revenue, dit William, le regard fixe. Elle est vraiment belle.

Gertrude le tira encore par le bras. Il baissa le regard vers sa petite amie dodue aux yeux bruns, le nez et les yeux rougis d'avoir pleuré, le soleil en pleine figure.

Cette nuit-là, Gertrude était renversée sur la banquette arrière de la voiture avec les genoux bien ouverts. Quant à William, empêtré jusqu'aux coudes dans ses jupons et la bouche collée sur la sienne, il soufflait très fort par le nez lorsqu'elle dégagea brutalement son visage et dit :

— C'est le moment de rentrer.

— Oui, dit William, glissant aussitôt la main à sa braguette.

— Non ! dit Gertrude, et elle le repoussa aux épaules.

Elle se débattit à tâtons dans l'obscurité, avec William qui l'engluait de partout et lui suçait le cou. Elle s'extirpa de sous lui et s'en alla. William se retrouva abandonné dans la voiture de sa mère, engorgé et le souffle lourd. Il se gratta la tête, rajusta sa cravate et soupira. Il alla à l'Hôtel de la Gare, mais n'y trouva aucun signe de vie. Comme la lumière jaune brillait doucement en haut de la Colline, il en prit la direction et s'arrêta au pied de la côte, pour fumer une cigarette. Mona disait que la fille Dunnage avait dû voyager, et qu'elle rendait folle Miss Dimm à force de toujours venir commander des livres bizarres à la bibliothèque. Ruth Dimm disait qu'elle recevait même un journal français tous les mois par la poste.

Il rentra chez lui. Sa mère l'attendait.

— Pourquoi ? cria-t-elle.

— Pourquoi pas ?

— Tu ne peux pas l'épouser, c'est une grosse dondon !

— Je peux si je veux, rétorqua William en redressant le menton.

Elsbeth contempla un moment son fils unique, puis glapit :

— Tu t'es fait avoir — et il ne faut pas beaucoup d'imagination pour deviner comment.

La voix de William se haussa au niveau du glapissement maternel :

— Je veux un avenir, une vie…

— Tu as déjà une vie.

— Elle ne m'appartient pas ! s'exclama William en s'éloignant vers sa chambre d'un pas lourd.

— Non ! gémit sa mère.

Il se retourna.

— Ce sera elle ou Tilly Dunnage.

Elsbeth s'effondra sur un siège. En passant devant la chambre de sa sœur, William lui cria :

— Et toi aussi, Mona, tu devrais te trouver quelqu'un !

Le va-et-vient moite de Mona s'arrêta sous les couvertures, et elle mordit le drap.

William alla dès le lendemain trouver Alvin Pratt, et le soir même tout était arrangé pour qu'il se marie, William restituant de ce fait à sa mère la place qui lui revenait de droit.

12

Marigold Pettyman, Lois Pickett, Beula Harridene et Faith O'Brien étaient plantées devant la vitrine vide de Pratt. Alvin avait ôté les annonces de promotions deux jours plus tôt. Purl, Nancy et Ruth vinrent se joindre au groupe. Enfin, Alvin, tout poudreux comme un petit pain, se pencha dans sa vitrine, ramassa quelques mouches mortes, et posa un catalogue ouvert à une page exhibant cinq pièces montées richement illustrées. Il plaça juste à côté une vraie pièce montée de deux étages, parfaitement réussie et décorée, sur un plateau d'argent. Il sourit tendrement à sa magnifique création avant de refermer soigneusement les rideaux de dentelle qui pendaient par-derrière.

A l'intérieur, Muriel, Gertrude et Tilly étaient penchées ensemble au-dessus du comptoir de mercerie et feuilletaient un magazine. A côté d'elles, dans son fauteuil roulant, Molly regardait par la porte.

— Lois Pickett a toujours l'air d'un mouchoir sale plein de taches de thé, dit-elle.

Tilly lui jeta un regard noir.

— Et tout le monde sait que Marigold Pettyman est devenue complètement cinglée à l'heure qu'il est.

La robe de mariée qu'elles examinaient se composait d'un bustier à la taille excessivement serrée, maintenue par un fatras de rubans en satin, et prolongé par une jupe en tulle perlé sans charme particulier. Le haut du bustier s'alourdissait d'un autre fatras de satin, un gros nœud réussissant à camoufler toute notion de décolleté plongeant.

Gertrude montra du doigt l'image et dit :

— Celle-là, c'est celle qui me plaît.

— Elle est magnifique, Gert, dit Muriel.

Elle recula pour se représenter sa fille vêtue de cette robe blanche de mariée.

— Ça cachera vos grosses cuisses, dit Molly.

Tilly poussa sa mère jusqu'au comptoir de quincaillerie et la gara devant une étagère pleine de boîtes de clous. Molly avait raison pour les cuisses, mais Gertrude avait une taille que Tilly pourrait mettre en valeur, ce qui avantagerait aussi ses hanches. Restaient ce derrière carré, ces jambes informes comme des descentes de gouttière avec des bras assortis, et comme sous son cardigan Gertrude était poilue, il était hors de question de lui laisser la peau nue. Mais elle avait une poitrine pigeonnante. Tilly regarda encore la robe.

— Oh non ! dit-elle. Nous pouvons faire beaucoup mieux que ça.

Et Gertrude retint son souffle.

Teddy était accoudé au bar, et Purl lui racontait tout à propos du mariage.

— … alors évidemment Elsbeth est furieuse, Ruth m'a dit qu'elle n'avait pas encore posté les invitations, mais Myrtle Dunnage a téléphoné à Winyerp pour commander six mètres de tissu et cinq de dentelle. Ça devrait arriver vendredi.

— Vendredi ? répéta Teddy.

— Par le train.

Teddy arriva ce soir-là à la maison de la Colline et parla de la mauvaise qualité du service postal aux alentours de Noël et des plaintes de Hamish concernant les retards chroniques de ces nouveaux trains diesel. Adossée au chambranle de la porte, Tilly croisa les bras et haussa un sourcil.

— … et je crois comprendre que c'est une décision précipitée de la part de William, disait Teddy. Une décision très précipitée.

— Alors tu penses que Gertrude a besoin de sa robe de mariée le plus vite possible ?

— Non, mais je parie que Gertrude le pense, pour pouvoir lui dire le plus vite possible que tout est bouclé.

— Peut-être devrions-nous laisser tout ça aux trains, et au destin.

— Personne ne saurait jamais comme tu sais bien coudre.

Il mit les mains dans ses poches et regarda les étoiles.

— Et il se trouve que je vais demain à Winyerp, ajouta-t-il en la regardant. Molly aimerait peut-être la promenade. Vous vous êtes déjà baladée en voiture, Molly ?

— Ça ne me dit trop rien, dit-elle.

Teddy annonça qu'il partirait à 8 heures.

Quand il arriva à sa voiture le lendemain matin, Tilly y était déjà installée, adorable avec son chapeau cloche et ses lunettes noires. Elle regarda sa montre et chassa une mouche.

— Bonjour, dit Teddy.

Il la laissa tranquille, la déposant à 9 heures et lui donnant rendez-vous à midi au pub. Au déjeuner, d'une voix de stentor, il commanda pour elle une assiette de légumes et une bière brune, puis il la débarrassa de ses paquets et la laissa libre tout l'après-midi. Il la raccompagna chez elle à la tombée du jour. En pénétrant dans la maison, Tilly découvrit que Molly avait entièrement démonté sa machine à coudre. Il lui fallut trois jours entiers pour en retrouver toutes les pièces et la remonter.

Une semaine avant Noël, Tilly était penchée au-dessus de sa machine, à la table de la cuisine, heureuse de recommencer à créer. Molly était dans son fauteuil roulant à côté du fourneau, à détricoter le chandail qu'elle portait, et un tas de laine crépue s'amoncelait sur ses genoux. Tilly jeta un coup d'œil sur le tas.

— Pourquoi fais-tu ça ? demanda-t-elle.

— J'ai trop chaud.

— Ecarte-toi du feu.

— Je n'ai pas envie.

— Comme tu veux.

Elle pressa fermement la pédale électrique. Molly tendit le bras et prit le tisonnier, le dissimula sous le plaid qui lui couvrait les jambes, puis mit lentement les roues en mouvement.

Les doigts de Tilly guidaient l'étoffe glissante sous le pied-de-biche, faisant courir l'aiguille. Molly farfouilla sous son plaid, trouva le tisonnier, le brandit et le laissa retomber sur la tête de Tilly au moment où Teddy frappait à la porte grillagée. Il entendit un petit cri, puis quelqu'un qui tombait.

Il trouva Tilly debout dans le coin, qui se tenait la tête à deux mains. Molly était innocemment assise près du fourneau, à détricoter son chandail. Par terre près de la table, il y avait du satin et de la dentelle en tas comme des coussins de nuage.

— Qu'est-ce qui s'est passé ?

— Elle m'a frappée, dit Tilly.

— Même pas vrai.

— Mais si. Tu m'as frappée avec le tisonnier.

— Menteuse. Tu cherches seulement à me faire enfermer. C'est toi qui es dangereuse, tu as tué mon opossum.

Molly se mit à pleurer.

— Il est retourné dans l'arbre à cause de la fumée de la cheminée, tu peux le voir quand tu veux, répondit Tilly en se massant la tête.

— Si tu n'étais pas toujours là à touiller dans ton chaudron.

Les yeux de Teddy allaient de l'une à l'autre, puis retournèrent à Molly, et il caressa un peu son dos noueux avant de lui donner son mouchoir.

— Là, là, dit-il.

Molly se laissa aller contre lui en sanglotant bruyamment.

— J'ai exactement ce qu'il vous faut, dit-il en lui tendant sa flasque.

Elle s'en empara aussitôt et la porta à ses lèvres.

Teddy s'approcha de Tilly et tendit la main.

— Laisse-moi voir.

— Ça va aller.

Elle recula encore un peu plus dans l'angle, mais il persista. Il enfonça les doigts dans sa somptueuse chevelure et tâta son crâne tiède.

— Tu as un bel œuf sur la tête.

Il se retourna vers Molly au moment où elle glissait le flacon à l'intérieur de sa chemise de nuit.

— Donnez-moi ça.

— Prends-le toi-même.

Teddy fit une grimace. Tilly plongea les mains dans la chemise de nuit de sa mère, récupéra la flasque et la rendit à Teddy.

— Elle est vide, dit-il.

Tilly ramassa la robe de mariée de Gertrude et la remit sur la table.

— Je suis venu vous inviter toutes les deux à venir prendre un verre demain pour Noël, mais…

Il jeta un regard oblique à Molly et secoua une nouvelle fois sa flasque.

— Je serai ravie de venir, dit Molly, et elle rota.

— Je n'irai pas, dit Tilly.

— Ça ne fait rien. Il viendra me chercher, pas vrai, fiston ?

Il vint effectivement la chercher et offrit à Tilly des roses. Un gros bouquet de roses veloutées d'un écarlate presque noir, aux lourdes senteurs sucrées, évoquant l'été et l'eau vaporeuse de la rivière. Tilly était stupéfaite.

— J'ai risqué ma vie la nuit dernière pour te les avoir.

— Quel jardin, Beula ou le sergent Farrat ?

Teddy fit un clin d'œil espiègle.

— Tu viens prendre un verre ?

— Non.

— Juste un.

— J'apprécie vraiment beaucoup que tu me débarrasses de Molly pendant une heure ou deux, sincèrement.

— Tu peux venir quand même.

— Ça me fera le plus grand bien d'être toute seule.

Molly était sur la marche du perron.

— Alors allons-y, dit-elle. Laisse-la bouder.

De la marche, derrière la maison, Teddy implora encore une fois.

— Allons, s'il te plaît, viens ! On passera un moment formidable en bas à la décharge, il y a un gros tas de cadeaux du Père Noël pour les petits sous le sapin, ils sont tous là à piailler d'excitation.

Tilly sourit, referma la porte, et dit tout bas :

— Ça me briserait le cœur.

13

Elsbeth s'alita et refusa absolument de participer aux préparatifs du mariage. William se désespérait un peu, mais tout semblait en marche. Comme M. Pratt avait rouvert le compte de crédit, il pouvait envisager sérieusement de développer le domaine : piquets de bornage à acheter, clôtures à réparer ; puis acheter un nouveau tracteur, rentrer la récolte de la prochaine saison ; il y aurait des enfants, une famille à élever, et Gertrude s'habituerait, elle apprendrait…

Il lui lut un sonnet de Shakespeare — n° 130.

— Qu'en as-tu pensé, chérie ?

— De quoi ?

— C'était de Shakespeare. William Shakespeare.

— Charmant.

— Oui. Qu'est-ce que tu as le mieux aimé, Gertrude ?

— D'habitude, les poèmes sont trop longs ; mais pas celui-là.

Ils se tenaient sous un halo de papillons de nuit affolés autour de la lampe extérieure, derrière chez les Pratt. William dit, en tournant son chapeau dans ses mains :

— Mona dit que les invitations sont toutes prêtes à être envoyées…

Mona n'avait jamais imaginé être un jour demoiselle d'honneur. Comme Elsbeth ne voulait pas fournir de liste d'invités, Mona en avait procuré une à Gertrude — tout simplement la liste de tous les parents et copains que William avait pu avoir dans sa vie.

— … j'avais envisagé un mariage dans l'intimité, poursuivit-il, je ne m'étais pas rendu compte…

— Embrasse-moi, William, ça fait une éternité que tu ne m'as pas embrassée, dit Gertrude avec une moue.

Il lui posa un petit baiser sur la joue, mais elle se jeta sur lui.

— Gertrude, il faut que je te dise, euh…, je sais que tu as ta jupe et tout…

— C'est une robe, William, une robe de mariée.

— … et les préparatifs vont, enfin, tellement vite… tu fais tout ça de manière exemplaire, apparemment. Je me demande simplement, comme c'est fait pour durer toute la vie, je me… c'était tellement rapide et… c'est-à-dire, si tu n'es pas sûre d'être heureuse avec moi, là-bas, avec ma mère, et Mona, il n'y aurait pas de mal à attendre… jusqu'à ce que nous soyons plus sûrs de nous, pas si pressés, après la moisson… nous pourrions facilement… je comprendrais.

Le visage de Gertrude se renfrogna et se creusa de fossettes, et ses yeux se fripèrent comme des abricots trop mûrs.

— Mais tu, je veux dire nous… je n'aurais jamais… je croyais que tu m'aimais. Et ma réputation, alors ?

Une lumière s'alluma devant la maison. Gertrude s'affaissa sur le plancher de la galerie, assise au milieu des vieilles chaussures et des outils de jardinage, le visage dans ses mains. William soupira et se pencha au-dessus d'elle. Il lui caressa les épaules.

Il contemplait ses lacets de chaussures quand il perçut de l'agitation à la porte de l'église. L'assistance se retourna pour regarder et un « Oooh ! » jaillit de toutes les bouches. William ferma les yeux, et Faith attaqua *Here Comes the Bride* — la marche d'entrée de la mariée. William prit une profonde inspiration puis rouvrit les yeux pour risquer un regard vers le fond de l'allée centrale. Les rides profondes qui lui creusaient le front s'évanouirent, et la couleur lui revint aux joues, ses épaules se décontractèrent et, d'un bond, il fut sur ses pieds. Les nerfs, c'étaient simplement les nerfs. Elle était délicieuse à voir. Ses boucles châtain foncé étaient joliment relevées sur sa tête, retenues par un rang de roses pulpeuses, et ses yeux bruns veloutés resplendissaient. Son cou paraissait élancé et sa peau nacrée. Elle était là, immobile, en exquise robe de taffetas rose abricot, décolletée — mais pas trop —, avec des manches trois quarts en tulle transparent blanc cassé. Le corsage lui enserrait la taille et lui épousait étroitement les hanches, culminant en un grand nœud souple au-dessous des fesses, avant de retomber élégamment dans un mouvement de drapé. Les rubans du nœud formaient une traîne de trois mètres derrière elle tandis qu'elle s'avançait lentement vers lui, et le taffetas de soie frémissait finement autour de ses jambes. Gertrude Pratt était appétissante et voluptueuse, et elle le savait. Mona la suivait timidement, voûtée et tremblante. Sa chevelure tombait en boucles souples sur ses épaules, couronnée de roses orangées toutes fraîches qui complétaient parfaitement sa longue robe décolletée en taffetas brun orangé, taillée de manière à mettre en valeur ses modestes formes. La soie soulignait ses cuisses avant de s'évaser légèrement aux genoux. Ses épaules tombantes étaient drapées d'une sorte de mantille en tulle blanc cassé qui lui retombait au creux des reins en un large arrondi audacieux. La mariée et sa demoiselle d'honneur serraient contre elles d'énormes bouquets de roses aux couleurs vives. Les femmes de l'assistance se firent la remarque, sur leur passage, que la couturière était une véritable fée. Gertrude regarda William rayonnant qui la contemplait, et sut qu'elle était sauvée.

Au premier rang, Elsbeth arborait un visage de pierre. Elle n'avait quitté son lit que quand les copains étudiants de William et toute sa famille avaient débarqué avec allégresse à la perspective de cette grande occasion. Sa très distinguée cousine Una, de Melbourne, se pencha pour lui chuchoter : « Exquise ! » avec un sourire approbateur. Elsbeth se retourna à contrecœur, puis se rengorgea. Son menton se releva, et elle prit son expression je-sens-que-quelqu'un-a-mis-le-pied-sur-une-crotte-de-chien.

— Oui, dit-elle à sa cousine, la famille de ma belle-fille est dans les affaires, ils fréquentent des milieux de négociants.

Magnifique et sûre d'elle au bras de son père éperdu de fierté, Gertrude prit place au pied de l'autel. Muriel éclata en sanglots et se mit à haleter, cramoisie. On dut l'aider à quitter l'église pour aller ôter sa gaine, elle manqua la cérémonie.

Ensuite, les mariés et leurs familles restèrent un long moment dehors en plein soleil pour sourire au cliquetis des obturateurs des Brownie. Des petites filles en belles robes suspendaient des fers à cheval de dentelle au bras de Gertrude tandis que le sergent Farrat secouait longuement la main de William avec une vigueur solennelle — il notait les moindres détails des robes. Gertrude et William marquèrent une pause devant la Triumph Gloria pour saluer de la main tous les fouinards — Purl et Fred, Lois, Nancy, Ruth et sa sœur — Miss Dimm —, Beula, tous assemblés le long de la clôture en blouses et en savates. Muriel avait souhaité associer ses amies de toujours et loyales clientes à la fête de mariage de sa fille unique, mais Gertrude décréta simplement : « Nous aurons le Conseiller général et Marigold Pettyman, et aussi le sergent — inutile de nous soucier des autres. »

Dans la grande salle, les convives s'attroupèrent joyeusement autour des nappes blanches damassées, sous les fleurs en papier crépon et les rubans de satin. Les dames de la Country Women's Association of Australia versèrent du champagne pour les toasts, puis servirent une salade de poulet froid pour le lunch, accompagnée de bière pour les hommes, de vin doux pour les femmes, suivie d'un vacherin glacé.

Tilly Dunnage arriva juste à temps pour les discours. Elle resta dans la pénombre près de la porte de derrière, en s'efforçant de voir par-dessus les têtes des invités assis. William se leva de son siège pour tapoter son verre avec une cuillère. Il était rouge et rayonnant, et il commença :

— Vient un moment dans la vie d'un garçon…

Il remercia sa mère, son défunt père, sa sœur, M. et Mme Pratt, sa ravissante et radieuse épouse, l'armée de traiteurs et d'amis qui avaient aidé au buffet, sans qui rien de tout cela n'aurait été possible, le pasteur pour ses belles paroles, le sergent Farrat et Miss Beula Harridene pour les fleurs magnifiques, et il termina par :

— … et cela comprend pratiquement tout le monde, aussi, sans plus de cérémonie, je propose maintenant un toast…

Et cinquante chaises raclèrent le sol comme un seul homme quand les convives se levèrent pour le toast au roi et à la patrie, au Premier ministre, à l'heureuse circonstance et à l'avenir. Oyez, oyez !

Toutes les personnes du sexe faible assises cet après-midi-là dans la salle du War Memorial avaient retenu leur souffle en guettant de toutes leurs oreilles le nom d'une styliste ou d'une couturière. Elle ne fut pas mentionnée.

Chez elle, assise auprès du feu avec un verre de bière et une cigarette, Tilly songeait à sa vie d'écolière, autrefois, et à la grosse petite Gertrude qui devait porter des élastiques supplémentaires dans ses nattes tellement ses cheveux étaient épais. A l'heure du déjeuner, Tilly s'asseyait sur un banc de bois à la limite du terrain de jeux et regardait les garçons jouer au cricket. Dans le coin le plus éloigné, la petite Gertrude, Nancy, Mona et quelques autres filles jouaient à la marelle.

Une balle de cricket en caoutchouc rebondit et roula devant elle. Stewart Pettyman cria :

— Attrape-la, Dunnybum, attrape-la !

— Non, non, elle va encore l'emporter dans les chiottes des filles ! brailla un autre garçon

— Ouais, là on pourra la coincer !

Ils se mirent tous à brailler :

— Attrape la balle, Dunny-cul-nu, et on t'attrapera aussi, attrape la balle, Dunny-cul-nu, et on va te fourrer de la crotte dans la bouche.

Les filles firent chorus. Myrtle courut à l'intérieur.

Après la classe, Myrtle se sauva en courant, mais Stewart l'attendait, lui coupant la route au coin de la bibliothèque. Il l'empoigna par le cou, la traîna à côté de la bibliothèque, la coinça contre le mur en lui serrant la gorge et la frotta très fort sous sa culotte. Myrtle ne pouvait plus respirer, et des vomissements montèrent à sa gorge, lui brûlant l'intérieur du nez.

Quand il eut terminé, il la regarda dans les yeux, comme un diable rouge. Il était moite et il sentait le chaud, comme du pipi. Il dit :

— Ne bouge surtout pas Dunny-cul-nu ou je viendrai chez toi la nuit et je tuerai ta mère la pute, et quand elle sera morte je t'aurai aussi.

Myrtle ne bougeait surtout pas, adossée au mur. Il recula tout en la guettant de ses yeux diaboliques. Myrtle savait ce qu'il allait faire, c'était son truc préféré. Il baissa la tête comme un taureau et se mit à courir, courir vers elle de toutes ses forces, tête baissée vers son ventre tel un taureau qui charge. Myrtle rentra le ventre et ferma les yeux — il allait peut-être même la tuer.

Elle décida de mourir.

Puis elle changea d'avis.

Elle fit un pas de côté.

Tête la première, le garçon fonça à fond de train dans le

mur en briques rouges de la bibliothèque. Il se recroquevilla et tomba sur l'herbe chaude et sèche.

Molly entra en fauteuil roulant. Elle s'était prise d'affection pour son fauteuil et l'avait décoré. Quand elle était assise au coin du feu ou au soleil sur la galerie, elle nouait des petits bouts de laine et tressait des rubans autour des accoudoirs, tissait des géraniums grimpants à travers les rayons, et flanquait des petits carrés tricotés sur le coussin du siège. Quand l'envie l'en prenait, elle abandonnait son beau fauteuil roulant pour sa canne et errait dans la maison, fouaillant les placards à vaisselle, délogeant les tringles à rideaux ou jetant à terre les objets posés sur les étagères. Elle se rangea devant l'âtre à côté de sa fille qui contemplait le feu.

— Comment était le bal, Cendrillon ? demanda-t-elle.

— Les robes étaient magnifiques.

Tilly se disait qu'elle n'avait décidément rien à attendre de ce trou perdu.

— C'était un mariage, ajouta-t-elle.

— Quelle honte !

Gertrude émergea de sa robe de mariée et la suspendit sur un cintre. Elle s'aperçut dans le miroir de la salle de bains — une petite brune quelconque aux cuisses molles et à la poitrine moche. Elle fit glisser son déshabillé de soie grège par-dessus ses seins froids et regarda encore.

— Je suis Mme William Beaumont de Windswept Crest, dit-elle.

William lisait un livre au lit, avec son pyjama en pilou rayé nonchalamment déboutonné sur sa poitrine. Elle se glissa auprès de son mari, et il dit : « Bon », puis roula par-dessus elle pour éteindre la lumière. Elle sortit de sa trousse de toilette un carré de papier essuie-tout et s'arrangea pour l'insérer sous ses fesses.

William la trouva à tâtons dans l'obscurité. Ils s'étreignirent, s'embrassèrent. Son corps à lui était dur au toucher, et pourtant doux comme la soie. Elle était moite et gluante.

William s'allongea sur Gertrude, et elle ouvrit les jambes. Quelque chose de chaud et dur sortit du pyjama et s'enfonça au creux de ses cuisses. Comme il commençait à lui souffler tant et plus dans l'oreille, elle se tortilla sous lui jusqu'à ce que son pénis trouve un endroit humide au milieu des poils et s'y force un chemin.

Il s'étendit à côté d'elle.

— Je ne t'ai pas fait trop mal, chérie ?

— Un peu, dit-elle.

Ce n'était pas comme on disait dans *La Vie conjugale.* Le désagrément n'était que momentané et localisé, une sensation brutale et inconfortable. Un jour, quand elle était petite, elle avait enfoncé la main dans une bûche creuse, par défi. Ses doigts s'étaient trouvés dans quelque chose de tiède qui coulait, poisseux, gluant, et un peu piquant : des œufs brisés. Un nid d'oiseau dans la bûche. Cette sensation lui avait fait un effet bizarrement offensant.

— Bon, dit William, et il l'embrassa sur la joue.

Il lui semblait que cela avait été plutôt satisfaisant et que tout s'était bien passé. Il avait approché sa jeune épousée comme il approchait naguère le petit œuf en chocolat qu'il recevait chaque dimanche de Pâques après le service de 11 heures. Il dépliait le papier d'argent, révélant délicatement une petite portion de chocolat. Puis il en brisait un morceau pour le sucer, en le savourant. Mais William était toujours vaincu, et il finissait par vite s'enfourner l'œuf entier dans la bouche, s'empiffrant, pour se retrouver à la fois satisfait et, curieusement, pas satisfait.

— Tu es heureuse ? demanda William.

— Maintenant, je suis heureuse, répondit sa femme.

William trouva sa main et la prit dans la sienne.

*
* *

Gertrude garda la petite serviette en place sous son derrière pendant le reste de la nuit. Au matin, elle examina de près les souillures rouges et grumeleuses, les renifla, puis enveloppa la serviette dans un papier brun qu'elle mit de côté pour le jeter à la poubelle à un moment discret. Lorsqu'elle se mit sous la douche, ce fut en chantonnant. La nouvelle Mme Beaumont refusa de se laisser servir le petit déjeuner au lit et apparut à table rayonnante et propre comme un sou neuf. Elsbeth et Mona trouvèrent quelque chose d'important à examiner dans leurs œufs, et William étala un journal devant son visage, mais Gertrude ne rougissait pas.

— Bonjour à tous, dit-elle.

— Bonjour, répondirent-ils en chœur.

Puis un silence gêné s'installa.

— Seigneur, dit Mona. Il y a quelqu'un à chaque bout de la table, maintenant.

— Quand sera finie la moisson ? s'enquit Gertrude.

— Je te l'ai dit, chérie, ça dépendra du temps.

William chercha des yeux le soutien de sa mère, mais Elsbeth regardait fixement par la fenêtre.

— Tu ne peux pas trouver quelqu'un pour s'en occuper ?

— Il y a bien Edward McSwiney, ma chérie, mais je…

— Oh ! William ! Encore cet homme affreux !

Elsbeth heurta sa tasse contre sa soucoupe et croisa les bras.

— Ce n'est pas tellement notre voyage de noces qui m'inquiète, William, sincèrement, c'est juste… qu'un voyage urgent à Melbourne est indispensable, reprit Gertrude en souriant gracieusement. J'ai besoin d'acheter de nouvelles étoffes pour les rideaux de notre chambre…

— Ceux qui y sont convenaient parfaitement pour moi, décréta Elsbeth.

— Quelqu'un veut encore du thé ? demanda Mona en tournant la théière.

— Arrête de tourner la théière — tu vas faire une marque sur la table, cingla Elsbeth.

— Il faut du linge neuf, et j'ai besoin de plusieurs choses pour compléter mon trousseau, pour bien démarrer ma nouvelle vie.

Gertrude croqua une bouchée de pain grillé et versa du sel sur son assiette à côté de son œuf. Elsbeth décocha à William un regard oblique chargé de malveillance, et William se renfonça de plus belle derrière son journal.

— Il y a le compte de papa chez Myer, et il m'a donné un chèque en blanc, poursuivit Mme William Beaumont.

William devint cramoisi. Le visage d'Elsbeth se vida de son sang, et Mona s'écria :

— Oh ! allons-y ! Il y a des années que nous n'avons pas fait d'emplettes !

Gertrude regarda sa cuillère ternie d'un air réprobateur, puis décapita le dessus de son œuf à la coque.

14

Tilly, assise à l'ombre de l'épaisse glycine, regardait un long train de marchandises s'éloigner lentement du silo, ramper vers le sud et disparaître derrière la Colline. Il roulait en grondant vers l'ouest, vers un horizon délavé. C'était à nouveau l'été torride, cette époque de l'année où Noël et la période de tonte sont venus et passés, et où le soleil a mûri les récoltes. Le bruit de l'acier qui roule et se tamponne, métal contre métal, plane alors sur Dungatar depuis les voies ferrées, quand les motrices géantes viennent pour manœuvrer les wagons à grain le long du silo carré en tôle.

Quand les locomotives arrivent, les enfants accourent pour regarder et jouent au silo. Les trains approchent doucement avec leurs wagons vides pour qu'ils soient remplis de blé tandis que d'autres, venant de Winyerp, sont déjà remplis de sorgho. Au nord de Dungatar, Winyerp trône fièrement au milieu d'une vaste étendue d'ondulations brunes, des milliers et des milliers d'hectares de sorgho. Les fermes autour de Dungatar sont des océans dorés de blé, qu'on dépouille, puis le collecteur dégueule le grain dans des semi-remorques. Ces derniers transportent le grain et le déchargent dans le silo. Quand les montagnes de blé sont sèches, on leur plonge en plein cœur une énorme machine qui aspire le grain en spirale pour le recracher sur un tapis roulant qui l'emporte au quai de chargement et, là, il est déversé dans des wagons vides qui se remplissent à ras bord du grain jaune. Dans la chaleur de la journée, une poussière de blé suffocante enveloppe le silo. Les wagons de grain restent là, à attendre que les locomotives viennent se mettre en place, puis ils sont attelés bout à bout et accrochés à la suite des wagons chargés de sorgho. Enfin les locomotives les emmènent, pleins à ras bord de grains jaunes et bruns poudreux, loin de l'immense région céréalière où le soleil brille presque toute l'année et où la pluie est trop souvent rare. Les locomotives s'arrêteront encore et encore aux silos et aux voies d'évitement pour faire le plein de charbon ou prendre en charge de nouvelles cargaisons de grain à tirer jusqu'à un port lointain. Dans les voitures arrêtées aux passages à niveau, les gens comptent jusqu'à cinquante wagons de marchandises qui défilent dans un grondement assourdissant.

Le blé deviendra farine, ou peut-être prendra-t-il la mer pour gagner de lointains pays. Quant au fameux sorgho de Winyerp, il servira de fourrage pour le bétail.

Le bourg retrouvera son calme, et les enfants retourneront jouer près de la rivière. Les adultes attendront la saison de football. Pour Tilly, ce cycle familier était réglé comme du papier à musique.

Molly sortit tout doucement de la cuisine et lui donna un coup de canne.

— Qu'est-ce que tu regardes comme ça ?

— La vie, dit Tilly, puis ramassant son panier en jonc : Je reviens bientôt.

Elle s'engagea sur le versant de la Colline.

— Pas la peine, lança Molly. Je préférerais que ce soit mon opossum.

Marigold Pettyman et Beula Harridene interrompirent leur conversation pour la regarder approcher.

— Alors, vous croyez que vous savez coudre, hein ? ricana Beula.

— Vous avez copié les robes dans un numéro de *Women's*

Weekly, à ce qu'il paraît, dit Marigold comme si c'était un mot d'esprit. Vous savez donc repriser ?

Tilly regarda les deux femmes lamentables.

— Oui, dit-elle simplement.

Elle remonta à la Colline avec ses provisions, dents et poings serrés. Et elle trouva Lois Pickett assise sur la marche, serrant contre elle un gros sac en papier tout fripé.

— D'ici, vous avez une jolie vue, dit-elle. Et le jardin va être beau.

Tilly passa devant elle sans s'arrêter jusqu'à la porte. Lois se leva, et dit :

— Il paraît que vous savez coudre, c'est vous qui avez fait la robe que vous portiez aux courses, et Muriel dit que vous n'avez même pas utilisé de patron pour faire la robe de mariée de Gert, juste un mannequin.

— Entrez, dit Tilly, affable.

Lois renversa le sac, étala sur la table de la cuisine une vieille robe toute sale et raidie qui sentait le renfermé, et elle montra les aisselles brûlées de sueur.

— C'est abîmé là, vous voyez.

Tilly prit un air peiné, hocha la tête et ouvrit la bouche pour parler, mais à cet instant, Purl Bundle cria : « Youhou ! » de la galerie et entra aussitôt, en corsaire rouge, faisant sonner ses mules à hauts talons, toute blonde et maquillée, la serveuse de bar par excellence. Elle flanqua sous le nez de Tilly plusieurs mètres de satin et de dentelle et déclara :

— J'ai besoin d'une collection de lingerie et de déshabillés qui ramène un peu de vie dans les ressorts de mon vieux matelas, merci.

— Bien, acquiesça Tilly.

— Peut-être que vous pourriez juste couper le haut et en faire une jupe ? dit Lois.

Cet après-midi-là, dans son fauteuil roulant, Molly se grattait sous plusieurs épaisseurs de châles et de plaids, et

Barney était affalé à ses pieds sur la marche, les yeux dans le vague, la lippe pendante, avec un air de pure extase. Tilly drivait des balles de golf entre la décharge et chez les McSwiney avec son bois 3. L'une des balles siffla tout près de Miss Dimm qui s'était hissée jusqu'au sommet de la Colline, le visage tourné vers les nuages et un bras tendu devant elle pour détecter les obstacles qu'elle ne voyait pas. Elle tenait sous son bras un rouleau de cotonnade à carreaux bleus et blancs, et un sac en papier plein de boutons, de fermetures à glissière et de patrons d'uniformes scolaires, taille 36 à 50. Miss Dimm était extrêmement myope mais aussi très coquette, de sorte qu'elle ne portait ses lunettes qu'en classe. Elle avait toujours arboré une frange de petit page et un chemisier blanc bien tendu qu'elle rentrait dans une volumineuse jupe froncée. Elle avait un derrière énorme, mais tirait vanité de ses pieds minuscules, c'est pourquoi elle trottinait partout en chaussons délicats noués de rubans et croisait toujours ses chevilles bien en vue quand elle s'asseyait. Elle trébucha sur le sac de golf et sentit les clubs qui dépassaient.

— Clubs de golf, annonça Tilly, et elle en souleva un.

— Oh ! dit Miss Dimm, quelle chance pour vous d'en avoir autant ! Je cherche la petite Myrtle Dunnage.

Elle repartit en direction de la maison. Arrivée sur la véranda, elle fixa son regard sur le couvre-théière rose et bleu qui coiffait la tête de Molly et déclara :

— Je suis ici au nom du comité de parents et d'enseignants de l'école publique de Dungatar et je voudrais voir la petite Myrtle Dunnage s'il vous plaît.

— Ça, je l'aurais parié, dit Molly. En fait, je trouve qu'il *faudrait* que vous puissiez voir, et vous sauriez ce que nous devons subir à chaque fois que nous vous voyons.

— Entrez, Miss Dimm, dit Tilly.

— Oh ! Vous êtes là.

Miss Dimm se tourna vers la glycine tachetée de soleil derrière Molly et tendit la main.

Elles négocièrent un juste prix et tous les détails nécessaires pour la confection de neuf uniformes scolaires et, au moment de s'en aller, Miss Dimm remercia encore la coiffe de Molly, manqua la marche, reprit son élan et s'éloigna d'un pas sautillant. Barney avait récupéré les balles de golf dans le panier de Tilly et les drivait du haut de la crête avec le fer 1 lorsque la vieille maîtresse d'école le dépassa, trébucha et disparut d'un bond, dans un envol de jupons de dentelle et un tourbillon de rubans de chaussons.

Teddy montait la côte quand il fut tétanisé par la vue de Miss Dimm.

— Oh ! mon Dieu ! dit-il.

Et il s'approcha tant bien que mal de la silhouette étalée sur le dos, avec son jupon sur la figure et ses cuisses pommelées de cellulite, tels des brocarts violacés sur du saindoux, exposées aux yeux du monde. Barney apparut au-dessus de la crête.

— Qu'est-ce que tu fabriques, crétin ? dit Teddy.

Il se releva et brossa l'herbe sur son pantalon écossais tout neuf.

— Je joue au golf, dit Barney, et il brandit un fer 1.

— Les balles atterrissent sur mon toit.

— Bien joué, dit Tilly en serrant la main de Barney. Tu mérites une tasse de thé.

Elle l'entraîna. Eberlué, Teddy suivit des yeux son frère maigrichon, boutonneux et tordu, qui partait en clopinant avec la plus belle femme qu'il eût jamais vue. Il aida Miss Dimm à se relever.

— Venez, je vais vous ramener sur le chemin.

— Ah ! merci… qui êtes-vous ?

Le lendemain matin, Faith feuilletait un *Women's Illustrated* tandis que Tilly, agenouillée devant elle, épinglait son ourlet.

La couverture annonçait : « L'extravagance de Dior ramène les femmes dix ans en arrière — Balenciaga se révolte, page 10. » Faith déchiffra « Ba-len-ci-aga » et parcourut les articles de mode — tunique, encolure dégagée, robe-chemisier, coton gaufré, toile jean, Amérique, Anne Klein, Galanos, Chanel, Schiaparelli, Molyneux, et d'autres noms qu'elle était incapable de prononcer.

— Ruth dit que vous recevez beaucoup de colis de la ville, dit-elle en baissant les yeux sur Tilly. Et des cartes postales de Paris écrites en français, de quelqu'un qui s'appelle Madeleine ?

Tilly se releva et ajusta le corsage de façon qu'il couvre un peu plus le décolleté de Faith. Faith tira dessus pour le redescendre.

Molly s'éclaircit la voix et offrit sa plus belle imitation d'Elsbeth Beaumont :

— Elle prétend qu'elle s'occupait de madame Madeleine Vionnet, la célèbre styliste parisienne. Puis posant sur Tilly un regard accusateur : Elle est probablement *morte*.

— Elle était très âgée, dit Tilly à travers les épingles qu'elle tenait dans sa bouche.

— C'est elle qui vous a appris la couture ? demanda Faith.

Molly pointa son nez vers les photos alignées.

— Apparemment, madame Vionnet aurait recommandé notre génie ici présent à Balenciaga, pour son talent exceptionnel dans la taille du biais.

Molly fit un bruit de pet approximatif avec sa langue et ses lèvres.

— Je n'ai jamais entendu parler de l'un ni de l'autre, reprit-elle.

— La cousine d'Elsbeth, Una, a dit que la robe de mariée de Gertrude était très parisienne, dit Faith. Je vais aller à Paris, un de ces jours, ajouta-t-elle d'un air rêveur.

— Avec qui ? gloussa Molly malicieusement.

— Je peux faire l'ourlet pendant que vous attendez, si vous voulez, dit Tilly.

Faith jeta un coup d'œil en direction de Molly.

Tilly tint bon.

— Molly n'a qu'à se mettre sur la galerie ; voulez-vous une tasse de thé ?

Faith accepta d'un signe de tête et ôta sa robe. Assise en combinaison et en bas, Faith lut les catalogues de Tilly, penchée sur les images. Quand Tilly lui tendit sa jupe avec l'ourlet finement cousu et parfait, Faith posa les revues.

— Je n'aurais pas dû me donner cette peine, en vérité, dit-elle, c'est juste une vieille jupe idiote à plis creux qui mérite d'être fichue en l'air. Elle finira sûrement sur une des filles McSwiney.

Muriel arriva ensuite.

— Faites-moi quelque chose d'autre qui m'aille, cette fois une chose que je puisse mettre pour travailler mais qui fasse vraiment bien, comme ma tenue pour le mariage de Gert.

— Avec plaisir, répondit Tilly.

Quand Ruth revint de la gare le lendemain matin avec les sacs de courrier, elle et Nancy en répandirent le contenu sur le sol de la poste et trouvèrent la grosse enveloppe marron adressée à Nancy. Elle l'ouvrit et feuilleta son nouveau magazine jusqu'à ce qu'elle trouve ce qu'elle cherchait — les photos en couleurs d'un défilé de mode à New York, mettant l'accent sur les dernières créations d'Emilio Pucci et de Roberto Capucci. Elles scrutèrent les tenues et les filles anguleuses aux pommettes saillantes et aux paupières lourdement ombrées, en disant :

— Ah ! c'est quelque chose, hein ?

Et Nancy de prendre la direction de la Colline.

Les coups frappés à la porte de derrière réveillèrent

Tilly. Sa vessie était pleine, elle avait encore les yeux tout ensommeillés, et ses cheveux ébouriffés lui tombaient en désordre sur les épaules quand elle alla ouvrir, en serrant un sarong en soie autour d'elle. Troublée par ses épaules nues, Nancy brandit devant elle le numéro de *Vogue* de janvier en désignant un mannequin en tailleur-pantalon chatoyant et élégamment cintré.

— Vous voyez ? C'est ça que je veux.

Comme Tilly restait éberluée, Nancy poursuivit :

— Vous pouvez avoir le tissu par vos amis de Melbourne, et surtout ne le montrez à personne, je ne veux pas qu'on le copie.

— Ah ! dit Tilly. Le tailleur-pantalon.

— Vous avez un colis et une carte postale de Florence.

Nancy les tendit à Tilly et s'en alla.

Ce soir-là, Teddy sirotait une bouteille de bière et fumait sur la galerie, en regardant Barney arracher les mauvaises herbes du potager de Tilly et les jeter dans une brouette. Quand la brouette fut pleine, Teddy la poussa jusqu'à la carriole et y déversa les herbes. Graham tourna la tête pour voir et, comme Teddy faisait un second voyage avec la brouette, le cheval soupira, piétina un peu sur place et laissa retomber sa tête. Molly se coula hors de la cuisine, et sortit un verre vide de sous son plaid. Teddy vida le fond de la bouteille dans le verre et alla s'adosser à l'encadrement de la porte moustiquaire. Debout à la fenêtre, Tilly cousait quelque chose de délicat.

— Je me disais que j'irais bien faire un tour, lancer une ligne à la rivière, c'est agréable d'être là-bas à la tombée du jour, on pourrait…

— J'ai une affaire à faire tourner, dit Tilly.

Et elle lui sourit, d'un grand et large sourire qui lui montait jusqu'aux yeux.

— Formidable, dit-il.

15

Nancy fixait une brosse neuve au bout de son manche à balai, et Muriel nettoyait la vitrine de l'alimentation bazar Pratt avec un tampon de papier journal imbibé de térébenthine. Beula déboula du coin de la rue et s'arrêta entre les commères.

— Des robes neuves ?

Les deux femmes acquiescèrent, radieuses.

— Vous devriez vous faire faire quelque chose, vous aussi, dit Muriel. Cette Tilly est une vraie fée.

— Visiblement, répliqua Beula. Si elle vous a fait croire que vous seriez belles là-dedans.

A cet instant, la Triumph Gloria fit sa réapparition en ville. Les femmes s'interrompirent pour regarder passer William au volant, un inconnu à côté de lui, tandis que Gertrude, Elsbeth et Mona étaient assises à l'arrière, chacune coiffée d'un chapeau neuf. Trois grosses valises flambant neuves étaient sanglées sur le porte-bagages arrière, et plusieurs grosses caisses à thé étaient calées dans une remorque neuve qui cahotait derrière. Comme la vieille grosse voiture abordait la courbe de la grand-rue, Evan Pettyman posa sa tasse de café du matin et s'approcha de la fenêtre pour suivre des yeux le retour triomphant des Beaumont. A l'école, Miss Dimm chaussa ses lunettes pour voir l'imposant véhicule qui passait, et Purl cessa de secouer ses carpettes sur le balcon du pub pour regarder.

Les gens de Dungatar avaient soudain quelque chose de nouveau à attendre, et l'air en devenait plus pétillant.

L'élégant jeune couple et sa suite, avec leurs valises bourrées d'articles de mode de Collins Street, allait bientôt découvrir que les femmes du bourg avaient de nouvelles tenues éblouissantes, et que tous les ourlets suivaient désormais la dernière mode européenne.

Le samedi matin, Elsbeth Beaumont et sa bru arrivèrent au magasin Pratt vêtues de robes neuves, avec chapeaux et gants assortis. A 9 heures précises, elles paradaient en jupes Dior entre les rayonnages miteux, énormes dans leur taffetas bouffant, effleurant de leurs ourlets le haut des boîtes de cirage Nugget et les flacons de blanc à chaussures, entrechoquant au passage les cornes à chaussures suspendues.

— Ah ! mon Dieu, dit Muriel, mais voyez comme vous êtes !

— Bonjour, Muriel, dit Elsbeth, les dents un peu serrées.

— Bonjour, mère.

Gertrude se pencha pour recevoir un baiser sur la joue.

— Bon voyage ? demanda Muriel d'une voix terne.

— Oh ! for-mi-dable ! dit Gertrude.

Elsbeth confirma d'un mouvement de tête.

— Me-erveilleux.

Muriel sortit de derrière son comptoir. Ses chaussures avaient besoin d'être cirées et ses cheveux d'être brossés, mais elle aussi portait une nouvelle tenue — une longue tunique gris ardoise en toile fine, avec un col rapporté tout à fait original, et une jupe très droite à mi-mollet. Par-derrière, la tunique et la jupe se fermaient par des pans croisés, reliés par une martingale. C'était un ensemble bien coupé, chic et confortable, qui lui allait bien. Gertrude et Elsbeth furent toutes deux surprises, et un peu froissées.

— Où est père ? demanda Gertrude.

— Tu peux trouver « père » comme d'habitude dans l'arrière-boutique, Gert. Et si tu cries : « Eh, p'pa ! » comme d'habitude il va venir, tu le sais bien, répliqua Muriel.

— Va donc lui dire que je suis rentrée et que nous avons à lui parler.

Muriel croisa les bras et dévisagea sa fille.

— Reg, dit Muriel à Reginald qui referma la bouche. Allez me chercher Alvin, si vous voulez bien.

Il posa sur le comptoir de marbre le plateau d'abats qu'il portait.

— Elsbeth et moi avons de grands projets pour faire des tas de choses passionnantes dans l'année qui vient, poursuivit la nouvelle Gertrude. Nous allons donner à *Doongatah* le frisson de sa vie. Ça va être fabuleux, n'est-ce pas, Elsbeth ?

Elsbeth remonta ses épaules en fermant les yeux d'un air de joie divine.

— Fa-abuleux ! dit-elle.

Reginald revint.

— Veuillez faire excuse, *mesdâmes*, « père » accourt à votre service et sera auprès de vous aussitôt que possible, dit-il en esquissant une imperceptible révérence.

— Je vous remercie, répondit Elsbeth avec grandeur.

Reginald retourna à ses abats et à ses carcasses.

— Eh bien, bonjour bonjour, lança Alvin de sa voix d'épicier la plus joviale.

Il s'approcha de sa fille (si bien casée) les bras grands ouverts, la saisit par la taille et la souleva en tournoyant, faisant voler ses jupons et la poussière du magasin. Il la déposa gauchement sur le plancher en resserrant sa prise et en toussant. Elle était plus lourde qu'il ne s'y attendait.

— Ma petite fille, dit-il, rayonnant, et il prit ses joues pleines entre ses mains enfarinées.

Gertrude se renfrogna et échangea un regard exaspéré avec Elbeth. Elle rajusta son chapeau.

— Oui, je l'ai remarqué, dit Alvin. Un chapeau neuf !

Et il adressa un signe de tête à Muriel qui leva les yeux au ciel.

— Père, Elsbeth et moi souhaitons que tu mettes ce

prospectus en bonne place dans la vitrine, et aussi à différents endroits du magasin. Nous en avons plusieurs exemplaires ronéotypés, et il y aura des rappels dans le journal…

— Nous avons constitué un club de dames, annonça Elsbeth. Je suis secrétaire, Trudy présidente, et Mona sera notre dactylo. Nous avons pensé que Muriel pourrait être trésorière et…

— Trudy ?

— Oui, mère, désormais appelle-moi « Trudy ». Notre première réunion est prévue pour lundi et elle aura lieu chez nous, à Windswept Crest. Nous avons déjà les dates de tous les événements et nous allons rassembler les gens d'ici pour organiser des galas, surtout des fêtes de charité… des thés, des jeux de croquet, des soirées dansantes…

— Un *bal*, corrigea Elsbeth. Un *bal* de bienfaisance.

— Un bal, le plus grand, le plus beau qu'on ait jamais…

— Et puis il y aura un festival annuel, avec une épreuve spéciale d'é-lo-cu-ti-on, déclama Elsbeth.

— Voilà ! approuva Gertrude en hochant la tête.

Elsbeth brandit les ronéos sous le nez d'Alvin. Une belle annonce dactylographiée en majuscules commençait ainsi :

> « Trudy et Elsbeth Beaumont invitent les dames de Dungatah à l'esprit progressiste à une assemblée. »

Suivait un paragraphe en caractères à prétention calligraphique. Alvin glissa ses pouces sous les bretelles de son tablier. Un moment de silence s'installa.

— Dunga*tah* ? s'étonna-t-il.

— Où est Mona ? s'enquit Muriel.

— Elle apprend le dressage et l'équitation, dit Gertrude. Nous avons un nouveau maître de manège au domaine.

— Mais Mona a une peur affreuse des chevaux, dit Muriel.

— Justement ! C'est pour ça, répliqua Gertrude en secouant la tête et en faisant des bruits d'agacement avec sa langue.

Alvin parut surpris.

— Vous avez un nouveau maître de manège ?

— Il s'appelle Lesley Muncan, et c'est un véritable gentleman, annonça Elsbeth avec un petit reniflement hautain à l'intention d'Alvin.

Le sourire d'Alvin restait figé.

— Eh bien, eh bien.

Il examina ces dames de pied en cap, des plumes ondulantes qui jaillissaient de leurs chapeaux effarants jusqu'à leurs pieds boudinés dans des chaussures neuves du dernier cri.

— On a fait des petites folies à Melbourne, hein ? s'écria-t-il.

Gertrude adressa un sourire de conspiration à Elsbeth, qui lui pressa le bras d'un geste amical et solidaire.

— Je suppose que William ne tardera pas à m'apporter son chèque de la moisson — avec cette affaire de votre énorme compte en retard, *mesdames Beaumont.* Et j'espère bien que vous avez apporté tous les reçus de vos folies. Alors, voulez-vous que nous passions dans le bureau pour les examiner, avant que je les ajoute au compte énorme de ce que vous devez déjà ?

Les sourires s'effacèrent sur les visages des dames Beaumont.

— Papa, je croyais..., commença Gertrude.

— J'ai dit que tu pouvais acheter un petit trousseau de mariage *pour toi*, dit Alvin avant de poser un regard méprisant sur Elsbeth.

Elsbeth flanqua les prospectus dans les bras de Muriel et lança un regard noir à sa nouvelle bru.

Attablé dans un coin du bar, Septimus Crescant parlait avec Hamish O'Brien. Purl se vernissait les ongles au comptoir tandis qu'autour de la table de jeu Fred, Bobby Pickett et Scotty Pullit étaient occupés à boire, à fumer et à battre les cartes. Finalement, Fred regarda le siège vide de Teddy et dit :

— Autant commencer.

Reginald distribua les cartes, et chacun des joueurs jeta dix pièces de deux shillings sur la table.

Le téléphone sonna. Purl se dirigea vers le mur du fond et décrocha le combiné avec précaution, pour ne pas érafler son vernis. Bobby agita ses cartes en direction de Purl en articulant à voix basse :

— Dis-lui que je viens de partir.

— Allô, ici l'Hôtel de la Gare…

La partie de poker commença.

— Ecoutez, mon petit, j'apprécie sincèrement, mais je serai bien assez occupée dimanche, salut.

Purl raccrocha.

— C'était cette pauvre malheureuse Mona-jusqu'au-bout-des-ongles qui m'appelait de la part du Dungatar Social Club, m'invitait à la réunion d'inauguration, là-bas, chez les Monbeaupet, pour parler de leur première journée de croquet et de leur thé de bienfaisance — et il doit y avoir aussi un « défilé de présentation ».

— Ah ! voilà un truc qui va nous changer la vie ! dit Fred.

Purl ferma les yeux et secoua lentement la tête.

— Je meurs d'impatience, dit-elle.

Les hommes reprirent le fil de la partie. Hamish et Septimus reprirent leur discussion.

— Evidemment, dit Hamish, tout a commencé à foirer quand l'homme a domestiqué la culture et qu'il a fallu se grouper pour protéger la récolte, et construire des palissades pour refouler les Néolithiques affamés.

— Non, dit Septimus. C'est la roue qui a vraiment enfoncé l'humanité.

— Oh ! Quand même, la roue est nécessaire pour transporter les choses.

— Alors la révolution industrielle a suivi, avec la mécanisation qui a fait le reste des dégâts…

— Mais les machines à vapeur, ça n'est pas dangereux,

la vapeur, le bruit d'un train à vapeur lancé à pleine vitesse est une bénédic…

— Le diesel est plus propre, dit Septimus avant de boire sa bière.

Le donneur de cartes cessa de les battre et tourna les yeux vers les deux habitués qui argumentaient, dans l'angle du comptoir.

Hamish se tourna pour faire face à son partenaire.

— Et la Terre est ronde !

Il versa sereinement ce qui restait de Guinness au fond de son verre dans le casque de chantier de Septimus, qui était posé par terre contre le comptoir. Septimus à son tour renversa le contenu de son verre sur la tête de Hamish, le faisant ruisseler le long de sa moustache de morse. Hamish leva les poings, prit une pose menaçante classique à la Jack (Nonpareil) Dempsey, et se mit à sautiller en remuant les bras comme des essieux de locomotive. Purl agita vivement les doigts pour sécher son vernis, et Fred soupira.

— Allons, Septimus, debout espèce de rigolo, dehors…

Hamish lança un direct du droit au moment où Septimus se baissait pour ramasser son casque. Hamish allongea encore deux droites dans l'air, et la troisième partit à l'instant où Septimus se relevait, levant le bras pour mettre son casque. Il y eut un bruit d'écrasement amorti mais audible, comme un œuf cru tombant sur une table de cuisine. Septimus se plia en deux, les mains sur son nez ensanglanté.

— Hamish, dit Fred, il est temps que tu t'en ailles.

Hamish coiffa sa casquette de chef de gare et, de la porte, agita gaiement la main en lançant :

— A demain.

Purl tendit un mouchoir à Septimus. Il se dirigea vers la porte.

— Dans cette ville, un homme peut convoiter la femme de son voisin et s'en sortir indemne, maugréa-t-il, mais dire la vérité peut vous valoir un nez en sang.

— En effet, dit Fred. Aussi je n'en dirais pas davantage à ta place, sinon tu vas te retrouver avec le nez cassé la prochaine fois.

Septimus s'en alla. Purl demanda si, cette année, Reg allait encore fournir la viande au club de foot.

— Il sera aussi le chronométreur officiel, dit Scotty.

Ruth et Miss Dimm, Nancy et Lois Pickett, Beula Harridene, Irma Almanac et Marigold Pettyman furent également sollicitées par le comité des dames de Dungatar. Faith n'était pas chez elle : elle répétait avec Reginald. Mona priait les dames de venir à Windswept Crest assister à l'assemblée inaugurale et de bien vouloir apporter chacune un plat. Les membres du Dungatar Social Club nouvellement recrutées appelèrent aussitôt Ruth au central et lui demandèrent de leur passer Tilly Dunnage.

— Elsbeth lui tient l'oreille pour le moment, dit-elle. Je suis la suivante, et après, je vous appellerai toutes.

Quand Ruth parvint au sommet de la Colline, elle frappa fort à la porte de derrière en criant :

— Il y a quelqu'un ?

— Peu de chances qu'on soit en visite, lança Molly en réponse.

Puis les autres arrivèrent et durent attendre dans la cuisine avec Mad Molly ratatinée dans son fauteuil roulant tout décoré, qui tourmentait avec sa canne une bûche enflammée. Elle se moucha dans ses doigts et d'une chiquenaude expédia dans les braises la morve verdâtre qu'elle regarda attentivement bouillonner en sifflant puis disparaître.

Professionnelle et gracieuse, Tilly emmenait l'une après l'autre ses clientes dans le salon pour discuter de leurs besoins et de leurs envies. Elle observa que les dames nouvellement inscrites au Dungatar Social Club avaient d'un jour à l'autre acquis un accent particulier — une interprétation toute dungatarienne de l'anglais royal.

En tant que clientes, leurs exigences étaient simples :

— Je veux être plus belle que tout le monde, surtout Elsbeth.

A Windswept Crest, le nouveau maître de manège, Lesley Muncan, était assis dans la cuisine dans une posture apprêtée, jambes croisées, et observait Mona, de dos, qui faisait la vaisselle penchée au-dessus de l'évier.

Lesley était employé à la buanderie de l'hôtel où les Beaumont passaient leur lune de miel lorsqu'il avait rencontré William dans le hall, qui lisait le journal.

— Les filles sont allées dépenser tout votre argent en shopping, c'est ça ?

— Oui, dit William, surpris.

— Et vous vous plaisez, ici ?

— Oui, dit William. Et vous ?

Lesley ajusta ses manchettes.

— C'est un hôtel agréable, dit-il. Vous venez de la campagne, n'est-ce pas ?

— Oui, dit William, souriant.

Lesley jeta un rapide regard à la ronde, puis s'assit à côté de lui sur le canapé.

— J'ai beaucoup pratiqué l'équitation et je cherche un emploi en rapport. Vous ne connaîtriez pas quelqu'un qui ait besoin d'un moniteur d'équitation, par hasard ?

— Eh bien…, commença William.

Lesley lança un coup d'œil en direction du comptoir de réception.

— D'un lad ? Ou même d'un palefrenier ? Je peux commencer tout de suite.

A cet instant, Elsbeth, Gertrude et Mona s'engouffrèrent par la porte, amenant avec elles les effluves du comptoir de parfumerie de chez Myer. Lesley bondit pour les aider avec leurs paquets.

— Monsieur est lui aussi client de l'hôtel, dit William. Monsieur ?

— Muncan. Lesley Muncan, ravi de vous rencontrer tous.

— M. Muncan est cavalier, dit William.

— Oh ! vraiment ? s'exclama Gertrude.

— Mona, dit à présent Lesley en tapotant de l'index l'extrémité de sa cigarette. Si je peux mettre le pied dans un étrier, vous aussi — c'est juste le début, ma chère.

Mona avait peur des chevaux, mais elle voulait plaire à Lesley.

— J'essayerai, dit-elle, passant et repassant le torchon sur l'assiette propre.

Mona voulait quelqu'un, un partenaire. Maintenant que sa mère et Trudy étaient inséparables, Mona se retrouvait souvent seule dans la grande maison, assise devant la large baie vitrée, à contempler l'écurie où travaillait Lesley. Il s'était établi dans le grenier mais, ces derniers jours, il débarquait dans la cuisine chaque fois qu'il la voyait à la fenêtre.

— Bien, dit-il. C'est ce que souhaite votre mère — et puis on ne peut pas décevoir le patron, n'est-ce pas ?

Elsbeth et Trudy se détendaient avec William dans la bibliothèque qui, jusqu'à ce jour, avait été le « débarras » — une pièce sans fenêtre au milieu de cette maison mal conçue. William s'était mis à la pipe. Il trouvait que l'ôter d'entre ses dents et la promener dans l'air était un geste utile pour renforcer une idée. La plupart de ses idées étaient en fait celles de Trudy, mais elle les lui laissait volontiers. Ce qui lui permettait de dire : « Mais, William, tu disais qu'un ensemble de canapés en cuir durerait plus longtemps. » Sur le tourne-disque tout neuf, *South Pacific* passait doucement : « Bali haiiiiiiii, come to meeeeeee. » Sans avertissement Trudy se figea, porta la main à sa bouche et sortit de la pièce en courant. Elsbeth et William échangèrent un haussement de sourcils.

Mona accourut en trébuchant dans le corridor.

— Maman, William, venez vite !

— Elle a rendu dans la vaisselle ! s'écria Lesley, et il ferma les yeux en posant sur son front le dos de sa main.

— Voyons, Trudy, dit William en allant vers elle.

Elsbeth posa les doigts sur ses lèvres et prit appui sur le réfrigérateur.

— Je mets l'eau à chauffer pour le thé, annonça Mona.

— Avez-vous eu des malaises ces derniers temps, ma chérie ? demanda Elsbeth, soudain pleine d'importance.

— Juste un peu de fatigue, c'est tout.

Elsbeth adressa à son fils un regard entendu, et ils posèrent sur Trudy des yeux emplis d'amour et d'éperdue gratitude. Ils la soutinrent affectueusement tandis que Lesley, les yeux au ciel, marmonnait :

— Juste ciel ! La voilà enceinte.

Mona serra la théière contre son cœur et dit :

— Vous allez vouloir me prendre ma chambre, pour le bébé !

Elsbeth s'élança vers sa fille.

— Sale petite égoïste ! siffla-t-elle, et elle la gifla.

16

Beula Harridene était sortie se promener un soir quand elle vit Alvin qui éclairait à la torche électrique le coffre de la voiture d'un représentant de commerce et examinait des tissus bas de gamme. Le lendemain matin, elle retrouva ces étoffes sur le comptoir de Muriel, à des prix très gonflés. Le comptoir de mercerie avait élargi son choix de boutons, de fermetures à glissière et de perles, qu'Alvin se procurait auprès de magasins spécialisés à Richmond, tandis qu'il achetait les accessoires à des grossistes de Collins Street pour les revendre 100 % plus cher à sa clientèle locale, devenue tellement demandeuse. A présent, les femmes confectionnaient leurs blouses d'intérieur dans des brocarts « importés », avec des boutons d'ivoire ou en imitation diamant, et elles se pavanaient dans leurs maisons rustiques en mousselines de soie pastel ou en pantalons de velours ajustés, avec de larges ceintures et des pulls à col montant, telles des stars de cinéma.

Il arrivait sans cesse des caisses à thé pour « Miss T. Dunnage, Dungatar, Australie ». Le sergent Farrat arriva un soir à la Colline au moment où Ruth traînait tant bien que mal un sac postal jusque sur le perron de Tilly.

— Mon Dieu, mon Dieu ! dit le sergent. Qu'y a-t-il donc là-dedans ? De l'or ?

— Des fournitures, dit Tilly. Des cotonnades, des patrons, des sequins, des revues, des plumes…

— Des plumes ? reprit le sergent Farrat en pressant ses mains l'une contre l'autre.

— Oh oui ! dit Ruth. Toutes sortes de plumes, même.

Tilly lui décocha un regard froid et haussa un sourcil. Ruth se plaqua une main sur la bouche. Le sergent Farrat perçut tout ce qui passait entre les deux femmes.

— Des plumes d'autruche ?

— Je ne le sais pas vraiment, sergent, dit Ruth. *J'imagine* qu'il doit y en avoir, c'est-à-dire, je ne saurais pas dire *exactement* ce qu'il y a dans la caisse, mais tout le monde parle des nouvelles robes pour la soirée de gala du club…

Ils baissèrent tous les yeux sur la caisse en bois. Les sceaux étaient déchirés, et il y avait de vilains trous là où les clous avaient récemment été arrachés et, juste à côté, des clous tout neufs étaient maladroitement enfoncés. Le papier adhésif d'origine avait été déchiré et remplacé par de l'adhésif postal standard.

— Bon, dit Ruth. Je ferais mieux d'y aller, Purl doit attendre ses chaussures neuves, et Faith a une nouvelle partition pour s'exercer.

Ils la regardèrent manœuvrer sa camionnette, puis le sergent sourit à Tilly et demanda :

— Comment va votre mère, en ce moment ?

— En ce moment, elle n'est plus du tout abandonnée, répondit Tilly, les bras croisés, en le regardant dans les yeux.

Le sergent Farrat ôta sa casquette d'uniforme et la posa sur son cœur.

— Oui, dit-il, et il baissa les yeux à terre.

— C'est inouï ce que peut faire un peu de nourriture, poursuivit-elle. Elle a des bons jours et des moins bons, mais elle est toujours divertissante, et les choses lui reviennent de temps en temps.

Ils traînèrent la caisse dans la cuisine.

— J'avais l'impression que Mae gardait un œil sur elle, dit le sergent.

Molly entra d'un pas traînant dans la cuisine, en robe

de chambre et pantoufles, tirant après elle une corde. Elle s'arrêta et dévisagea attentivement le sergent Farrat.

— Elle a encore des ennuis, hein ? Ça ne m'étonne pas.

— Veux-tu prendre une tasse de thé avec nous, Molly ?

Elle ignora Tilly, mais se pencha tout près du sergent.

— Mon opossum a disparu, dit-elle. Mais je crois savoir ce qui lui est arrivé.

Elle désigna une grosse marmite qui bouillonnait sur le fourneau.

— Je vois, dit-il en hochant gravement la tête.

Molly poursuivit son trottinement. Tilly tendit une tasse de thé au sergent. Il tapota le flanc de la caisse avec sa chaussure, puis en fit le tour.

— Il va vous falloir une pince, pour ouvrir ça, dit-il.

Tilly lui tendit une pince, et il posa sa tasse, puis se laissa tomber à genoux devant la caisse. Il souleva le couvercle à l'aide d'un levier et fouilla à l'intérieur, saisissant les paquets et les portant à son nez pour les sentir.

— Est-ce que je peux les ouvrir, s'il vous plaît ?

— Eh bien, j'allais…

Il déchira lascivement les coins du papier, tirant sur les étoffes et les caressant entre le pouce et les autres doigts, puis il les disposa sur la petite table à ouvrage de Tilly qui triait ses dessins et les mesures qu'elle avait prises et les plaçait sur les différents tissus. Le sergent Farrat arriva au dernier paquet, au fond du coffre. Il le serra sur son cœur puis déchira le papier brun, libérant des mètres et des mètres d'organza soyeux couleur magenta.

— Oh ! s'écria-t-il, et il enfouit son visage dans la masse bouillonnante.

Il s'interrompit brusquement et dévisagea Tilly en tapotant doucement ses joues écarlates, épouvanté de s'être ainsi laissé aller.

— Magnifique, n'est-ce pas ? dit Tilly. C'est pour moi.

Le sergent s'approcha d'elle, lui prit la main et la regarda dans les yeux.

— Est-ce que je pourrais avoir une de vos plumes d'autruche, s'il vous plaît ?

— Oui.

Il lui baisa la main, puis drapa l'étoffe magenta sur ses épaules, telle une Bertha géante à traîne, et se dirigea en minaudant vers le miroir sur des talons aiguilles imaginaires. Il tournoya, ravi de se voir, puis dit en regardant Tilly :

— Je suis imbattable pour tout ce qui est sequins et lamé, et je parie que je sais ourler aussi vite que vous — je suis un as pour les fermetures à glissière, les tracés de patrons et aussi pour les galons.

— Que pensez-vous des collerettes et des volants ?

— Horreur de ça.

— Moi aussi.

Au-delà de Windswept Crest, le chaume uniformément taillé s'étendait jusqu'à l'horizon comme un tapis neuf en coco. Dans le domaine des Beaumont, le bétail était enfoncé jusqu'au ventre dans le chaume gris qui restait de la moisson de la saison précédente. Il y avait une oasis de verdure autour de la maison ombragée par les eucalyptus, avec son toit rouge qui se découpait sur le ciel éclatant. Des voitures à l'arrêt scintillaient au soleil, et des petites tentes rayées étaient dressées devant l'îlot vert. Dans un paddock, un cheval piétinait farouchement au bout d'unc corde tenue par une petite silhouette en veste rouge — Lesley faisant une démonstration de dressage. Les gens étaient attroupés sur l'herbe fraîchement tondue qui descendait jusqu'à la rivière Dungatar bordée d'eucalyptus gris aux pieds enfoncés dans l'eau. William expliquait à Bobby et à Reg les nouveautés :

— Pour l'équitation, nous avons fait construire une nouvelle carrière et des stalles. Le court de tennis est en cours de rénovation, et nous avons fait refaire le réseau d'irrigation pour les jardins, la basse-cour, et ainsi de suite — et puis, bien entendu, vous êtes tous ici aujourd'hui pour inaugurer notre nouveau gazon de croquet. Je crois d'ailleurs que mère s'apprête à annoncer un nouveau projet lorsqu'elle distribuera les divers prix pour les gâteaux…

Le sourire s'effaça des traits de William, et sa voix s'alanguit :

— … pour le côté agricole des choses, j'ai d'autres plans… quand j'aurai l'équipement bien sûr.

Il enfonça les mains dans ses poches et s'éloigna.

— C'est pour ça que nous sommes là, pour payer tout ça, dit Scotty Pullit.

— Beau gazon, dit Bobby.

Les joueurs de football regardèrent le terrain de croquet avec un sourire.

Muriel passait le long des étals pour récolter les participations qu'elle entassait dans un sac en papier brun. Elle rejoignit sa fille en boitillant, son pliant de toile sous le bras. Elle le déplia, se débarrassa de ses sandales blanches poussiéreuses et s'affala à côté de Gertrude, qui était allongée dans sa chaise longue sur la galerie de la ferme. Gertrude regarda nerveusement autour d'elle. Chaque poil de la moustache pâle de Muriel était taché de rouge à lèvres, comme de minuscules allumettes à bouts rouges. Elle avait besoin d'une teinture et d'une permanente, et ses pieds secs et crevassés semblaient de longues excroissances.

— Je reçois ici de nouveaux cousins, aujourd'hui, dit Gertrude. De Toorak.

— La cousine d'Elsbeth, Una ? demanda Muriel.

— Tu ne t'es pas présentée !

— Nous nous sommes déjà rencontrées il y a longtemps, Gert…

— Trudy, je m'appelle Trudy, il faut sans cesse te le répéter.

— Ils n'habitent pas Toorak, ils habitent la porte à côté — à Prahan.

Muriel se leva brusquement, prit son pliant et jeta le sac en papier sur les genoux de Gertrude.

— Je suis bien placée pour le savoir, vu que je suis née et que j'ai grandi à South Yarra, ajouta Muriel en s'éloignant en boitant, ses sandales à la main, sa jupe coincée entre les fesses. Ma propre fille est devenue le genre de personne que je voulais éviter en venant vivre ici.

Graham releva son long museau tendre et poudreux, et se tourna pour regarder derrière lui. Il avait déjà croqué un demi-rang de carottes, une quinzaine de salades, un ou deux plants de tomates — pas encore mûres —, quelques haricots et un ou deux concombres. Trouvant que les concombres n'étaient pas son mets favori, il revint aux carottes pour les déterrer en tirant sur leurs fanes vertes, les secouer et les happer entre ses grosses lèvres molles. Faith, qui passait par là en allant à son rendez-vous galant avec Reginald, sourit.

— Oh ! que tu es un vilain cheval !

Hamish était de l'autre côté de la maison, occupé à régler les signaux de son train miniature à vapeur, qui tournait inlassablement sur son circuit en faisant tchou-tchou-tchou.

— Il ne faut pas approcher trop près, grommela-t-il à l'intention des enfants qui regardaient. C'est une belle machine très délicate, équilibrée, réglée… Ecoutez le rythme… magnifique. Il y en avait évidemment un qui était encore mieux, le modèle D, type 4-6-0. Là, il avait deux cylindres de dix-neuf pouces, des roues couplées, diamètre de onze seizièmes de pouce…

— Holà ! je vous ai dit de ne pas toucher, remets tout de suite ce château d'eau en place !

Six des jeunes élèves de Lesley arrivèrent au milieu du paddock sur des doubles poneys et des shetlands.

— Mesdames et messieurs, chers parents…

Lesley sourit aux éleveurs venus de lointains domaines, assis en jodhpurs à côté des attelages et qui pique-niquaient à des tables pliantes. Ils répondirent par des signes de tête. Derrière lui, les montures formaient une ligne irrégulière, qui avançait en diagonale.

— Les bases du dressage sont le rythme, la souplesse, le contact, l'impulsion, la droiture et le recueillement. Chez un cheval, le rythme marque le temps, et le tempo est la mesure entre deux temps, ou pas. Quand on est à cheval, on doit sentir la musique que joue le cheval.

Les parents éleveurs tendaient les gobelets de leurs thermos et riaient. Lesley découvrit en se retournant que les doubles poneys et les shetlands s'étaient agglutinés dans un coin du manège où ils s'agitaient, avec force coups de pied, ruades et morsures, tandis que les enfants en selle braillaient.

Teddy ôta les arceaux de croquet de la pelouse et démarra une série de dribbles au pied. Quelqu'un tira une balle oblique, qui rebondit vers la rivière mais fut captée par Faith, qui remontait nonchalamment la pente en époussetant l'herbe de ses cheveux et de ses vêtements. Elle renvoya le ballon d'un coup de pied de volée en plein dans les avant-bras en position de Scotty Pullit et resta où elle était, en ligne arrière, près de la rivière. Nancy rejoignit la queue devant la maison, puis Ruth. Teddy rassembla tous les joueurs au centre, et ils formèrent deux équipes. Bobby, Reginald et Barney plantèrent des poteaux de course d'obstacles dans des bidons de deux cents litres pour marquer l'emplacement des buts. On lança une pièce en l'air, et les joueurs gagnèrent leurs positions au petit trot. Barney se vit confier une chemise blanche, avec instruction de l'agiter chaque fois que le ballon passerait entre les bois. Il se posta fièrement à sa place en brandissant bien haut la chemise, prêt. Teddy lança le premier engagement et, comme le ballon volait vers les buts, il cria :

— Attention, Barney !

Barney abaissa la chemise et prit un mark. Reginald Blood le déclara nulle. Teddy donna une tape légère sur la tête de Barney, et Reg annonça que l'équipe de Teddy allait perdre la balle. Il y eut discussion, les cris se répercutaient au-dessus de la rivière et les rires rebondissaient sur les eucalyptus, faisant dresser les crêtes des cacatoès perchés sur les branches. Elsbeth Beaumont entraîna ses cousins vers les propriétaires d'attelages et de breaks.

— C'est toujours la même chose, avec les petites gens, proféra-t-elle d'un ton pincé.

Pendant que ceux du bourg jouaient au foot, Gertrude Beaumont comptait l'argent.

Mona et Lesley étaient étendus sur des bottes de foin dans la pénombre des écuries.

— Je suppose que je vais encore porter ma robe de demoiselle d'honneur, soupira Mona.

— Elle ressemble à quoi ?

— Rouille…

— Ah ! celle avec la capuche ! Pourquoi ne pas demander à cette scandaleuse créature, Tilly machin chose, de te faire des habits neufs ? Il paraît qu'elle n'est pas chère.

— Mère dit que je n'ai pas assez amorti la tenue orange.

Ils se débarrassèrent de quelques brins de paille et balancèrent de côté leurs bottes d'équitation pour se relever.

— Est-ce que tu vas, euh… à la présentation de ce soir avec quelqu'un de particulier, maestro ?

— Bien sûr, voyons ! gloussa Lesley. Je passe prendre Lois Pickett à 7 heures.

— Je vois.

Lesley leva les yeux au ciel. Et Mona eut la révélation que son ami, son *maestro*, avait plaisanté. Ils se laissèrent retomber dans le foin en riant éperdument.

Lorsque Mona franchit la porte de la salle ce soir-là au bras de Lesley, elle resplendissait. Elle portait une simple robe bleue en rayonne, dont l'ample jupe s'ornait d'un pli creux sur le devant et qu'elle avait depuis des années, mais elle avait drapé un foulard rouge à fleurs autour de ses épaules et glissé une fleur rouge derrière son oreille. Elle alla se mêler aux autres femmes qui persistaient à arborer de longs gants noirs, des corsages cintrés à la taille et des jupes plissées, du taffetas, des percales imprimées, des robes princesse à motifs modernes. Mais toutes ces tenues avaient été rajeunies, retouchées à l'européenne, amenées presque à l'avant-garde par Tilly Dunnage. Le tempo dans la salle était rapide, aigu, excité. Lesley se tourna vers Mona et dit :

— Maintenant, redresse les épaules en arrière, et marche comme je t'ai montré.

Lorsque Trudy et Elsbeth montèrent à la tribune et prirent place au micro, le silence se fit et toutes les têtes se tournèrent vers elles. Elsbeth arborait une exquise robe longue en taffetas à reflets rouges. L'encolure, large et profonde, dégageait les épaules, et Tilly avait créé un corsage astucieux et compliqué dans le style moderne du drapé.

La grossesse avait donné à Trudy près de vingt kilos supplémentaires. Son visage avait enflé au point que ses joues ressemblaient à des spinnakers. Le tissu ondulait autour de sa proue comme une bouée sur de fortes lames, puis cascadait le long de ses cuisses pour s'accumuler autour de ses chevilles. Afin de distraire les regards de l'aspect de Trudy, Tilly avait conçu pour elle un modèle très *Vogue*, tout en lignes et en finitions. C'était un taffetas de soie bleu marine descendant à mi-mollet, avec un bustier sans bretelles sous le corsage, froncé très haut pour donner de l'ampleur à mi-corps avant de s'évaser en larges plis souples jusqu'en bas.

Mona se dirigea vers l'estrade avec Lesley sur ses talons. Il se pencha vers elle et murmura, avec un sourire en coin :

— Il neige dans le Sud.

— Je n'ai pas froid, dit-elle en regardant dehors.

— Ta combinaison dépasse.

Il désigna du sourcil le bas de sa robe, puis inclina la tête vers la porte. Ils en prirent tranquillement la direction et sortirent dans l'obscurité. Lesley prit le châle de Mona pendant qu'elle fourrageait dans ses bretelles avec l'épingle de nourrice qu'elle gardait toujours fixée à sa culotte.

— Vite, dit Lesley. Elles vont commencer les discours de bienvenue.

Mona ôta sa robe et la lança à Lesley.

— Tiens ça.

— Mesdames et messieurs, commença Elsbeth d'une voix aiguë, bienvenue au gala de présentation du premier Social Club de toute l'histoire de Dungatar.

Elle se tut, et tout le monde applaudit.

— Nous allons vous présenter ce soir les membres du comité et évoquer nos projets de collecte de fonds pour le Dungatar Social Club ! Le thé et le croquet de cet après-midi ont marqué un début très prometteur, ils ont remporté un beau succès !

Elle eut un large sourire mais personne n'applaudit, aussi poursuivit-elle :

— Naturellement, nous n'aurions jamais pu réunir suffisamment d'argent pour nous permettre d'organiser notre grand bal de bienfaisance sans l'aide des dames qui constituent le comité du Social Club. Aussi ai-je le plus grand plaisir à vous présenter sans plus attendre les membres de ce comité. Tout d'abord notre secrétaire et trésorière, Mme Alvin Pratt.

L'assistance applaudit, et Muriel monta sur l'estrade pour saluer, souriante.

— Et nos remerciements tout particuliers vont à notre inlassable dactylo et secouriste en tout genre, Miss Mona Beaumont !

Mais Mona était invisible. La foule murmura, les têtes se

tournèrent en tous sens. Nancy était adossée au chambranle, au fond de la salle, et elle adressa un petit signe à Trudy avant de sortir un instant.

— Psst, Mona.

— Quoi ?

— A vous, fit Nancy puis, une fois rentrée : Ils arrivent ! brailla-t-elle.

Et Trudy et Elsbeth sourirent à la foule tenue en haleine.

Quand Mona et Lesley firent une apparition gauche, la foule se mit à applaudir. Ils s'approchèrent de l'estrade et Mona y monta, pour se placer entre sa mère et sa belle-sœur. Les applaudissements s'atténuèrent et quelqu'un gloussa. Il y eut un peu d'agitation dans l'assistance, des pieds remués, et les femmes se couvrirent la bouche tandis que les hommes regardaient le plafond.

C'est alors que Lesley s'en aperçut : Mona portait sa robe à l'envers.

Tilly était chez elle, entourée de débris colorés. Ces deux dernières semaines avaient été une période d'intense activité, finitions à la main, drapés, modelés, et il y avait encore le bal à venir. Teddy arriva en blue-jean neuf, T-shirt blanc éclatant et veste de cuir cloutée surchargée de fermetures Eclair. Ses cheveux luisaient de Brylcreem, et il avait mis au point une pose insolente, assortie d'une moue, qui lui allait très bien. Elle le regarda et sourit.

— Tu vas porter du jean et du cuir au premier gala du Social Club ?

— Et toi, qu'est-ce que tu mettras ?

— Je n'y vais pas.

— Allons, dit-il en s'approchant d'elle.

— Je n'ai rien à me mettre.

— Bricole vite quelque chose, de toute façon tu seras la plus belle.

Elle sourit, et dit :

— Et ça ne va pas arranger mes affaires, hein ?

— Allons juste nous asseoir dans un coin pour regarder toutes ces somptueuses créations tournoyer dans la salle sur le dos de Miss Dimm, de Lois, de Muriel… Je comprends ce que tu veux dire, ajouta-t-il après un temps d'arrêt.

Et il s'affala dans le fauteuil près du feu et posa ses bottes sur le coffre à bois.

Molly leva les yeux sur Teddy, retroussa sa lèvre supérieure et expédia avec sa langue un mince jet de salive dans les flammes.

— Alors tu te trouves beau, hein ? lui dit-elle.

— On pourrait aller au cinéma à Winyerp, dit Teddy. Ou bien rester assis là toute la nuit avec Molly.

— Qu'est-ce qu'ils passent ? demanda Tilly, le regard brillant.

— *Boulevard du crépuscule*, avec Gloria Swanson.

— Allez donc au cinéma tous les deux et amusez-vous bien, dit Molly. Ne vous inquiétez pas pour moi, je serai très bien ici… toute seule. Comme d'habitude.

Pour la première balade de sa vie en voiture, Molly voulut absolument s'asseoir dans la Ford à côté de Teddy.

— Si je dois mourir, je préfère voir l'arbre sur lequel je vais m'écraser, dit-elle.

Puis, au cinéma, elle réclama d'être au premier rang, juste sous l'écran. Installée entre eux deux, elle s'esclaffa devant les aventures de Tom et Jerry, puis fit des commentaires bruyants et désobligeants sur tout le reste. « Ce n'est pas une vraie voiture, là où ils sont, c'est du faux-semblant… Il n'est pas très convaincant, hein ? Elle vient de l'embrasser, et son rouge à lèvres n'est même pas barbouillé, et elle a des yeux comme des dessous-de-bras… Lève-toi et pousse-moi vite, faut que j'aille aux vécés, vite ! »

De retour à la maison, ils offrirent de l'aider à se mettre au lit, mais elle ne voulait pas.

— Je n'ai pas sommeil, dit-elle avant de lever les yeux vers le ciel étoilé pour étouffer un bâillement.

Teddy alla chercher un verre à l'intérieur, y versa du ratafia de sa flasque et le tendit à Molly. Elle le but aussitôt et tendit son verre vide pour en avoir encore. Il jeta un coup d'œil à Tilly, dont le regard se perdait vers les lumières de la salle des fêtes d'où provenaient des échos de conversations, et donna à Molly une nouvelle rasade d'alcool de pastèque. Très peu de temps après, ils la déposaient sur son lit.

Ils retournèrent s'asseoir sous les étoiles à regarder les lumières de la grande salle clignoter avant de s'éteindre tandis que les personnalités de Dungatar se dispersaient.

Teddy se tourna vers elle.

— Où es-tu allée, quand tu es partie d'ici ?

— A Melbourne, à l'école.

— Et ensuite ?

Elle ne répondit pas. Il s'impatienta, et dit :

— Allons… c'est moi, pas eux.

— C'est juste que je n'en ai encore jamais parlé jusqu'à aujourd'hui.

Il gardait les yeux fixés sur elle, pour la pousser. Elle finit par dire :

— J'ai trouvé un boulot dans une usine. J'étais censée y travailler toute ma vie pour rembourser mon « bienfaiteur », mais c'était horrible. Au moins, c'était une fabrique de vêtements.

— Savais-tu qui était ton bienfaiteur ?

— Je l'ai toujours su.

— Et après ?

— Je me suis enfuie. Je suis allée à Londres.

— Puis en Espagne.

— Puis en Espagne, à Milan, à Paris.

Elle détourna les yeux.

— Et ensuite ? Il y a autre chose, n'est-ce pas ?

Elle se leva.

— Je crois que je vais rentrer, maintenant…

— D'accord, d'accord.

Il la saisit par la cheville et, comme elle ne semblait pas s'en offusquer, il se leva et lui passa un bras autour des épaules. Elle se laissa aller contre lui, juste un petit peu.

17

Mona finit par arrêter de pleurer parce que Lesley se mit à en rire. Entre-temps, Trudy et Elsbeth avaient trouvé une solution.

— Vous allez devoir l'épouser…, dit Elsbeth.

La façon de résoudre tout.

Lesley s'assit brusquement.

— Mais je ne veux pas m'enga…

— … ou quitter la ville, conclut Trudy.

Lesley se fit faire une nouvelle tenue d'équitation — des soieries ajustées bleu ciel et rose, un jodhpur blanc immaculé, et fit venir de chez RM Williams, à Adelaïde, des bottes montantes à talons cubains. Mona portait sa robe de demoiselle d'honneur avec une rose blanche accrochée derrière l'oreille. Ce fut une cérémonie brève et discrète dans le jardin de Windswept Crest, conduite par le sergent Farrat. William conduisit M. et Mme Lesley Muncan à la gare. Ils agitèrent la main lorsque le train démarra, tandis qu'il restait là, sa pipe entre les dents, avec Hamish et Beula. Le Dungatar Social Club avait offert en cadeau de mariage deux billets de train, et M. et Mme Lesley Muncan devaient passer une nuit dans la suite de luxe du Grand Hôtel donnant sur la rivière à Winyerp.

Lorsque les jeunes mariés reparurent à la réception cinq minutes à peine après avoir été conduits à leur suite par l'hôtelier, ce dernier en fut extrêmement surpris.

— Nous partons visiter les alentours, annonça Lesley. Nous reprendrons la clé vers 17 h 30, et descendrons dîner à 18 heures.

— A vous de voir, répondit l'aubergiste avec un clin d'œil.

Après le dîner, ils montèrent. A la porte de la suite de luxe — la grande chambre d'angle à fenêtre cintrée et la plus proche de la salle de bains —, Lesley se tourna vers sa toute nouvelle épouse et dit :

— J'ai une surprise pour toi.

— Moi aussi.

Tilly avait confectionné deux tenues pour le trousseau de Mona, dont l'une était un négligé assez osé — dessiné par Tilly.

Lesley ouvrit d'un ample geste la porte de la suite de luxe. Sur une sellette de plante en pot, à côté du lit, trônait une cruche émaillée remplie d'une bouteille de vin pétillant et de glaçons. Deux chopes étaient posées à côté, avec une carte calée entre les deux. Des clochettes dorées et des banderoles en relief proclamaient des félicitations. A l'intérieur de la carte, l'épouse de l'aubergiste avait écrit :

Bravo et Meilleurs Vœux
de nous tous.
XXX »

— Oh ! maestro ! s'extasia Mona. Je reviens dans une minute.

Elle empoigna sa valise et disparut par la porte à côté, vers la salle de bains. Lesley courut aux toilettes pour messieurs, se pencha au-dessus de la cuvette et tenta de vomir, agité de spasmes secs. Il finit par rentrer, les mains moites et le visage gris cendre, dans la suite de luxe où Mona l'attendait nerveusement, allongée en déshabillé neuf sur le couvre-lit en chenille.

Lesley fut émerveillé.

— Oh ! mon Dieu, Mona !

Il lui prit les mains, la fit lever, puis recula et fit deux fois le tour. Puis il enfouit les bras jusqu'aux coudes dans les bouillonnés de soierie fine et dit :

— Mona, c'est tout simplement ra-vi-ssant !

Il ouvrit le vin, remplit les verres et, les bras entrelacés, ils commencèrent à boire. Mona s'empourpra.

— Je crois qu'il ne faut pas que je boive trop de vin… mon chéri.

— Tsst tsst tsst ! fit Lesley en lui posant un petit baiser sur la joue. Tu vas faire ce qu'on te dit, vilaine épouse, sinon je t'obligerai à me fouetter avec ta cravache.

Pris de fou rire, ils trinquèrent.

A la moitié de la première bouteille, Lesley en brandit une seconde, tirée de sa valise, et la plongea dans la glace. A la moitié de la seconde bouteille, Mona perdit conscience et Lesley siffla le reste du vin mousseux, puis s'enveloppa le cou et les épaules des pans du peignoir de sa femme, mit son pouce dans sa bouche et s'endormit, niché dans les replis soyeux aux subtiles senteurs de muguet.

Mona se réveilla migraineuse. La première chose qu'elle vit fut son mari tout neuf posant à la fenêtre — tout habillé, pimpant, prêt à prendre le train pour rentrer chez eux. Mona avait le cœur en berne, saturé de chagrin, son menton tremblait, et une boule de chagrin grosse comme un coing lui collait aux amygdales. Elle pouvait à peine déglutir. Même pas un petit câlin…

— Allons, ma petite femme, dit Lesley en souriant. Il y a une bonne tasse de thé bien chaud qui nous attend en bas.

De retour à Windswept Crest, Trudy lui montra son ancienne chambre — désormais transformée en nursery —, puis sa mère lui tendit un chèque.

— Mère ! s'écria Mona dont le visage s'éclaira.

— Ce n'est pas un cadeau, c'est ton héritage. Je me suis donné beaucoup de mal pour ça. Comme tu peux voir, il est libellé à l'ordre d'Alvin Pratt Immobilier ; ce sont des arrhes pour ce pavillon vacant, en ville.

Elle tourna les talons et, au moment de franchir la porte de l'écurie, lança par-dessus son épaule :

— Désormais, tu es à la charge de Lesley.

L'après-midi même, M. et Mme Lesley Muncan emménageaient dans l'humble pavillon situé entre la villa bien tenue d'Evan et Marigold Pettyman et la confortable maison en bois d'Alvin et Muriel Pratt.

Faith découpa des lettres dans un *Women's Weekly* et les colla soigneusement ensemble sur un carton rose pour former les mots, puis elle dessina des ballons et des banderoles entrelacées avec les lettres et vaporisa des paillettes. Elle découpa une couronne d'une carte de Noël et la colla dans un angle, à côté du mot « reine ».

Venez tous
Ouvrez la saison de football en dansant
Bal du Dungatar Social Club
Présentation de la nouvelle musique du nouveau
Faithful O'Brien's
&
REINE DU BAL
Réservations : Bobby ou Faith

Hamish agitait son drapeau à l'arrivée du train de l'après-midi. Lorsque le train fut à l'arrêt, Hamish aida une étrange femme à descendre du wagon. Elle regarda anxieusement autour d'elle avant de s'enquérir :

— Quand part le prochain train ?

— Après-demain, à 9 h 30 précises, ce sera un Steamer Class D…

— Y a-t-il un car ?

Hamish mit les mains dans son dos et croisa les doigts.

— Non, dit-il.

— Merci, fit-elle en s'éloignant.

Hamish lui montra Edward McSwiney qui attendait à la porte avec sa carriole.

— Vous pouvez profiter de notre taxi pour aller à l'hôtel, dit-il.

La femme se boucha le nez d'une main gantée et désigna ses valises en peau de porc posées sur le quai, entre les sacs de courrier et les cageots de poulets. Hamish les confia à Edward. L'inconnue ramassa son vanity-case et contourna précautionneusement Graham, en lui laissant beaucoup de place. Elle avançait d'un pas attentif et hésitant sur les allées en ciment fissuré, dans ses escarpins en peau de crocodile, et parvint enfin dans le hall de l'Hôtel de la Gare, où elle ôta ses lunettes noires et ses gants, et s'éclaircit la voix. Fred leva les yeux de son journal et scruta la salle. Elle toussota à nouveau. Fred traversa la salle jusqu'à l'entrée de la partie hôtelière proprement dite. Il l'examina par-dessus ses lunettes à double foyer : les escarpins poussiéreux, les mollets maigres mais galbés, la jupe en trait de crayon, et l'ample veste qu'elle retira, révélant un chemisier blanc cintré, entièrement en broderie anglaise. Il pouvait voir ses sous-vêtements.

— Vous êtes perdue ?

— Je voudrais une chambre pour deux nuits, s'il vous plaît… avec salle de bains.

Elle lui tendit sa veste. Fred posa son formulaire de pari, plia le vêtement sur son bras et sourit aimablement.

— Certainement, madame, vous pouvez avoir la chambre à côté de la salle de bains. C'est une salle de bains commune, mais vous êtes la seule cliente avec M. Pullit et il n'a pas pris de bain depuis neuf ans, alors elle sera toute à vous. C'est une jolie chambre dont les fenêtres donnent à l'ouest, vous aurez la vue du soleil couchant, d'un cottage qui se découpe au sommet d'une colline et du vaste panorama alentour.

Edward franchit la porte principale et posa délicatement ses valises devant elle.

— Merci, dit-elle avec l'esquisse d'un sourire avant de reporter son regard sur Fred qui s'inclina, prit les valises et la précéda dans l'escalier.

Elle inspecta la chambre, ouvrit les portes d'armoire, s'assit sur le lit, souleva un oreiller pour examiner le drap, puis se regarda dans le miroir.

— Vous voyagez loin ? demanda Fred.

— Je pensais qu'une ou deux nuits à la campagne seraient reposantes, dit-elle puis, regardant Fred, elle ajouta : C'est ce que je pensais, en tout cas.

— Mangerez-vous, ce soir ?

— Cela dépend, dit-elle, et elle sortit sur le balcon.

Fred lui recommanda, si elle avait besoin de quoi que ce soit, de simplement crier, et il descendit en courant retrouver Purl.

L'inconnue était assise au soleil de l'après-midi. Elle alluma une cigarette et inhala la fumée, puis jeta un coup d'œil aux gens dans la rue, en bas, remarqua leurs tenues et s'immobilisa, bouche bée. Les femmes de Dungatar s'habillaient incroyablement bien, cheminant de la bibliothèque à la pharmacie en robes somptueuses, révélant un goût très sûr dans leurs modèles de tailleurs-pantalons en étoffes synthétiques, et se délassant au parc en robes bain de soleil à l'encolure asymétrique comme on en voyait couramment dans la haute couture européenne. Elle descendit au salon des dames et y trouva un groupe attablé qui bavardait en buvant des citronnades, arborant des copies de Balenciaga à bordures d'astrakan. Elle coula un regard par la porte principale et examina un groupe de femmes chargées de paniers à provisions, qui lisaient quelque chose dans la vitrine du magasin. Une grosse femme aux cheveux effroyables portait un modèle très simple en crêpe de laine, une ligne princesse à l'encolure dégagée et aux manches magyares, qui flattait sa silhouette de réfrigérateur. Une petite femme pointue arborait un tailleur rose souple, à veste croisée et larges revers gansés de violet, toutes choses qui contribuaient à atténuer son teint de cuir tanné. A côté d'elle, appuyée à un balai, une fille à la silhouette garçonne portait un modèle dont elle était sûre qu'il n'avait pas encore été créé. C'était une robe en fin lainage noir, avec une encolure bateau peu profonde et des manches courtes. Le haut blousait doucement par-dessus une large ceinture noire en veau à grosse boucle noire. La jupe étroite s'arrêtait au genou ! Il y avait une blonde pleine de panache, dans son corsaire en velours satiné, une commerçante en élégant tailleur-tunique de faille, et une petite bonne femme nerveuse en pantacourt de soie à larges jambes et gilet sans manches d'un grand chic. L'étrangère retourna fumer dans sa chambre. Elle se demandait comment Paris avait pu faire son chemin jusqu'aux confins délabrés et aux bustes navrants des banales ménagères de cette province rurale.

— Faith a fait du bon boulot avec cette affiche, déclara Ruth.

Elles acquiescèrent toutes.

— Très artistique, renchérit Marigold.

— Ça ne dit pas combien ça coûte, lança sournoisement Beula.

— C'est toujours le même prix, dit Lois.

— Pas cette fois-ci, répliqua Beula avec un vigoureux signe de tête. Le club a besoin de nouveaux uniformes d'arbitres, et Faith fait payer pour l'orchestre — ils ont beaucoup répété, ils ont de nouveaux morceaux… et encore un nouveau nom.

— Bon, vous savez toujours tout, dit Purl.

Beula mit les mains sur ses hanches.

— Et puis, Winyerp vient.

Elles la fixèrent toutes.

— Winyerp vient ? demanda Lois.

Beula ferma les yeux et acquiesça lentement.

— Mieux vaut réserver une table…, suggéra Muriel.

— … tout près les unes des autres, ajouta Lois.

Elles regardèrent encore l'affiche.

Nancy, plantée à l'arrière avec son balai, dit :

— Elle a encore reçu une caisse à thé, dernièrement.

— D'où, cette fois ?

— D'Espagne ?

— De France ?

— Non, de New York, annonça le sergent Farrat.

Les femmes sursautèrent et se retournèrent.

— Oui, dit-il. De New York. J'étais là quand elle a ouvert la caisse.

— J'ai déjà choisi, déclara Purl. Vous devriez voir ce que je vais porter !

— Moi aussi.

— Evidemment, moi ça va être complètement différent !

— J'ai quelque chose de très original !

— Mais, oh là là ! dit le sergent, relevant les épaules en fermant les yeux de ravissement. Vous devriez voir l'étoffe que Tilly s'est choisie pour elle !

Il posa les mains sur ses joues.

— De l'organza de soie — magenta ! Et le modèle — ah ! c'est une vraie styliste ! soupira-t-il. La structure de Balenciaga, la simplicité de Chanel, le drapé de Vionnet et l'art de Delaunay.

Il s'éloigna avec sa casquette élégamment posée et ses chaussures qui étincelaient.

— Elle garde toujours ce qu'il y a de mieux pour elle, grommela Beula.

Elles se tournèrent toutes pour regarder la Colline en plissant les yeux.

*
* *

Purl attendait, le stylo en suspens au-dessus du registre des commandes. L'étrangère étudiait les trois plats du jour inscrits au menu.

— Ça sera quoi, ma choute ?

La femme releva les yeux et demanda :

— Où avez-vous trouvé votre robe ?

— Oh ! Une fille du coin. Je vous suggère soit le steak-salade soit la soupe, si vous n'avez pas vraiment faim. Je peux réchauffer une tarte, ou même vous faire un sandwich…

— Est-ce que cette « fille du coin » ouvre en dehors des heures ?

Purl soupira.

— Elle doit être chez elle, à mon avis.

— Où habite-t-elle ?

— Là-haut sur la Colline.

— Peut-être pourriez-vous me montrer…

— Je vous dirai comment y aller quand vous aurez fini votre steak — vous l'aimez comment ?

La voyageuse se tenait devant le feu en jupon et collant, et feuilletait le carnet de croquis de Tilly, son tailleur Chanel plié sur un dossier de chaise. Tournant autour d'elle, armée de son carnet de mesures et de son mètre, Tilly admirait sa permanente délicate, ses mains fines et manucurées.

— Bien, commença la voyageuse avec un sourire. Je veux absolument la robe en soie sauvage de la serveuse avec le col mandarin, et puis aussi cette interprétation de Dior, et ce tailleur-pantalon — qui est de vous, si j'ai bien compris.

Elle continua à feuilleter le carnet de croquis de Tilly.

— Et pour les retouches ? s'inquiéta Tilly.

— Il n'y aura pas grand-chose. S'il y en a à faire, j'y arriverai toute seule, répondit-elle en regardant Tilly. Certains de ces modèles sont des originaux.

— Oui — ce sont *mes* modèles originaux.

— Je comprends, fit la voyageuse en refermant le cahier. Pourquoi ne viendriez-vous pas travailler pour moi ?

— J'ai ma propre affaire ici.

— Ici ? Et où se trouve exactement cet « ici » ?

— Ici où je suis, pour le moment.

— C'est du gâchis, d'être ici…, protesta la voyageuse.

— C'est très utile, au contraire. Et de toute façon, je vaux beaucoup sur le papier mais, tant que je n'aurai pas été payée, il m'est impossible d'aller m'établir à Collins Street.

La voyageuse fixait la porte close derrière Tilly.

— J'aimerais voir ce qu'il y a dans votre atelier.

Tilly sourit.

— Me laisseriez-vous pénétrer dans *votre* atelier ?

Un peu plus tard, Tilly raccompagna sa visiteuse jusqu'à la porte de derrière et lui tendit une lampe de poche.

— Laissez-la dans la boîte aux lettres, au pied de la colline. A partir de là, vous aurez l'éclairage public.

— Merci. Vous m'enverrez une facture ?

— Oui.

— Et je l'honorerai.

Elles se serrèrent la main.

— Si jamais vous changiez d'avis…

— J'apprécie votre proposition, merci, mais comme je vous l'ai dit, je ne peux vraiment pas envisager de partir en ce moment, pour plusieurs raisons. Mais je sais où vous trouver, conclut Tilly, et elle referma la porte.

A mesure que le jour du bal approchait, elles arrivaient à la Colline par vagues et frappaient à la porte de Tilly pour formuler des exigences précises de modèles uniques et d'accessoires personnalisés. Elle leur montrait des photos de beautés européennes célèbres, essayait de leur expliquer en quoi consistait le style et en quoi il différait de la mode. Elle leur suggérait de se faire couper les cheveux (il en résulta un nombre surprenant de sosies de Louise Brooks), ou alors de les brosser cent fois chaque soir. Elle leur apprenait à faire des crêpages, des Pompadour et divers autres styles de coiffure. Elle leur faisait commander des barrettes et des coquillages ornés de perles, des fleurs artificielles, des postiches et des tresses, des rubans, des épingles et des peignes incrustés de fausses pierres, des bijoux fantaisie imitant des légumes et des perles en verre coloré, des boutons en forme de cigarettes. Elle leur faisait fabriquer des boucles d'oreilles et des bracelets avec les perles d'anciens colliers, leur conseillait teintures et hennés chez M. Almanac (qui les avait en stock depuis la Belle Epoque), et leur montrait comment appliquer l'ambre solaire, ou un fond de teint pâle et du khôl indigo. Elle leur suggérait de renouveler leur lingerie, leur citait la journaliste de mode Dorothy Parker : « Ephémère est l'âme de la lingerie. » Elle leur parlait de la ligne du corps et de ce qui convenait à la leur, et pourquoi. Elle créait des modèles et des croquis pour elles, les avertissait qu'il leur faudrait à chacune trois essayages, puis elle leur recommandait de choisir des senteurs en harmonie avec le ton de leurs vêtements. Comme elles se précipitaient encore chez M. Almanac, Nancy convoqua un parfumeur pour organiser un après-midi d'information et d'expérimentation. Tilly s'efforçait de les instruire, elle les drapait voluptueusement dans des étoffes luxueuses pour communiquer à leurs corps des sensations de caresses et d'opulence, et ces dames prenaient instinctivement une posture différente en percevant le génie des créations sublimes qu'elles arboraient.

Les Faithful O'Brien's arrivèrent — Faith et Hamish, Reginald Blood et Bobby Pickett — pour commander de nouveaux costumes de scène. Faith voulait deux tons de rouge avec des sequins aux revers pour les hommes, et pour elle-même des sequins de la tête aux pieds. Bobby se tenait bras écartés dans la cuisine pendant que Tilly tendait un mètre souple autour des divers segments de son ample corps et notait des mesures dans son carnet. Patiemment attablés, Reg et Faith poussaient des exclamations muettes en regardant des photos de mode dans des revues internationales et échangeaient des petits coups de coude. Molly entra à pas glissés et s'assit à la table à côté de Hamish, posa la main sur son genou puis la remonta le long de la cuisse jusqu'à l'entrejambe. Il tourna vers elle son visage de morse et haussa deux sourcils orangés en bataille, ce qui la fit sourire et mimer un baiser. Il eut tôt fait de se lever pour aller parcourir la collection de disques de Tilly.

— Mettez-en un, dit Tilly.

Hamish mit soigneusement un disque sur la platine, souleva le bras et posa délicatement l'aiguille sur le sillon. Il y eut quelques grattements, puis une musique pleine d'émotion emplit la pièce.

— Qu'est-ce que c'est que cette foutue musique de merde ? s'écria Faith d'un ton de réprobation.

— De la musique pour pendaison, dit Hamish.

— Du blues, dit Tilly.

— J'aime ça, dit Reg. Elle a une voix métallique, mais il y a quelque chose…

— De la souffrance, à mon avis, grommela Hamish.

— Comment s'appelle-t-elle ?

— Billie Holiday.

— Holiday ! Ben, elle ferait peut-être bien d'en prendre, des vacances, dit Hamish.

Le sergent Farrat arriva à la nuit tombée, pour prendre livraison de longues boîtes plates qui contenaient de la dentelle, des soieries, des perles et des plumes, ainsi que des robes longues délicatement pliées, simples et précises, n'ayant plus besoin que d'un dernier coup de fer tiède avec une pattemouille ou une petite giclée d'eau. Tilly lui dit :

— Je n'arrive pas à faire renoncer Faith à ses sequins rouges.

— Faith est le genre de femmes à adorer les sequins rouges, dit le sergent en s'approchant du mannequin sur pied.

Tilly leva ses mains d'un geste découragé.

— C'est un bled où on a le dos rond et les jambes écartées.

— Et ça ne changera jamais, mais j'apprécie ce que vous faites pour elles. Si seulement elles s'en rendaient compte.

— A quelle table serez-vous ? demanda Tilly.

— Oh ! Je suis obligé d'être à celle des Beaumont, avec les Pettyman. Nous autres dignitaires sommes toujours attablés ensemble, soupira-t-il. Je vous inviterai à danser, vous permettez ?

— Je n'y vais pas.

— Oh ! Mais l'organza de soie magenta, ma chère, vous seriez tellement… il faut que vous veniez. Vous serez tranquille avec Teddy.

Le sergent Farrat secoua la boîte et ajouta :

— Si vous ne me promettez pas de venir, je ne terminerai rien de tout ça.

— Mais vous le devez aux robes, de les terminer, dit-elle. D'ailleurs, vous serez incapable de résister.

Il s'en alla donc passer le reste de la soirée à ourler, à épingler des coutures et des revers, à camoufler délicatement des agrafes et des brides.

Lesley Muncan tenait sa femme à bout de bras, les yeux levés au plafond. Sur le tourne-disque, l'aiguille bloquée sur un sillon extérieur grésillait tant et plus. Mona resserra la prise sur son épaule, se rapprocha, et embrassa son mari sur la joue.

— Arrête, Mona, dit-il, et il s'écarta d'elle.

Elle se tordit les mains.

— Lesley, je…

— Je te l'ai déjà dit, je ne peux pas !

Il tapa du pied puis s'enfouit le visage dans les mains.

— Pourquoi ?

Lesley resta comme il était.

— C'est simplement que… ça ne marche pas. Je ne sais pas pourquoi, dit-il, la voix malheureuse derrière ses mains.

Mona s'assit sur le vieux canapé, avec une moue larmoyante.

— Tu aurais dû me le dire.

— Je ne le savais pas, renifla Lesley.

— Menteur !

— Bon, d'accord !

— Ce n'est pas la peine de te fâcher contre moi, dit Mona, et elle tira son mouchoir de sa manche.

Lesley soupira et se laissa tomber sur le canapé à côté d'elle, bras croisés, les yeux fixés sur ses pantoufles. Il finit par proposer :

— Tu veux que je m'en aille ?

Mona leva les yeux au ciel. Il se tourna vers elle.

— Je n'ai pas de famille, pas d'amis.

— Mais tu m'as dit…

— Je sais, je sais, fit-il en lui prenant les mains. Ma mère est bien morte, ça, c'est vrai. Elle m'a laissé ses dettes de jeu et une écurie infestée de maladies avec quelques chevaux d'âge largement canonique. A l'heure qu'il est, les chevaux ne sont plus que de la colle ou de la gélatine, et l'écurie a brûlé.

Mona avait les yeux rivés sur ses genoux.

— Mona, regarde-moi, dit Lesley. S'il te plaît…

Elle gardait les yeux baissés. Il soupira.

— Mona, tu n'as pas un seul véritable ami au monde, et moi non plus…

— Tu n'es pas mon véritable ami non plus !

Lesley se leva et posa les mains sur ses hanches.

— Qu'est-ce qui te prend ?

— Je me défends, c'est tout, dit-elle en levant les yeux vers lui. Je t'aime, Lesley.

Il fondit en larmes. Mona le prit dans ses bras, et ils restèrent longtemps embrassés au milieu du salon pendant que le tourne-disque poursuivait ses grésillements.

Finalement, Mona dit :

— Personne d'autre ne veut de nous.

Et ils se mirent à rire.

— Alors, reprit Lesley avant de se moucher dans le mouchoir de Mona. Où en étions-nous ? Une valse, non ?

— Je ne suis pas douée pour danser, dit Mona.

— Je ne suis pas doué pour grand-chose, Mona, répondit-il calmement, mais nous allons faire de notre mieux tous les deux ensemble, d'accord ?

— Oui, dit Mona.

Lesley donna un coup de pied dans le tourne-disque et, comme les premières mesures du *Beau Danube bleu* nasillaient, M. et Mme Muncan se mirent à valser.

18

Tilly regardait, sur le plancher usé de la galerie, un scarabée retourné essayer de se remettre sur pattes. Elle le ramassa et le laissa retomber sur l'herbe. En contrebas, la lumière brillait dans la caravane de Teddy. Elle entra voir l'heure à la pendule de la cuisine, puis se ressaisit. Elle s'assit sur son lit, croisa les bras et fixa les yeux sur ses genoux en se murmurant : « Non, ne fais pas ça, non », mais quand elle entendit ses pas sur la galerie, elle décida *et puis, merde* et retourna à la cuisine. Ces derniers temps, elle s'était surprise à s'asseoir tout près de lui et à lui prendre le bras quand ils marchaient en direction de la rivière. Un soir, elle avait pêché trois perches avant de s'apercevoir que Barney n'était plus avec eux. Cette fois, il s'était assis par terre à côté de Molly qui chantait un air entièrement différent de celui d'Ella Fitzgerald. Teddy servit de la bière dans trois verres, puis s'affala dans le fauteuil déglingué, posa ses bottes sur le coffre à bois et regarda Tilly qui cousait des pompons tout au long d'un châle en jersey de jacquard jaune citron pour Nancy.

— Je ne vois pas pourquoi tu te donnes tant de mal, dit-il.

— Elles veulent que je leur fabrique des choses — c'est ce que je fais.

Elle posa son ouvrage et alluma une cigarette.

— Elles se mettent à prendre des airs, elles se croient distinguées. Tu ne leur fais pas du bien.

— Elles, elles pensent que c'est à toi que je ne fais pas

du bien, dit Tilly en tendant à Teddy sa cigarette. Tout le monde aime avoir quelqu'un à détester, reprit-elle.

— Mais toi, tu veux qu'ils t'aiment, dit Molly. Ce sont tous des menteurs, des pécheurs et des hypocrites.

Teddy acquiesça, en soufflant des ronds de fumée.

— Il n'y a rien de bien ni de mal, dit Tilly. C'est de le penser qui fait la différence.

Molly fixa de nouveau son regard sur Teddy, mais le jeune homme contemplait Tilly.

— Je vais aller creuser le jardin, dit Barney.

— Pas maintenant, dit Teddy. Il fait noir.

— Non, dit-il. Demain.

Tilly approuva de la tête.

— Demain, nous planterons encore des légumes, dit-elle.

— Te voilà avec un partenaire de golf et un jardinier de première classe, observa Teddy.

— Des profiteurs, lança Molly. Tout ce que vous voulez, c'est à manger pour le populo de la décharge.

Tilly adressa un clin d'œil à Barney qui rougit. Plus tard, alors que les braises étaient nichées dans la cendre moelleuse, que Molly s'était assoupie et que Barney était depuis longtemps parti se coucher, Teddy contemplait Tilly, la tête penchée et les yeux brillants. Ça la troublait, ça lui donnait les mains moites et des picotements dans les pieds, quand il la regardait comme ça.

— Tu n'es pas vilaine fille, tu sais ? dit-il en posant soudain ses bottes par terre pour se pencher tout près d'elle, les coudes sur les genoux. Tu pourrais rendre un type drôlement heureux.

Il allait lui prendre les mains quand elle se leva.

— Je t'en conjure, ne tombe pas amoureux de moi, car je suis plus fausse que tous les serments faits dans l'ivresse. Il faut que j'aille coucher Molly, maintenant.

— Qu'est-ce que tu me racontes là ? dit Teddy.

— Ah ah ! Bonne nuit, bonne nuit, les adieux sont une peine bien douce…

Tilly lança un coussin qui heurta la porte à l'instant où elle se refermait derrière lui. La tête de Teddy reparut. Il lui envoya un baiser puis disparut.

Tilly lança un baiser à la porte close.

Il vint la chercher pour le bal vêtu d'un smoking neuf, avec un nœud papillon et des chaussures vernies.

— Tu vas y aller en robe de chambre ?

— Et si personne ne te parle, comme la dernière fois ? demanda-t-elle, avec un sourire grimacé.

Teddy haussa les épaules.

— Je parlerai avec toi.

— Ils nous mettront mal à l'aise…

— Nous danserons, fit-il en lui prenant la main.

Comme elle semblait peu convaincue, il l'enlaça par la taille et elle se blottit contre lui.

— Je savais que tu ne pourrais pas me résister.

Elle rit. Il parvenait à la faire rire, maintenant. Il l'attira contre lui, et ils dansèrent un tango autour de la table de la cuisine.

— Nous leur danserons un *jitterbug* qui les chassera de la piste !

— Et ils me détesteront encore plus ! s'écria-t-elle en se renversant par-dessus le bras de Teddy, ses cheveux pendant jusqu'à terre.

— Plus ils te détesteront, plus nous danserons, dit Teddy.

Et il la releva, la serrant contre lui. Ils se regardaient de tout près, le bout de leur nez se touchant presque.

— Ecœurant, dit Molly.

Teddy remonta la fermeture à glissière de sa robe, et enfonça les mains dans ses poches en regardant avec quelle perfection la fermeture Eclair suivait sa colonne vertébrale et rehaussait ses rondeurs, admirant la façon dont Tilly s'était relevé les cheveux, les lobes charmants de ses oreilles et l'imperceptible duvet de sa ravissante lèvre supérieure. Il recula d'un pas et la contempla, debout là dans sa robe fabuleuse. Tilly avait copié l'une des robes du soir les plus célèbres de Dior — *Lys Noir*. Conçue comme un sarong, cette création caractérisée par un bustier sans bretelles tombait jusqu'à terre, mais elle l'avait raccourcie de telle façon que l'organza magenta lui découvre les genoux sur le devant et blouse par-derrière, avec un mouvement de repli entre les omoplates, avant de retomber en une courte traîne qui frissonnait derrière elle à chaque pas.

— Dangereux, remarqua Teddy.

— Je ne te le fais pas dire.

Elle lui tendit la main. Il la prit et la nicha au creux de ses solides mains. Il était son ami sûr et il était son allié. Elle rassembla sa traîne et la posa sur son bras libre. Il l'attira contre lui et l'embrassa. C'était un baiser exquis, doux et tiède, qui se répandit jusqu'à la plante de ses pieds, lui frisa les orteils et la fit fondre. Un baiser qui donnait envie à ses genoux de se relever, à ses jambes de s'ouvrir, à ses hanches d'attirer celles de Teddy, et qui éveilla un gémissement au fond de sa gorge. Il l'embrassa lentement le long du cou et jusqu'à l'oreille, puis sur les lèvres, où il la trouva un peu haletante.

— Qu'est-ce que je fais là ? murmura-t-elle.

Il l'embrassa encore.

Molly s'approcha sans bruit en fauteuil roulant. Ils se retournèrent pour regarder la vieille bonne femme avec son couvre-théière sur la tête, ses bouts de laine et de ruban pendus à son fauteuil comme des crins de cheval souillés, les géraniums fanés accrochés aux rayons de son fauteuil.

— Mes intentions sont tout à fait honorables, dit Teddy.

— Tu sais parfaitement que les filles habillées comme ça ne méritent pas d'intentions honorables, dit Molly.

Ils éclatèrent de rire ensemble, et elle sentit ses seins pressés contre lui, son cœur à lui qui battait et son ventre qui remuait doucement contre le sien quand ils riaient. Il conduisit jusqu'en ville en lui tenant la main.

Les dames de Dungatar arrivèrent tard dans leurs plus beaux atours. Elles firent leur entrée à trois minutes d'intervalle chacune, en prenant la pose, le nez levé vers les projecteurs et les lèvres étirées, avant d'avancer lentement au milieu de la salle parmi la foule ahurie des gens venus de Winyerp.

D'habitude, Marigold envoyait à Tilly ses mensurations avec une photo de ce qu'elle voulait par l'intermédiaire de Lois, mais cette fois elle était allée faire un essayage. Tilly avait enveloppé sa silhouette tremblante et crispée d'un crêpe de soie bleu pastel aux lignes apaisantes, taillé dans le plein biais, avec une courte traîne assez audacieuse. Un tulle fin lui enveloppait le cou assez haut (pour cacher ses rougeurs), délicatement parsemé de strass. Les manches d'ange trois quarts en tulle s'évasaient légèrement. Elle s'était coiffée d'une frange courte et bouclée. Evan lui déclara qu'elle avait : « l'air d'un angelot », et se frotta les mains.

Lois Pickett avait apporté à Tilly un dessin, en disant : « Qu'est-ce que vous en pensez ? » Tilly avait jeté un bref coup d'œil au chemisier à poignets mousquetaires dont l'encolure s'ornait d'un col droit et rigide, et à la jupe paysanne froncée, puis lui avait fait une longue robe sculpturale en crêpe noir, un peu plus courte sur le devant pour exhiber ses chevilles fines. Les manches à la gitane étaient aux quatre cinquièmes, le décolleté en fer à cheval révélait une partie respectable mais flatteuse de la poitrine de Lois. Tilly avait cousu une rose en satin saumoné au creux de la hanche, pour atténuer son aspect de tonneau. Lois défila dans l'allée centrale de la salle avec une corpulence de bonne vivante mais amincie de trois tailles, les cheveux taillés en frange, gonflés et saupoudrés de paillettes. Pour Miss Prudence Dimm, Tilly avait choisi un crêpe de laine bleu roi, taillé près du corps, avec un double pli de soie bleu ciel inséré le long d'un côté, pour frissonner et chatoyer quand elle bougeait. Elle suivait Nancy, rayonnante dans une robe longue à dos nu en lamé argent qui la moulait comme un coulis de caramel tiède sur une pomme. Comme la jupe était raide, elle ne pouvait pas se déhancher et se tenait droite (sans l'aide de son manche à balai) pour éviter que les revers en lamé rebiquent et montrent les côtés de ses seins. Ruth suivait Prudence. Tilly avait conçu la tenue idéale pour cacher les épaules tannées de Ruth : un haut noir diaphane à manches longues et col montant, avec un motif de perles qui commençait très légèrement à la poitrine et s'accentuait à la taille. La jupe en soie était longue et souple, fendue jusqu'en haut de sa cuisse mince. Elle avait l'air de quelqu'un qu'on aurait plutôt croisé au Cotton Club de New York.

Purl avait montré une photo de Marilyn Monroe dans *Bus Stop*, et déclaré : « Je veux être comme ça. » Elle se tenait maintenant au bras de Fred dans l'encadrement de la porte, blancheur capiteuse et nacrée dans un corselet de satin vert glacé aux fines épaulettes piquées de perles. Une jupe en tulle du même vert glacé s'évasait depuis sa taille de guêpe et pendait en triangles irréguliers autour de ses chaussures à talons aiguilles et aux lanières piquées de perles qui serpentaient autour de ses chevilles. Elle s'était teinte en blond platine et avait copié les crans de Jean Harlow tombant aux épaules. Quant à Fred, il souriait à la mesure de cette éclatante splendeur.

Le défilé de mode continuait. Tilly avait choisi du satin rose pastel pour Trudy. Le corsage était chic — décolleté bateau avec de petits mancherons —, et la taille plongeait par-derrière en remontant doucement par-devant pour donner de l'ampleur à sa grossesse. La jupe tombait en biais jusqu'à ses chevilles avec une souplesse sympathique. William s'était laissé pousser une moustache à la Clark Gable, et il escortait sa femme au milieu de la salle une main dans le dos, l'autre légèrement relevée pour soutenir celle de Trudy. Ils suivaient tous deux Elsbeth qui avançait d'un pas glissé comme si elle avait eu un vase en équilibre sur la tête. Sa robe sans manches était en riche velours vert bouteille, avec une encolure carrée gansée de satin noir. Une large ceinture basse en satin se fermait sur ses reins par un gros nœud, dont les pans traînaient derrière elle jusqu'à terre. Tilly lui avait confectionné de longs gants assortis en satin, qui lui montaient jusqu'aux coudes. Elsbeth et Trudy arboraient toutes deux des mises en plis à la française.

Le sergent Farrat arriva en frac et haut-de-forme, et marcha droit à sa table. Evan et Marigold étaient assis en face de lui. Trudy et Elsbeth encadraient William et parlaient ensemble, penchées en avant.

— Quand va se dévoiler la reine du bal ? demanda Trudy.

Elsbeth scruta la salle.

— Voyez-vous une robe magenta ?

— Elle n'est pas encore là, dit William.

Elsbeth se tourna vers son fils.

— A quelle table est-elle ?

Evan tapota la main de sa femme.

— Je pense que les juges n'auront pas de mal à trouver la reine du bal, ce soir, déclara-t-il en adressant un clin d'œil à Elsbeth et à Trudy.

Beula Harridene entra à la volée. Elle avait le visage enflammé et les cheveux en désordre, et portait un cardigan blanc par-dessus une longue robe vert pâle boutonnée jusqu'en bas, à l'ourlet plein de poussière.

— Ils arrivent ! annonça-t-elle, et elle prit place à côté du sergent Farrat.

Elsbeth, Trudy et Evan se levèrent et montèrent sur la

scène. Les Faithful O'Brien's jouèrent *My Melancholy Baby*. Lesley se tourna vers Mona et l'invita solennellement :

— Veux-tu danser, ma chérie ?

Et ils avancèrent sur la piste, suivis du sergent Farrat avec Marigold et des autres couples de Dungatar. Les dames de Winyerp et d'Itheca restèrent sur leurs sièges pour cacher leurs robes à fleurs et leurs châles en tricot. Lorsque Nancy se rendit aux commodités pour dames, une femme vêtue d'une longue robe rigide œil-de-perdrix avec un bustier sans bretelles, qui se trouvait à côté d'elle devant le miroir, lui demanda :

— Qui vous fabrique ces robes absolument divines ?

— C'est notre secret, rétorqua Nancy en lui tournant le dos.

Debout devant le micro, Evan Pettyman essuyait la sueur sur son front avec un mouchoir blanc carré. Il souhaita la bienvenue aux convives venus des alentours, puis parla de bon voisinage et de concurrence, et en vint à prier les candidates au prix de la Reine du bal de se lever et de parcourir la salle une dernière fois pour que les membres du jury puissent prendre leur difficile décision. Purl, Lois, Nancy et Ruth, Miss Dimm, Mona et Marigold traversèrent la salle, bien raides mais souriant au passage à Elsbeth et à Trudy qui, tendues l'une vers l'autre, chuchotaient en hochant la tête. Evan se pencha vers elles tandis que Hamish faisait retentir un sonore roulement de batterie.

— Ah ! mon Dieu ! s'exclama Evan, portant la main à son cœur. Voilà un jugement bien décerné. La reine du bal de ce soir est… ma chère et bonne épouse, Marigold Pett-y-man !

Il s'inclina devant sa femme rougissante, lui prit la main, et la conduisit jusqu'à la piste pour danser la première valse de la soirée.

A la fin de la valse, Beula s'approcha de Marigold et l'accompagna aux commodités pour dames, pour l'aider à reprendre son souffle et à se rafraîchir en s'humectant les poignets d'eau fraîche. Penchée au-dessus d'elle, Beula l'éventait avec une grosse liasse de papier toilette.

— Alors, vous avez gagné le premier prix avec une robe qu'elle vous a faite, siffla-t-elle.

Marigold opina.

— Vous savez qui est son père, n'est-ce pas ? reprit Beula.

— Un réparateur ambulant, un type des machines à coudre Singer, répondit la Belle.

— Faux. Molly lui a donné son nom comme second prénom.

Marigold pencha la tête tout près de Beula, qui lui chuchota quelque chose à l'oreille, puis se redressa pour s'assurer qu'elle avait entendu, en regardant ses rougeurs devenir violacées.

Dans l'encadrement de la porte, Tilly et Teddy se tenaient par la main, radieux. Ils battaient la mesure avec le pied, et regardaient virevolter en volute toutes les robes de Tilly.

— Oh ! Seigneur, gémit-elle comme Faith tentait une note aiguë.

Il n'y avait personne à la porte, juste deux sièges vides, le cahier de la loterie et le gros lot — une Thermos neuve et un tabouret pliant en toile.

Tilly trouva le plan des tables et se pencha dessus. Il y avait six tables, avec une douzaine de noms inscrits pour chacune. Elle étudia attentivement les noms.

— Cherche où est la table 6, dit Teddy.

Comme Fred Bundle lui faisait signe de venir, au milieu d'une foule de footballeurs réunis près de l'entrée, Teddy s'éloigna et franchit la porte, laissant échapper la main de Tilly.

— Table 6, lut Tilly. Norma et Scotty Pullit, Bobby Pickett et T. McSwiney…

« T. Dunnage » était inscrit au-dessous de « T. McSwiney »,

mais son nom avait été rayé. Elle le retrouva à une autre table avec les Beaumont, mais on avait utilisé un stylo rouge pour le barrer. A la table de l'école primaire, avec Miss Dimm, Nancy, Ruth et d'autres, quelqu'un avait pris la peine d'utiliser la technique de la piqûre d'épingle sur feutrine pour perforer le plan là où figurait son nom, puis de détacher le minuscule morceau, laissant un petit carré vide. A la table de Purl, un nom épinglé tout au bout de la table avait été raturé à l'encre noire. Sur le devant, à la table d'orchestre, le nom de Barney était tracé au crayon en gros caractères, dont certains inversés. A côté de son nom, Barney avait ajouté « + Tilly » au crayon rouge. Barney était chargé de renouveler les boissons de l'orchestre et de tourner les pages de la partition de Faith. Mais, même là, quelqu'un avait supprimé son nom, constata Tilly.

Elle se redressa et se tourna vers la porte, mais Teddy n'était pas là — uniquement les larges dos des footballeurs. Elle ne savait plus que faire. Le conseiller Evan Pettyman se tourna vers elle, éructa un ricanement et cracha par terre, presque à ses pieds. Elle fixa un instant le regard sur le crachat couleur de raisin, puis le releva vers les yeux d'ambre de Beula Harridene. Beula sourit.

— Bâtarde, meurtrière, proféra-t-elle avant de fermer brusquement la porte.

Tilly se retrouva seule dans le hall, dans sa somptueuse robe *Lys Noir* magenta. Elle resserra son étole autour d'elle en saisissant la poignée de porte. Quelqu'un la tenait solidement de l'autre côté.

Teddy la retrouva dans le parc, assise sous un arbre, tremblante et à bout de nerfs. Il lui fit boire une gorgée d'eau-de-vie de pastèque.

— Ils ne veulent pas que nous leur fassions honte, c'est tout, dit Teddy.

— Non, ce n'est pas ça, c'est ce que j'ai fait. Il m'arrive d'oublier et juste quand je… c'est la culpabilité, et le mal en moi… je le porte en moi, avec moi, tout le temps. C'est comme un truc noir… un poids… ça devient invisible et puis ça revient quand je me sens en sécurité… ce garçon est mort. Et ce n'est pas tout.

Elle but encore.

— Dis-moi.

Elle se mit à pleurer.

— Oh ! Tilly, insista-t-il. Dis-moi tout.

Il la ramena à sa caravane près de la décharge, ils s'assirent face à face et elle lui raconta tout. Cela prit longtemps, elle pleura beaucoup, et lui l'embrassait encore et encore, et pleurait avec elle, la serrant contre lui. Il la caressa et la consola, lui dit que ce n'était pas sa faute, que rien n'était sa faute, que tout le monde se trompait. A la fin, ils firent l'amour dans une tendre harmonie, puis elle s'endormit.

Il la couvrit de sa robe magenta et resta assis nu à côté d'elle à fumer des cigarettes, en observant son sommeil troublé et les larmes qui lui coulaient sur les joues. Enfin, il la réveilla. Il lui tendit un verre de champagne et dit :

— Je trouve que nous devrions nous marier.

— Nous marier ?

Elle riait et pleurait à la fois.

— C'est ce qu'ils détesteraient le plus — et d'ailleurs, tu es la femme de ma vie. Il ne pourra plus jamais y en avoir une autre.

Elle acquiesça, en lui souriant à travers ses larmes.

— Nous ferons ça ici. Un grand mariage à Dungatar, et puis nous partirons vers de meilleurs horizons.

— Meilleurs ?

— Loin des mauvaises choses, à un endroit bien, où les soirées dansantes du samedi sont mieux…

— Et tu emmèneras aussi ma mère, la folle ?

— Nous pourrons même emmener mon frère un peu lent.

— Barney, dit-elle en riant encore et en battant des mains. Oh oui ! Barney !

— Je parle sérieusement.

Comme elle ne répondait pas, il ajouta :

— C'est la meilleure proposition que tu puisses avoir par ici.

— Où irions-nous ?

— Parmi les étoiles, dit-il. Je t'emmènerai parmi les étoiles, mais d'abord…

Elle tendit les bras vers lui, et il s'allongea de nouveau auprès d'elle.

Plus tard, ils s'étendirent ensemble sur le toit du silo, les yeux levés vers le ciel ; deux silhouettes sur un toit en tôle argentée sous un ciel de velours noir constellé d'étoiles lumineuses et d'une lune blanche et froide. L'air était frisquet, mais le soleil d'automne avait réchauffé la tôle.

— Tu ne jouais jamais avec moi quand j'étais petite, dit Tilly.

— Tu ne t'approchais jamais de nous.

— Je vous regardais jouer ici, toi et Scotty et Reg. Vous preniez des jumelles pour chercher des satellites « venus de l'espace ». Quelquefois, vous étiez des cow-boys pistant des Indiens conquérants, à cheval.

Teddy rit.

— Et Superman. J'ai eu de sérieux ennuis, un jour. On sautait dans les wagons de blé au moment où ils quittaient le quai de chargement, et on restait sur la montagne de blé jusqu'au moment où le train traversait la rivière, et puis là, on sautait dedans. Un jour, le sergent nous a guettés avec Mae. Ah ! le coup de pied qu'elle m'a flanqué au derrière !

— Intrépide, dit Tilly tout doucement.

— Intrépide. Et je le suis toujours.

— C'est vrai ? fit-elle. Et ma malédiction, alors ?

— Je ne crois pas aux malédictions. Je vais te montrer, dit-il, et il se leva.

Tilly se redressa et, assise, le regarda descendre à pas de loup vers le bord du toit.

— Qu'est-ce que tu fais ?

Il se pencha vers les wagons de grain alignés le long du quai de chargement.

— Ils sont peut-être vides ! s'écria-t-elle.

— Non. Ils sont pleins.

— Non ! cria-t-elle. Ne le fais pas, je t'en prie.

Il se retourna, lui sourit et lui envoya un baiser.

Evan Pettyman arrêta sa voiture devant chez lui et aida sa femme ivre à rentrer. Il la coucha sur son lit et faisait glisser les bas sur ses pieds inertes quand il entendit quelqu'un au loin, qui appelait. Il écouta. Cela venait de la voie ferrée, là-bas.

— Au secours, à l'aide… s'il vous plaît.

Il trouva Tilly Dunnage qui se jetait d'un côté à l'autre du pourtour d'un wagon, sa robe déchirée et ses cheveux qui battaient au vent, tout en remuant une longue perche dans le container de céréales.

— Il est là-dedans, cria-t-elle d'une voix qui venait de par-delà la mort, mais il n'arrive pas à saisir la perche.

III
FEUTRE

Etoffe compacte non tissée faite de brins de laine enchevêtrés qu'on agrège par la vapeur, la chaleur et la pressurisation. On le teint habituellement de couleurs vives et simples. Il sert à faire des jupes, des bonnets et des gants.

Etoffes pour travaux d'aiguille

19

Tilly était assise en face du sergent Farrat. Il tenait un stylo bille au-dessus d'un papier et d'un carbone posés sur un bloc-notes. Son uniforme de police était fripé, avachi, et constellé ici et là de poils blancs hérissés.

— Qu'est-ce qui s'est passé, Tilly ?

Elle répondit de cette voix qui venait de très loin, les yeux rivés au sol.

— Non, je m'appelle Myrtle, je suis toujours Myrtle…

— Continuez.

— Vous vous rappelez quand ils ont construit le silo ?

Le sergent fit signe que oui, en souriant un peu au souvenir de l'excitation qu'avait causée la nouvelle construction. Comme Tilly s'affaissait un peu, le sergent Farrat l'invita doucement à poursuivre.

— Les garçons grimpaient tout en haut pour sauter…

Elle s'interrompit.

— Oui, Tilly, murmura-t-il.

— Comme Superman.

— C'étaient des garçons un peu fous, dit le sergent.

Elle regardait toujours par terre.

— Juste des garçons. Les gens de Dungatar ne nous aiment pas, sergent Farrat, moi et Mad Molly, et ils ne me pardonneront jamais la mort de ce garçon ni les erreurs de ma mère… ils ne lui ont jamais pardonné, et elle n'a rien fait de mal.

Le sergent Farra acquiesça.

— Je ne suis pas restée au bal. Teddy m'a retrouvée, nous

sommes allés dans sa caravane, et nous y sommes restés jusqu'à… enfin, assez longtemps, mais nous avons fini par aller au silo… nous voulions regarder le soleil se lever sur un jour nouveau…

Le sergent Farrat acquiesça encore.

— Je lui ai confié mes secrets, et il m'a juré que ça lui était égal. « Je suis la fée Morgane, lui disais-je, la fée de mauvais augure. » Nous étions heureux — il disait que tout se passerait bien…

Elle s'affaissa encore un peu plus, mais se ressaisit au prix d'un effort considérable.

— J'avais l'impression d'avoir finalement pris la bonne décision. D'avoir eu raison de rentrer parce que, en arrivant ici, j'avais trouvé quelque chose de magique — un allié. Il a pris une autre bouteille de champagne, et nous avons grimpé sur le toit du silo.

Elle se tut, les yeux rivés au sol, pendant un très long moment. Le sergent Farrat la laissa tranquille, parce qu'elle se liquéfiait intérieurement et qu'il avait besoin qu'elle tienne bon, il avait besoin de pouvoir comprendre.

— Il y avait eu le garçon, bien sûr…, fit-elle enfin.

— Quand vous aviez dix ans, dit le sergent Farrat d'une voix douce et émue.

— Oui, et vous m'avez envoyée à l'école, là-bas.

— Oui.

— Ils ont été très gentils avec moi. Ils m'ont aidée, m'ont dit que ce n'était pas réellement ma faute.

Et, reprenant son souffle :

— Mais ensuite il y en a eu un autre… tous ceux que je touche sont blessés, ou meurent.

Et elle se plia en deux sur le siège en bois du poste de police en sanglotant à perdre haleine jusqu'à tomber en faiblesse, endolorie de partout. Le sergent Farrat la coucha dans son lit à baldaquin et s'assit auprès d'elle, en larmes.

Edward McSwiney avait vu ce qui était arrivé à Stewart Pettyman. Il avait observé du haut du silo ce qui s'était passé entre lui et Myrtle Dunnage, vingt ans plus tôt. Edward réparait le toit. En jouant là-haut, des gosses avaient cassé la gouttière. Edward McSwiney avait entendu la cloche de l'école et interrompu son travail pour regarder les petites silhouettes au loin quitter l'école pour rentrer chez eux. Il avait vu Myrtle prise au piège et le garçon l'attaquer mais, le temps qu'il arrive là-bas, la fillette était paralysée, terrifiée contre le mur. « Il courait droit sur moi comme un taureau… », disait-elle d'une voix flûtée, et elle mettait les doigts de chaque côté de ses oreilles pour faire des cornes, « … comme ça. »

Edward McSwiney avait tendu les bras vers elle parce qu'elle commençait à trembler très fort, mais elle avait reculé et enfoui son visage dans ses mains, et Edward avait vu ce qu'elle avait fait. Elle s'était écartée d'un pas, et le garçon avait foncé tête baissée dans le mur de la bibliothèque, et maintenant il gisait là, le cou brisé et la tête à angle droit avec son corps bouffi.

Plus tard dans la journée, Edward s'était trouvé au poste de police avec Molly et Evan Pettyman, et le sergent Farrat avait dit :

— Dites à M. Pettyman ce que vous avez vu, Edward.

— Ils la suivaient toujours pour la tourmenter, dit-il à Evan. Ils la traitaient de bâtarde. Je les ai attrapés bien des fois. Votre Stewart avait coincé la pauvre petite contre la bibliothèque, elle essayait juste de se protéger…

Evan se détourna. Il regarda Molly.

— Mon fils, mon fils a été tué par votre fille…

— *Ta* fille ! cria Molly.

Edward s'était toujours rappelé l'expression du visage d'Evan à cet instant-là… lorsqu'il avait pleinement réalisé ce que cela impliquait, à quoi on en était arrivé.

Molly déchiffra l'expression aussi.

— Oui. Comme je regrette que tu ne m'aies pas laissée en paix — tu m'as suivie ici, tu me tourmentais et tu me gardais comme maîtresse… tu as gâché notre vie. Nous aurions eu une chance, au moins une chance, Myrtle et moi aurions pu vivre un peu…

Molly s'était enfoui le visage dans ses mains et avait sangloté.

— Pauvre Marigold, pauvre sotte de Marigold, tu la rendras folle, avait-elle ajouté, se jetant sur lui toutes griffes dehors en lui donnant des coups de pied.

Et le sergent Farrat l'avait retenue et maintenue, disant :

— Stewart Pettyman est mort. Nous allons devoir éloigner Myrtle.

Et maintenant, le sergent devait rester muet tandis qu'Edward annonçait à sa propre famille :

— Nous avons perdu notre héros, Teddy.

Ils se brisèrent sous ses yeux comme une frise de glace. Il lui était impossible de leur offrir les moindres condoléances ni le moindre réconfort, et il comprenait parfaitement comment Molly Dunnage et Marigold Pettyman avaient pu sombrer dans la folie, se perdre dans le chagrin et le dégoût qui flottaient comme des toiles d'araignées entre les rues et les maisons de Dungatar, quand elles ne voyaient partout que ce qu'elles avaient eu, quand elles voyaient les lieux où avait marché l'être disparu, et que tout, sans cesse, rappelait qu'elles avaient désormais les bras vides. Et, partout où elles regardaient, elles pouvaient voir que tout le monde les voyait, savait.

Assis auprès de Tilly, le sergent Farrat posait Dieu sait combien de questions, mais il n'obtenait pas de réponses.

Lorsqu'il rédigea finalement son rapport, il ne dit rien du champagne ni des deux amants enlacés sous les étoiles, ni du fait qu'ils avaient fait l'amour encore et encore, et ne faisaient plus qu'un dans leurs intentions, qu'ils auraient dû partager toute une vie désormais, et non pas seulement quelques heures. Il n'écrivit pas que Tilly se savait maudite, vouée à faire mourir les garçons au son de ses pleurs. Il n'écrivit pas plus que Teddy cherchait à lui prouver qu'il ne lui arriverait aucun mal s'il sautait, malgré les supplications de Tilly l'implorant de ne pas tenter le destin.

Teddy était déterminé. Il avait sauté dans la benne pleine de grains, immobile dans l'obscurité, la benne de blé qui partirait au matin pour déverser son chargement dans un navire de haute mer en partance pour de lointains continents.

Mais ce n'était pas une benne chargée de blé. C'était une benne chargée de sorgho. Du sorgho brun, léger, fin, luisant. Il n'était pas destiné à de lointains continents. C'était du fourrage. Et Teddy avait disparu comme un écrou tombé dans une cuve d'huile de vidange, avait glissé jusqu'au fond de l'énorme benne pour y suffoquer dans cette masse de grains insaisissables, ce sable fluide et brillant.

Il se contenta d'écrire que Teddy McSwiney avait glissé, que c'était sa terrible erreur à lui et que le témoin, Myrtle Evangeline Dunnage, l'avait mis en garde et qu'elle était innocente.

Le sergent Farrat trouva Molly au coin du feu, calme et songeuse. Il franchit la porte et, sans le regarder, elle demanda :

— Qu'est-ce que c'est ?

Il le lui dit, et elle roula seule son fauteuil jusqu'à son lit, dans l'angle, où elle tira la couverture par-dessus sa tête.

Tilly savait qu'elle devait rester à Dungatar, pour une sorte de pénitence. Où qu'elle aille sinon, la même chose se reproduirait. Elle était, dans tous les sens du terme, ruinée, et tout ce qui lui restait était sa mère, si frêle et infirme.

Le sergent Farrat savait qu'il devait franchir le pas et rassembler son troupeau — pour les sauver d'eux-mêmes, et pour tenter de leur faire voir quelque chose à sauver dans tout cela. Il demanda à Tilly si elle irait à l'enterrement, et elle le regarda, l'âme vide, pour demander :

— Qu'est-ce que j'ai fait ?

— Il vaut mieux que vous les affrontiez, dit-il, pour montrer que vous n'avez rien à cacher. Nous irons ensemble.

Ce fut un enterrement sévère, cruel, qui frémissait de choses qu'aucun mot ne saurait décrire. C'était un moment noir et terrible, où la douleur contaminait l'air. Comme les gens ne trouvaient pas la force de chanter, Reginald accompagna Hamish à la cornemuse et ils jouèrent un hymne funèbre de Dvořàk qui coupa le souffle à l'assemblée tant il exprimait leur douleur. Puis le sergent Farrat se leva, quittant le côté de Tilly, pour prononcer une sorte de sermon. Il parla de l'amour, de la haine, et de la puissance des deux, et il leur rappela comme ils avaient aimé Teddy McSwiney. Il souligna que, suivant l'ordre naturel de la ville, Teddy McSwiney était un paria qui vivait près de la décharge. Mae, sa brave femme de mère, faisait ce qu'attendaient d'elle les gens de Dungatar, elle restait à sa place, elle élevait ses enfants dans la vérité tandis que son mari, Edward, travaillait dur à réparer les tuyauteries des gens, à émonder leurs arbres et à transporter leurs immondices à la décharge. Les McSwiney vivaient en retrait, mais la tragédie touche tout un chacun et, de toute façon, est-ce que chacun dans cette ville n'était pas *différent* et pourtant inclus ?

Le sergent Farrat déclara que l'amour était aussi fort que la haine et que tout autant qu'ils pouvaient haïr quelqu'un, ils pouvaient aussi aimer un paria. Teddy avait été un paria jusqu'à ce qu'il se révèle un atout, et il avait aimé une paria — la petite Myrtle Dunnage. Il l'aimait à tel point qu'il lui avait demandé de l'épouser.

Le sergent Farrat marchait à présent, il allait et venait devant l'assistance endeuillée et parlait gravement :

— Il voulait que vous l'aimiez, que vous lui pardonniez, et si vous l'aviez aimée cette nuit-là… mais bien sûr vous ne pouviez pas l'aimer — vous n'avez pas le cœur assez grand et jamais vous ne l'aurez, c'est la triste vérité. Teddy trouvait cela impardonnable — tellement impardonnable qu'il allait partir avec Myrtle et vous l'auriez perdu. Si vous l'aviez incluse, Teddy aurait toujours été avec nous, au lieu de chercher à prouver la force de son amour ce soir-là. Il a commis une terrible erreur, et nous devons lui pardonner cette erreur. Il aimait Tilly Dunnage avec autant de force que vous la détestez, je vous prie d'imaginer cela — elle avait accepté de l'épouser, et je sais que sans exception vous tous, avec tous vos secrets, vos erreurs, vos préjugés et vos défauts, vous auriez été conviés à célébrer l'événement. Cela aurait été une occasion d'apaisement, une juste et véritable union. En fait, c'était…

Un son jaillit de la poitrine de Mae. C'était un son que seule une mère peut produire.

Tilly entendait tout cela, mais c'était comme si elle l'avait suivi par l'intermédiaire d'une caméra. Elle voyait que le cercueil était blanc et couvert d'une montagne de gerbes, qu'il y avait toutes ces rangées de dos secoués de sanglots et de visages en larmes qui se détournaient d'elle — les Almanac tordus ensemble, les Beaumont rigides et graves, la grosse Lois couverte de marbrures et de croûtes qui se mouchait, son gros bébé Bobby qui pleurait, Nancy et Ruth agrippées à lui. Marigold buvait quelque chose d'un flacon, et il y avait aussi Evan, rouge de colère mais qui ne regardait personne. Les footballeurs se tenaient en ligne, le dos raide, la mâchoire crispée et les yeux rouges, pleins de larmes.

Le sergent Farrat reconduisit Tilly chez elle après l'enterrement, et Molly se leva pour aller s'asseoir dans son fauteuil à côté de sa fille.

La veillée fut une affaire affreuse, pleine de douleur et de rage hébétée. Fred et Purl étaient à leur comptoir comme des orphelins à un arrêt de bus, car personne n'avait le cœur à boire et les sandwichs ne passaient pas. Les McSwiney étaient assis en bloc, le visage gris, raides et assommés sur leurs sièges. Derrière eux, au mur, étaient accrochées des photos de leur hardi garçon avec le fanion de la grande victoire finale. L'équipe répétait inlassablement : « Il nous l'a gagnée à lui tout seul », en essayant de flanquer le fanion entre les bras croisés d'Edward.

Le lendemain, Barney gravit péniblement le versant de la Colline avec le cacatoès apprivoisé sur l'épaule, tirant la vache par une corde et, dispersés tout autour de lui, les poulets qui picoraient. Il attacha la corde de la vache à la clôture, posa le cacatoès sur le montant, puis se planta devant Tilly avec son chapeau écrasé entre les mains. Il essaya de lever la tête pour la regarder, mais il ne trouvait pas le courage de croiser ses yeux.

Elle eut une nausée — la bile lui monta dans l'arrière-gorge, et tout son corps était endolori d'avoir pleuré. Elle était exténuée, mais son esprit galopait, plein de venin et de haine pour elle-même et pour les gens de Dungatar. Elle priait un Dieu auquel elle ne croyait pas de venir la prendre. Elle regardait Barney en souhaitant qu'il la blesse, ou qu'il l'étreigne, mais il se contenta de montrer les animaux en disant d'une petite voix pointue :

— Papa dit que tu en auras besoin et qu'ils ont besoin d'une maison.

Elle se leva en chancelant et tendit la main vers lui, mais il tordit la bouche dans une grimace désolée et fit volte-face pour s'en aller, clopinant, les bras serrés sur sa poitrine, en mugissant. Tilly sentit son cœur chavirer, se serrer dans sa poitrine, et elle s'assit lourdement sur la marche, le visage déformé, en larmes.

Graham attendait, tout harnaché, la carriole derrière lui chargée d'un amoncellement de boîtes et de paquets, et de petits chiens brun et blanc. Edward et Mae, Elizabeth, Margaret et Mary, Barney, George, Victoria, Charles, Henry, Rosalie et Charlotte, qui avait le bébé dans ses bras, se tenaient serrés les uns contre les autres, telles de tristes poupées en chiffon. Ils regardaient brûler les caravanes et les wagons de chemin de fer. D'abord parut la fumée, puis les flammes explosèrent avec un rugissement, et un mur bas de langues rouge et orange dévora l'herbe d'hiver jusqu'au bord de la décharge. Le camion de pompiers se mit à hurler derrière le centre administratif et vint se ranger à proximité du brasier. Quelques hommes descendirent du camion et se postèrent à côté de la famille McSwiney, puis ils hochèrent la tête et repartirent.

Lorsque Edward eut la satisfaction d'avoir transformé le lieu de leur bonheur familial en une masse noire confuse, la famille s'en alla. Ils suivirent Graham, avec les premiers rayons de soleil matinal dans le dos. Ils ne se retournèrent pas, ils s'éloignèrent simplement, à pas lents et lourds, décidés à trouver un nouvel endroit où recommencer, laissant à jamais à Tilly le poids de leurs sanglots étouffés.

L'après-midi devenait froid et piquant, mais Tilly ne pouvait toujours pas rentrer. La maison était pleine de tissus — des coupons et des chutes, des fils et des bobines de coton, des aiguilles et des bordures élimées, des mannequins aux mesures de cette vieille snobinarde d'Elsbeth et de Gertrude la vache de mer, de la chétive Mona ou de Lois la cancanière putride, de Ruth la vieille fouinarde tannée, de la venimeuse Beula. Le sol était un matelas d'épingles, telles des aiguilles de pin au sol d'une plantation dense. Elle alluma encore une cigarette et but au goulot la dernière gorgée d'eau-de-vie de pastèque. Elle avait le visage bouffi, les yeux rouges et enflés à force de tant pleurer. Ses cheveux étaient hérissés en mèches hirsutes sur ses épaules, comme des rameaux d'aloe vera, et ses jambes et ses pieds étaient bleus de froid. Mortellement pâle et frissonnant dans la fumée qui s'élevait de la décharge, elle gardait les yeux dans le lointain. La ville était endormie, les yeux clos.

Elle se rappelait le regard de Stewart Pettyman levé sur elle et le bruit, crac, le gémissement puis un autre bruit, comme une vache tombant dans le foin. Quand elle rouvrit les yeux, Stewart Pettyman gisait dans l'herbe chaude de l'été, la tête tordue sur le côté. Il y eut une odeur, et du sang coula entre ses lèvres rouges et épaisses. Une coulure d'excréments inonda son short et rampa le long de ses cuisses.

— Il a le cou brisé, lui dit le sergent Farrat. Il est mort maintenant, et monté au ciel.

Tilly tourna son regard vers le noir silo carré, posé comme un cercueil géant à côté de la voie ferrée.

20

Les gens de Dungatar gravitaient entre eux. Ils hochaient la tête, crispaient la mâchoire, soupiraient et parlaient d'une voix haineuse. Le sergent Farrat allait et venait parmi son troupeau, à l'écoute, aux aguets. Ils n'avaient rien retenu de son sermon, seulement leur haine persistante.

— Elle l'a fait sauter.

— Elle l'a assassiné.

— Elle est maudite.

— Elle tient ça de sa mère.

Un matin de très bonne heure, elle descendit discrètement chez Pratt pour acheter de la farine et des allumettes. Purl et Nancy s'arrêtèrent pour la dévisager, le cœur dévasté de haine. Faith la bouscula en la voyant chercher sur les rayonnages, et quelqu'un vint par-derrière lui tirer les cheveux. Muriel lui arracha des mains la farine et l'argent et les jeta dehors dans l'allée. Ils vinrent en voiture au milieu de la nuit pour jeter des pierres sur le toit de sa maison, faisant rugir le moteur inlassablement autour de la cabane, et criant :

— Meurtrières ! Sorcières !

Mère et fille restaient derrière leur porte verrouillée, à bercer leur peine et leur désespoir, se déplaçant à peine. Le sergent Farrat leur apportait de la nourriture. Molly enterrait du pain grillé et de la confiture, cachait des œufs durs dans les plis de ses couvertures ou enfonçait des légumes bouillis dans les recoins de son fauteuil roulant. Les jours de chaleur, une nuée de mouches l'entourait. Elle ne disait rien, ne se levant chaque jour que pour s'asseoir devant le feu, le regard figé, avec son vieux cœur tout couturé qui battait tant et plus. Tilly ne la quittait qu'à la tombée de la nuit pour parcourir les plaines et chercher, le long de la rivière, des branches mortes d'eucalyptus à brûler. Elles restaient ensemble près du feu, à contempler les flammes, et elles se recroquevillaient sous leurs couvertures pour guetter les bruits au plus noir de la nuit. L'amertume pesait au cœur de Tilly et se montrait sur son visage. Sa mère laissait pendre sa tête et fermait les yeux. Les gens venaient jeter leurs ordures dans la fosse fumante pour que la puanteur monte envahir la maison sur la Colline.

21

Lesley descendait d'un pas désinvolte la grand-rue déserte entre Mona et la cousine de sa mère, Una Pleasance, qui tremblait de tous ses membres.

— Evidemment, disait-il, j'ai l'habitude des hivers européens, j'ai vécu des années à Milan. Je travaillais avec des lipizzans.

Mona glissa son bras sous celui de son mari.

— Il dressait les chevaux, n'est-ce pas, Lesley ?

— Et maintenant vous êtes à Dungatar ?

Una regardait les quelques boutiques miteuses qui bordaient la grand-rue.

— J'ai été forcé de rentrer en Australie à la mort de ma chère, chère maman. Il fallait régler ses affaires et puis, juste comme j'allais repartir en Europe, j'ai été happé par les Beaumont.

— Happé par nous, acquiesça Mona.

— Mais Dungatar n'est pas vraiment…

— *Happé*, exactement comme vous, Una ! chantonna Lesley en lui souriant suavement. Et nous voilà tous ici ! Voici l'Hôtel de la Gare — à des kilomètres de la voie ferrée.

Et il se mit à rire, en poussant Una du coude.

— Ils servent un très bon steak-frites, dit Mona.

— Si on aime le steak-frites, précisa Lesley.

Una pointa le doigt vers la Colline.

— Qu'est-ce qu'il y a, là-haut ?

Ils s'arrêtèrent, les yeux fixés sur la fumée qui tourbillonnait, voilant les murs couverts de vigne vierge et rampant vers les plaines. Des doigts de fumée se tendaient autour de la cheminée et montaient dans les nuages.

— C'est là que vivent Mad Molly et Myrtle, dit gravement Mona.

— Oh ! dit Una avec un hochement de tête entendu.

— Et voici l'alimentation bazar des Pratt, dit Lesley, rompant le charme. L'unique magasin à des kilomètres à la ronde, une vraie mine d'or ! Ils ont tout — le monopole du pain, le boucher, la mercerie, la quincaillerie et même des produits vétérinaires, mais ah ! voici l'homme le plus riche de Dungatar !

Le conseiller Pettyman s'avançait vers eux, souriant, les yeux sur Una.

— Bonjour ! s'écria-t-il. Voici donc la famille Beaumont avec mon invitée spéciale.

Il s'empara de la main d'Una et baisa ses longs doigts blancs.

— Nous faisons faire à Una la visite guidée de sa ville d'adoption…

— Alors permettez-moi ! dit Evan en se frottant les mains et se pourléchant, tout en soufflant de la buée dans l'air hivernal. Je peux conduire Miss Pleasance dans le confort de la voiture du comté — après tout, elle est mon invitée.

Il lui prit le bras et l'entraîna vivement vers sa voiture.

— Nous pourrons longer la rivière pour voir quelques belles propriétés, et puis…

Il ouvrit la portière et aida Una à prendre place sur le siège avant, souleva son chapeau à l'adresse de Mona et de Lesley qu'il laissa plantés sur le trottoir, puis disparut avec la nouvelle fille à conquérir.

— Quel culot ! dit Lesley.

Assise dos au mur, Tilly regardait à travers la brume grise l'ovale vert et gris taché de boue, bordé de voitures sombres, et, entre elles, les supporters qui semblaient autant de larmes retenues. Les petits bonshommes roulaient d'un côté à l'autre du terrain, avec des brassards noirs sur leurs bras qui gesticulaient pour attraper le minuscule ballon. Les supporters braillaient leur mépris à l'adversaire. Elle savait que la colère et le chagrin leur donnaient des ailes. Leurs cris rebondissaient sur le grand silo, se ruaient sur elle et jusque là-bas, au-delà des paddocks, dans la fumée.

La pluie se mit à tomber en averses, violente et diluvienne, frappant les voitures et le toit de tôle au-dessus d'elle. Elle cinglait les fenêtres et courbait les feuilles dans le jardin de Barney. Une locomotive diesel quitta la gare de Dungatar en gémissant, tirant des wagons de voyageurs vides. La vache, attachée à mi-pente de la Colline, cessa de ruminer pour écouter, puis tourna le dos à la pluie et replia vers l'avant ses oreilles. Les joueurs s'interrompirent, mais restèrent sur le terrain, aveuglés et indécis dans l'air noyé de grisaille jusqu'à ce que la pluie s'atténue, puis ils reprirent le jeu.

Tilly redoutait qu'une défaite au foot n'envoie les gens vers elle, qu'ils débordent des portes du stade pour déferler sur la Colline, serrant les poings et assoiffés de sang. Elle resta tendue aux aguets jusqu'au moment où s'élevèrent des applaudissements épars dans la foule ; un klaxon retentit. Le cacatoès se pencha en hérissant sa crête et leva une patte de la rambarde de la galerie… mais c'était Dungatar qui avait perdu, ratant sa dernière chance de participer à la finale. Les voitures sortirent de l'enceinte du stade et se dispersèrent.

Elle rentra dans la maison, où Molly était attablée devant un journal qu'elle feuilletait.

— Ah ! dit-elle. C'est toi !

Tilly regarda sa mère, les épaules de squelette sous le châle taché.

— Non, dit-elle. C'est moi *et* toi ; je n'ai que toi, et tu n'as que moi.

Elle s'assit pour coudre mais, au bout d'un moment, elle piqua l'aiguille dans l'ourlet de la nouvelle robe de Molly et s'étira en arrière pour se frotter les yeux. Elle contempla le siège vide de Teddy et le coffre à bois où il posait toujours ses bottes, et laissa son esprit vaquer dans les flammes orangées qui dansaient dans le poêle. Molly étala le journal sur la table de la cuisine, plissa les yeux derrière les lunettes à double foyer perchées au bout de son nez, et dit :

— J'ai besoin de mes lunettes, où les as-tu cachées ?

Tilly tendit le bras, et retourna dans le bon sens *La Gazette argus jumelée de Dungatar & Winyerp*.

— Tiens, commença Molly avec un sourire sournois, ils ont une nouvelle couturière, qui vient de Melbourne. Les problèmes vont commencer. Il faut s'attendre à bien des cœurs brisés et à des virginités perdues, dans le sillage de sa Singer.

Tilly jeta un coup d'œil par-dessus l'épaule de sa mère. L'unique information de la rubrique « Potins de Beula » annonçait : « *LA HAUTE COUTURE ARRIVE !* » Il y avait une photo de la présidente, de la secrétaire et de la trésorière du Dungatar Social Club — arborant toutes des créations de Tilly —, qui souriaient à une femme sévère, dont la raie de la chevelure prolongeait strictement le milieu du corps.

Dungatar accueille cette semaine Miss Una Pleasance, qui nous apporte ses grands talents de couturière. Le Dungatar Social Club, au nom de la communauté, souhaite la bienvenue à Miss Pleasance, et nous nous réjouissons par avance de célébrer bientôt l'inauguration de son établissement de couture, Le Salon. Miss Pleasance est actuellement l'invitée du Conseiller et de Mme Evan Pettyman. Son établissement sera provisoirement installé à leur domicile. L'inauguration officielle sera célébrée le vendredi 14 juillet à 14 heures. Les dames sont priées d'apporter un plat.

De bon matin, elles entendirent la Triumph Gloria approcher et s'arrêter sur la pelouse. Tilly se glissa jusqu'à la porte de derrière et jeta un petit coup d'œil. Lesley était au volant, et Elsbeth attendait sur le siège arrière, un mouchoir sous le nez. La nouvelle couturière était assise à côté d'elle, les yeux fixés sur la glycine qui grimpait le long des piliers de la galerie et jusque sur le toit. Mona était déjà campée sur le perron, à tortiller une cravache entre ses mains. Tilly ouvrit la porte.

— Mère dit qu'elle veut… toutes les choses que vous avez à moitié faites, les miennes et les siennes, celles de Trudy, de Muriel… de Lois…, murmura-t-elle avant que sa voix s'éteigne.

Tilly croisa les bras et s'adossa au chambranle.

— Pourrions-nous les avoir, s'il vous plaît ? reprit Mona en se redressant.

— Non.

— Oh !

Mona courut à la voiture et se pencha pour parler à sa mère. Il y eut une brève prise de bec, puis Mona revint d'un pas hésitant sur le perron.

— Pourquoi ?

— Parce que personne ne m'a payée, dit Tilly en claquant la porte.

La frêle baraque grinça et pencha encore un peu plus.

Ce soir-là, on frappa à la porte.

— C'est moi, appela le sergent Farrat à voix basse.

Quand elle lui ouvrit, Tilly trouva le sergent sur le perron en pantalon noir de gaucho, avec une chemise blanche de cosaque et un gilet rouge matelassé, un chapeau noir à large ruban plat témérairement incliné sur le côté. Il apportait un paquet de papier blanc et, de sous son gilet, il tira une longue bouteille brune qu'il brandit bien haut, les épaules enveloppées d'une nuée de papillons de nuit.

— Une des meilleures de Scotty, annonça-t-il avec un large sourire.

Tilly ouvrit la porte moustiquaire.

— Le « coup du docteur », Molly ? proposa le sergent.

Elle le dévisagea, horrifiée.

— Plutôt mourir que d'fréquenter ce gars-là.

Tilly posa trois verres glacés sur la table, et le sergent Farrat servit. Il ouvrit le paquet qu'il avait apporté.

— J'ai un défi pour vous. Je lisais l'histoire de l'invasion espagnole de l'Amérique du Sud, et j'ai là un costume pour ma collection qui a besoin d'être ajusté.

Le sergent Farrat se leva et pressa contre son corps replet un minuscule costume de matador. Il était d'un brocart de soie vert vif, lourdement brodé de perles, bordé d'un liseré lamé or et agrémenté de pompons.

— Je me disais que vous pourriez peut-être improviser un empiècement plus ou moins assorti, ou en tout cas dans le style général de ce costume. Les seules mains créatrices de Dungatar pourront sûrement faire habilement passer cela inaperçu, vous ne croyez pas ?

— Je viens d'apprendre qu'il y a une nouvelle couturière en ville, dit Tilly.

Le sergent Farrat haussa les épaules.

— Je doute qu'elle ait voyagé, ou reçu une formation raffinée, dit-il en baissant les yeux vers son costume vert brillant. Mais nous verrons bien — à la fête de charité.

Il releva les yeux vers elle, plein d'espoir, mais elle se contenta de hausser un sourcil.

— C'est le Social Club qui l'organise, poursuivit-il, il y aura un gymkhana et un concours de bridge pendant la journée, avec des rafraîchissements bien sûr… et un concert — des récitals et de la poésie. Winyerp et Itheca participeront… Il y aura aussi des prix. C'est dans le journal de cette semaine et dans la vitrine de Pratt.

Tilly tendit la main pour tâter les perles sur le costume de matador. Elle sourit. Le sergent Farrat lui offrit en retour un sourire rayonnant.

— Je savais qu'un peu de travaux d'aiguille vous remonterait le moral.

Il s'assit dans le vieux fauteuil près du feu, s'y carra confortablement et posa ses pantoufles en cuir sur le coffre à bois de Teddy.

— Oui, dit-elle.

Et elle se demanda comment auraient réagi ses maîtres parisiens — Balmain, Balenciaga, Dior — en voyant défiler le sergent Farrat sur un podium, étincelant dans son costume vert de matador.

— Un récital et de la poésie, disiez-vous ? reprit-elle avant de boire une grande rasade.

— Très culturel, confirma le sergent.

22

William était affalé sur une chaise longue déglinguée dans ce qu'on appelait désormais le « patio », et qui naguère avait été la véranda. A l'intérieur de la maison, son épouse lourdement enceinte était occupée à se limer les ongles, le téléphone calé entre les replis grassouillets de son menton et de son épaule. « ... oui je disais aujourd'hui à Elsbeth qu'il n'y a aucun espoir de récupérer notre raccommodage, la folie est héréditaire, vous savez... Molly avait sûrement assassiné quelqu'un avant de venir ici, alors Dieu sait ce qu'elles mijotent dans ce taudis là-haut... Beula l'a vue traire la vache, et elle se faufile au bord de la rivière pour voler du bois mort, comme une paysanne, en plein jour ! Pas du tout l'air de se sentir coupable, c'est ce qu'on disait l'autre jour avec Elsbeth, heureusement que nous avons Una... »

— Hum, marmonna William, très très important.

Il tendit le bras sous son siège pour prendre la bouteille de whisky, en versa une bonne dose dans son grand verre, le leva à hauteur de ses yeux et regarda sauter les chevaux dans le premier paddock, à travers le liquide ambré. A l'intérieur, sa femme continuait à bavarder. « Je vais aller chercher le carnet de chèques de William, mais je ne devrais vraiment pas prévoir de nouvelle garde-robe avant la naissance du bébé... Je file, voilà Lesley avec la voiture, rendez-vous là-bas. »

William attendit que les pas précipités aient cessé et que

la porte d'entrée ait claqué. Il soupira, but tout son whisky, remplit son verre de nouveau, frappa sa pipe contre l'accoudoir en bois et sortit son tabac de sa poche.

Una Pleasance se tenait sur le seuil de Marigold en robe princesse bleu marine et ballerines assorties, agrémentées d'un nœud rayé à la pointe.

— Soyez gentilles d'ôter vos chaussures, disait-elle aux invitées à mesure qu'elles arrivaient et avant qu'elles posent le pied sur son sol blanc immaculé.

Beula fit le tour du salon en regardant les photos, et en cherchant s'il y avait de la poussière sur les surfaces et les plinthes.

— Quel curieux buffet, dit-elle en ouvrant le tiroir du haut.

— Il est ancien, il vient de ma grand-mère, dit Marigold, soucieuse à l'idée que Beula pourrait laisser des empreintes sur le bois ciré.

— J'ai fichu en l'air tous les vieux trucs de ma grand-mère, annonça Beula.

Juste à cet instant, Lois entra de son pas pesant en poussant Mme Almanac dans son fauteuil roulant ; il y avait des bouloches d'usure dans les sillons des pneus et des traînées d'huile sur l'essieu. Marigold frémit et courut dans sa chambre, s'empara d'un sachet de Bex, rejeta la tête en arrière et ouvrit la bouche. Ses traits se contractèrent lorsque la poudre glissa de l'étui en papier sur sa langue, puis elle tendit la main pour attraper une fiole sur la table de nuit, en dévissa le bouchon et but au goulot. A cet instant précis, Beula déboula dans la chambre.

— Oh ! dit-elle, encore vos nerfs, c'est ça ?

Elle sourit et battit en retraite. Marigold porta la main aux rougeurs de son cou et prit une deuxième lampée, bien tassée, puis elle se flanqua encore deux comprimés d'oxyde de fer sur la langue pour faire bonne mesure.

Dans le salon, Beula sélectionna le fauteuil d'angle pour avoir la meilleure vue et s'y assit, le menton escamoté dans les plis de son cou, les bras croisés sur son chemisier blanc, ses jambes maigrichonnes ramenées sous son kilt. Les autres dames avaient pris place sur les chaises recouvertes de plastique et prenaient le thé dans des tasses qui sentaient un peu l'ammoniaque. Lorsque Lois s'abattit sur le canapé à côté de Ruth Dimm, il y eut un tourbillon d'air rance, et Ruth pressa un mouchoir sous son nez avant de se lever précipitamment pour aller se placer près de la porte. Muriel Pratt fit ensuite sensation, en entrant vêtue d'une robe confectionnée par « cette sorcière… juste pour vous montrer à quoi nous sommes accoutumées », dit-elle à Una, qui l'examina de près avant d'aller se mettre près de son étalage.

Pour l'ouverture du Salon, Una avait préparé un échantillon de son travail. Il y avait dans l'angle un mannequin en robe de cotonnade fleurie boutonnée de haut en bas, avec une encolure volantée et des petites manches bouffantes. C'était une tenue sortie tout droit de chez Rockmans, à Bourke Street, qui habillait les silhouettes « moins menues ».

Purl arriva et jeta un gâteau de Savoie affaissé sur la table.

— Belle journée, dit-elle avant de se retourner vers Una pour la regarder de la tête aux pieds. Si vous en avez marre d'Evan ou de Marigold, vous n'avez qu'à venir camper au bistrot.

Elle alluma une Turf à bout filtre et, cherchant des yeux un cendrier, repéra le mannequin dans l'angle.

— C'est un truc de vos débuts à l'école de couture, ça ? demanda-t-elle avec intérêt.

Beula se tourna vers les Beaumont qui faisaient front commun près de la fenêtre comme sur une austère photo de mariage de 1893, et s'exclama :

— Mon Dieu que vous êtes grosse, Ger, je veux dire Trudy. Quand donc est prévu ce bébé, *exactement* ?

Mona se hâta de repasser le plat de pâtisseries. Bientôt, les soucoupes furent toutes surchargées de tarte au citron, de hérissons, de biscuits à la cannelle, de gâteaux secs à la crème rose, et ces dames fort occupées à recueillir les miettes de gâteau et de noix de coco sur leur poitrine.

Lorsque Marigold reparut à la porte du salon bondé, chancelante et cramoisie, Mona lui tendit une tasse de thé avec un scone à la crème sur la soucoupe. Nancy arrivait sur ses talons et la heurta, expédiant la tasse pleine et la soucoupe sur le tapis. Marigold s'écroula, le visage dans la flaque de thé et de crème, encadré de deux gros pâtés de scone près des oreilles. Quelques femmes en robes à fleurs l'aidèrent à gagner son lit avec de petits clappements de langue navrés et, quand elles revinrent enfin, Elsbeth frappa dans ses mains pour commencer :

— Nous souhaitons à Una la bienvenue à Dungatar et souhaitons lui dire…

A cet instant, Trudy se mit à meugler comme une vache en détresse et se plia en deux. Il se fit un bruit comme l'éclatement d'un sac à eau. Un liquide blanchâtre et chaud lui ruissela entre les jambes pour s'étaler en une grande tache sombre sur le tapis. Son ventre tressautait comme si le diable en personne avait fourragé son abdomen avec un tisonnier brûlant. Elle se replia à quatre pattes en hurlant. Purl termina son thé d'un trait, saisit son gâteau de Savoie et s'en alla vite. Lesley s'évanouit, et Lois l'empoigna aux chevilles pour le traîner dehors. Mona regarda sa belle-sœur se démener à ses pieds puis, la main sur la bouche, courut vomir dehors.

Elsbeth devint violacée.

— Appelez un médecin ! cria-t-elle.

— Nous n'en avons pas, dit Beula.

— Trouvez quelqu'un ! ordonna Elsbeth puis, s'agenouillant auprès de Trudy :

— Cessez de vous donner en spectacle.

Trudy poussa un nouveau meuglement.

— *Ça suffit*, espèce de boutiquière idiote ! hurla Elsbeth. C'est juste le bébé.

Lesley était affalé de tout son long sur la pelouse, et Lois l'arrosait au jet d'eau. Sa moumoute avait été arrachée et gisait comme un animal mort abandonné sur l'herbe, à côté de son crâne chauve. Mona cala trois fois et brûla le frein à main dans un rugissement de fin du monde avant de réussir, avec force soubresauts, à amener la Triumph Gloria sur la bande de gazon devant la maison, démolissant au passage la barrière de Marigold et abandonnant le pare-chocs accroché à l'un des montants.

Purl surgit alors au pas de course à l'angle de la maison.

— Il arrive, il arrive ! cria-t-elle.

— Il arrive ! cria Lois à Una.

— Il arrive ! cria Una à Elsbeth.

Trudy hurlait à pleins poumons.

— Cessez de brailler, glapit Elsbeth.

Grinçant des dents entre deux contractions, Trudy gronda :

— Tout cela est la faute de votre fils, vieille sorcière. Tirez-vous de là ou je dis à tout le monde comment vous êtes en vérité !

Après vingt minutes de travail, Felicity-Joy Elsbeth Beaumont jaillit d'entre les cuisses poilues et visqueuses de sa mère pour atterrir dans la lumineuse clarté de l'après-midi juste à côté de la pile de serviettes stérilisées de Marigold, sous la surveillance, à bonne distance, de M. Almanac.

Beula Harridene se pencha à l'oreille de Lois.

— Elle n'est mariée que depuis huit mois.

En rentrant ce soir-là chez lui, Evan trouva sa bande de gazon labourée, sa barrière démolie, toutes les portes et les fenêtres ouvertes en grand et une curieuse odeur flottant dans toute la maison. Il y avait une grande tache sur le tapis et, au beau milieu, un tas de serviettes de toilette souillées au sommet duquel trônait une répugnante masse de placenta, tel un foie en gelée. Marigold, tout habillée, gisait inconsciente sur le lit.

23

Venues de Winyerp, trois femmes se tenaient entre les piliers de l'entrée de Tilly, de minuscules particules de cendre de la décharge en feu retombant sur leurs chapeaux et leurs épaules. Elles admiraient le jardin. La glycine était en pleine floraison, et la maison ruisselait de grappes de fleurs violettes. D'épaisses tiges de myrte escaladaient l'angle de la maison, se frayant un chemin dans la glycine et à travers la galerie, quadrillant les planches de feuilles vertes vernissées et de fleurs blanches éclatantes. Des rhododendrons brandissaient leurs trompettes rouges, blanches et bleues le long des murs, et d'énormes lauriers — pourpres et cramoisis — s'élançaient à chaque angle de la maison. Le terrain était parsemé de plants de lauriers-roses, et les digitales s'agitaient comme des bras lançant leurs adieux du pont d'un navire. Des hortensias, des jasmins et des delphiniums s'entremêlaient autour du socle de la citerne, et un haut tapis de muguet s'aventurait hors de l'ombre. Des touffes de soucis, postées comme des sentinelles, marquaient les limites à l'emplacement de l'ancienne clôture. L'air était lourd, les senteurs sucrées du jardin se mêlant à l'âcre fumée et à la puanteur des ordures qui se consumaient. Au sud s'étendait un potager : des feuilles d'épinards vert et blanc crissaient les unes contre les autres sous la brise tandis que les fanes frisées des carottes s'appuyaient sur des tiges d'oignons droites et pâles, et que des plants de rhubarbe retombaient comme éclatés contre la haie de troènes qui ceignait entièrement le jardin. Des bouquets de fines herbes bordaient l'extérieur de la haie.

Molly ouvrit la porte et cria :

— Il y a là tout un tas de vieilles peaux qui pénètrent illégalement !

Tilly apparut juste derrière elle.

— Que puis-je pour votre service ?

— Votre jardin..., commença une femme d'âge mûr. Enfin quoi, le printemps n'est même pas encore là.

— Presque, corrigea Tilly. La cendre est excellente, et nous avons beaucoup de soleil.

Une jolie femme avec un bébé sur la hanche se retourna pour contempler la décharge en contrebas.

— Pourquoi est-ce que la mairie ne fait rien pour ce feu ?

— Ils essayent de nous enfumer pour nous débusquer, lança Molly. Mais ils n'y arriveront pas, nous sommes habituées à être maltraitées.

— Que puis-je faire pour vous ? demanda Tilly.

— Nous nous demandions si vous faisiez encore de la couture.

— Oui, dit Molly, mais ça va coûter bonbon.

Tilly sourit et posa sa main sur la bouche de sa mère.

— Que souhaiteriez-vous ?

— Eh bien, une robe de baptême...

— Des tenues d'après-midi...

— ... et aussi une nouvelle robe de bal, si vous... si c'était possible.

Molly écarta brusquement la main de Tilly et, tirant un mètre de couturière de sous ses couvertures, déclara :

— D'accord. Et maintenant, déshabillez-vous.

De nouveau Molly s'éveillait au crissement des ciseaux crantés qui taillaient l'étoffe sur la table en bois et quand elle entrait dans la cuisine, elle ne trouvait pas son porridge tout prêt, mais seulement Tilly penchée au-dessus de sa machine à coudre. Le sol tout autour d'elle était jonché de bouts de tissu et de chutes de velours frappé, de crêpe de laine et de bouclette, de faille, de taffetas moiré rose et vert, tous parfaits pour décorer son fauteuil. La maisonnette vibrait au rythme du vrombissement morne et saccadé de la Singer et des ciseaux qui heurtaient la table quand Tilly les lâchait.

Par une belle fin d'après-midi, Molly regardait le soleil lancer ses derniers rayons, assise sur la galerie. Un instant à peine après la disparition du dernier rai de lumière au-dessous de l'horizon, apparut une femme maigre qui grimpait la colline en traînant deux valises. Molly examina l'implantation en V des cheveux de cette femme austère et le grain de beauté qui surmontait son rouge à lèvres foncé. Des mouchetures de cendre s'accrochaient aux pointes effilées de ses seins serrés sous son pull, la jupe moulante qu'elle portait était tendue sur les os de ses hanches. Elle finit par demander :

— Est-ce que Tilly est là ?

— Connaissez Tilly, vous ?

— Pas vraiment.

— Mais entendu parler d'elle ?

— On peut dire ça.

— Ça en dit long, fit Molly en tournant son fauteuil roulant vers la porte moustiquaire. Tilly, y'a Gloria Swanson qui débarque ! cria-t-elle.

Una porta la main à sa gorge, l'air effrayé. La lumière de la galerie s'alluma.

— Nous avons vu *Boulevard du crépuscule* il y a quelque temps, expliqua Tilly de derrière la porte moustiquaire, un torchon sur l'épaule et un presse-purée dans les mains.

— Je suis Una Pleasance, dit la femme.

Tilly ne répondit rien.

— Je suis la…

— Oui.

— Je vais vous parler franchement. Je dois avouer que je

suis absolument débordée, et ai besoin de quelqu'un pour coudre.

— Coudre ?

— Surtout raccommoder, répondit Una après avoir marqué un temps d'arrêt, et puis des ourlets, des fermetures Eclair, des pinces à reprendre.

— Eh bien, je crains que vous n'ayez fait erreur. Je suis styliste et couturière qualifiée. Il vous faut juste quelqu'un qui sache manier l'aiguille et le fil, dit Tilly, et elle ferma la porte.

— Je vous paierai, lança Una.

Mais Tilly était partie, et Una se retrouva sur le perron dans la lumière jaune, avec quelques papillons de nuit, le cliquètement des criquets nocturnes et le coassement des grenouilles.

— Oh ! dit Molly en levant vers elle des yeux ravis, c'est parfait. Dans le film, ça marchait très bien aussi votre façon d'ouvrir les yeux, de montrer vos dents et de retrousser votre lèvre comme ça. Ça vous va bien.

Devant le miroir de Tilly, Mme Flynt, de Winyerp, admirait sa nouvelle tenue — une combinaison-pantalon avec des roses imprimées en relief.

— C'est tellement… tellement… c'est merveilleux, dit-elle. Vraiment merveilleux. Je parie que personne d'autre n'est capable de porter ça !

— Cela vous va très bien, dit Tilly. Il paraît qu'il y aura un concert ?

— Oui, dit Mme Flynt. De la poésie et des récitals. Mme Beaumont donne des cours d'élocution — elle veut épater son monde. Elle est bien décidée à nous battre au bridge aussi.

— Rien de tel qu'un peu de vanité, suggéra Tilly. Vous devriez la mettre au défi de chanter et danser aussi.

— Nous ne sommes pas trop bonnes là-dedans non plus.

— Alors pourquoi pas une pièce de théâtre ? Meilleure actrice, meilleur décor, meilleur costume…

Le visage de Mme Flynt s'illumina.

— Une pièce de théâtre, répéta-t-elle en ouvrant son sac pour payer.

Tilly lui tendit la note.

— C'est tellement amusant de monter une pièce. Ça fait ressortir le meilleur et le pire en chacun, vous ne trouvez pas ?

Purl se comportait en bonne serveuse de bar : elle tapotait le poignet de William.

— C'est horrible, disait William. Je ne savais pas que ce serait comme ça. Elle sent le lait caillé, et il y a des croûtes et des sécrétions rosâtres partout dans le lit, le bébé est tout mou et visqueux, je me sens très… seul. Je voulais un garçon.

— Elle deviendra peut-être le portrait de son grand-père — de votre côté, bien sûr, comme votre papa, hein, William ? dit Purl.

William releva la tête et essaya de fixer son regard sur elle.

— Vous le connaissiez bien, non ?

— Oh oui ! pour sûr !

Au bout du comptoir, Fred et les autres clients opinèrent. Elle l'avait vraiment très bien connu.

— Il n'était pas très bon père non plus, reprit William.

Les hommes accoudés hochèrent la tête. Ils regardèrent William vider verre sur verre, jusqu'au moment où il fixa à nouveau son attention sur Purl, et dit :

— Il y a autre chose.

— Quoi ?

De l'index, William lui fit signe d'approcher et, comme elle se penchait plus près, il chuchota très fort à sa boucle d'oreille :

— Je n'aime pas vraiment ma femme.

— Bah ! dit Purl en le tapotant encore, pour ça vous n'êtes pas le seul.

A l'autre bout du comptoir, les hommes opinèrent une nouvelle fois.

— Oh ! mon Dieu ! gémit-il, assez fort.

Pleins de tact, les hommes regardèrent par la fenêtre, puis continuèrent à vider des chopes et à griller des cigarettes avec Fred, au bout du comptoir.

24

Comme Marigold n'était pas dans le jardinet du devant, Lois se glissa jusqu'à la porte et frappa tout doucement.

— Vous avez un rendez-vous ?

Lois sursauta. Marigold avait surgi devant elle vêtue d'une blouse bleue, avec des patins fixés aux genoux par des élastiques, un bonnet de douche sur la tête et des gants de toile lui montant jusqu'aux coudes. Elle avait un mouchoir noué sur le nez comme un hors-la-loi et tenait à la main un pot de cire et un chiffon tout gras.

— Vous avez pris rendez-vous ? redemanda-t-elle.

— Oui.

— Vous avez du velours ?

— Non, dit Lois. C'est un essayage, elle ne vous l'a pas dit ?

— C'est déjà coupé, alors ?

— Juste quelques petites retouches à faire.

— Tant que ce n'est pas du velours — ça se fourre partout. Je déteste quand elle taille du velours, ou du lin. On voit la bourre dans l'air.

Lois se curait les ongles.

— Bon, vous feriez aussi bien d'entrer, mais attention d'ôter vos chaussures — je viens de passer l'aspirateur. Et marchez sur le bord du tapis, parce que le milieu commence à s'user. J'ai dû lui augmenter son loyer.

Ce qui signifie que les prix vont encore grimper, songea Lois.

Marigold tira de sa poche un mouchoir propre et tourna

la poignée de la porte pour l'ouvrir, puis regarda Lois longer le mur jusqu'à la chambre d'Una, où elle frappa tout doucement. Una entrouvrit la porte et jeta un rapide coup d'œil.

— Où est-elle ?

— Elle récure la galerie.

Una détourna les yeux pendant que Lois enfilait sa nouvelle robe, au corsage cintré, avec la taille basse et une masse de plis accordéon. Quand Una se retourna pour regarder, ses yeux s'emplirent de larmes et elle se mordit la lèvre inférieure. La robe bridait entre les épaules et l'encolure godaillait, le corsage mal ajusté pendait là où aurait dû être la poitrine, la taille coupait l'estomac et aplatissait les plis, et l'ourlet était bien trop haut au-dessus des genoux.

— Ça vous va très bien, dit Una. Ce sera dix shillings.

Evan attendait derrière le poivrier, sur le flanc de la maison. Lois, avec sa robe neuve soigneusement repliée sur le bras, s'arrêta sur la bande de gazon d'où Marigold chassait au jet les feuilles de l'allée piétonne. Beula arriva et s'arrêta pour parler avec elles. Pendant que les femmes cancanaient, Evan se glissa par la porte de derrière et gagna la chambre d'Una sur la pointe des pieds. Elle attendait, assise dans le fauteuil, et Evan se jeta à genoux devant elle. Il lui prit les mains, et lui posa des baisers sur le bout des doigts puis sur les paumes et partout jusqu'au cou. Elle se pâmait dans son fauteuil, et il lui picora les joues jusqu'aux lèvres avant de presser sa bouche sur la sienne. Una écarta les cuisses et défit son chemisier.

— Vite, haleta-t-elle en remontant sa jupe jusqu'à la taille.

Evan empoigna son membre et changea d'angle sur ses genoux pour viser.

Un soudain crépitement retentit quand le jet d'eau ricocha sur la vitre. Una sursauta et se redressa en serrant fort les genoux, coinçant les testicules d'Evan et les écrasant à tel point qu'ils remontèrent aussi sec, laissant les bourses vides et flasques. Il se plia en deux, froissé comme une feuille d'alu, et son front heurta durement celui d'Una. Ils se tinrent chacun la tête à deux mains en retenant des hurlements, puis Evan s'écroula à plat ventre, le nez dans la trame et la chaîne du tapis, violacé et le souffle coupé. Il sentit son puissant pénis fondre en une masse lourde et humide.

Dehors, sur la pelouse du devant, Marigold braquait le jet en va-et-vient, inlassablement, sur la fenêtre poussiéreuse.

Ce soir-là, un an après la mort de Teddy McSwiney, Lois se hissa péniblement au sommet de la Colline et vint cogner à la porte de derrière en appelant Tilly et Molly, comme si elle était venue les voir la veille encore. Tilly ouvrit la porte.

— Je dois dire, Til, commença-t-elle en entrant dans la cuisine, que votre jardin est vraiment charmant.

Elle posa un sac et une enveloppe sur la table. L'enveloppe était envoyée par Irma Almanac ; lorsque Tilly l'ouvrit, un billet d'une livre en tomba sur la table.

— Vous avez encore des gâteaux comme ceux que vous lui faisiez ? Elle est de nouveau coincée, raide comme une planche, avec des douleurs terribles. Vous savez ce qu'il faut mettre dedans, ajouta Lois avec un clin d'œil.

— Des herbes, dit Tilly. Et des huiles essentielles, provenant de mon jardin.

— Vous en avez que je puisse lui rapporter maintenant ?

— Il faut que j'en fasse.

Lois plongea la main dans le sac et flanqua sur la table un paquet de farine et une demi-livre de beurre, puis elle reprit le chemin de la porte.

— Je vais lui dire que vous les lui apporterez demain, d'accord ?

Comme Tilly hésitait, Lois posa la main sur la poignée de porte et ajouta :

— S'il y avait encore Ed McSwiney, on pourrait les lui faire porter, pas vrai ?

Et de refermer vigoureusement la porte derrière elle.

Le lendemain après-midi, Tilly descendit en ville, traversa la grand-rue derrière la salle des fêtes et longea la rive souple et moussue de la rivière, derrière chez Irma.

— Je suis contente de te voir, dit Irma. Et pas seulement pour les gâteaux.

Tilly mit la bouilloire à chauffer puis brisa l'un des gâteaux en petits morceaux, qu'elle posa là où Irma pouvait les saisir de ses doigts enflés.

— Ça me manque tellement de ne plus sortir jusqu'à la barrière, dit-elle, la bouche pleine. Et quant à la façon qu'a Lois de me manœuvrer…

Elle mangeait lentement, avec ferveur. Comme Tilly préparait le thé, Lois accourut.

— Beula m'a dit que vous étiez là, dit-elle à Tilly.

Puis elle ôta sa blouse et se planta devant Tilly, dans sa robe plissée accordéon à dix shillings.

— Demain, on a réunion de théâtre, dit-elle. Et j'ai besoin que ça soit arrangé. Je suis un peu pressée.

Tilly contemplait toujours la robe.

— Je ne dirai pas à M. A. que vous êtes là, si vous me le faites pour demain.

Tilly haussa un sourcil.

— Tournez-vous, dit-elle à Lois qui se tourna. Je pourrais en faire quelque chose.

Lois battit des mains et commença à retirer sa robe.

— Je passerai la prendre demain, alors, dit-elle.

— Je ne travaille pas pour rien, dit Tilly.

Irma cessa de mastiquer pour regarder Lois, immobilisée avec sa jupe par-dessus la tête, ses grandes culottes sales qui s'avachissaient autour de ses genoux, et le bas de ses jambes rouge foncé et veinées de bleu qui ressortait clairement sur le sol en linoléum.

— Combien ?

— Ça dépend du temps que ça prendra, dit Tilly.

Lois ôta la robe.

— J'en aurai besoin à 4 heures.

— Passez la prendre vers moins 10, dit Tilly en tendant la main pour récupérer le fouillis de plissé beige.

Elle passa une bonne part de la nuit près du feu, à ajouter des pinces à l'encolure et à ouvrir les coutures du corsage. Puis elle sépara la jupe du haut et la remit en place, mais le devant derrière et le derrière devant.

Postées derrière un rideau, Una, Muriel, Trudy et Elsbeth observaient les visiteuses. Les dignitaires des clubs dramatiques de Winyerp et d'Itheca descendirent de leurs automobiles et s'arrêtèrent un moment pour admirer la maison et le cadre. On aurait dit un groupe d'épouses d'aristocrates européens qui auraient perdu leur chemin. Une femme sculpturale coiffée à la Veronica Lake portait un bustier de jersey sans bretelles, avec un foulard étroitement noué autour du cou, et un paréo fleuri en organdi. Une autre arborait une jupe ajustée qui mettait en valeur un péplum asymétrique et un chemisier à col polo. Il y avait aussi une jupe évasée — tenue d'après-midi — en faille de soie noire, et une fille plantureuse en pantalon portefeuille, qui exhibait un décolleté découpé en trou de serrure, avec des parements aux angles. Il y avait même une combinaison-pantalon. Les femmes du Dungatar Social Club lissèrent les jupes de cotonnade légère à plissé soleil qu'Una avait confectionnées pour elles, et s'assombrirent. Elsbeth prit une profonde inspiration et ouvrit brusquement la porte. Il se fit de bruyantes présentations de part et d'autre, et le comité de Dungatar accueillit chaleureusement les arrivantes, avec force jacasseries et roucoulements joyeux. William les entendit de la nursery où Felicity-Joy gargouillait dans son berceau et attrapait ses doigts de pied. William enfonça ses poings dans son short indien et lança un coup de pied dans la plinthe, puis pressa sa tête contre le mur en le frappant du poing.

Lesley et Mona arrivèrent. Mona avait un air estival et immaculé dans sa robe bain de soleil en nankin citron avec le haut croisé et la jupe fuselée — création de Tilly.

Ces dames bavardaient, assises sur les nouveaux canapés en cuir du salon, lorsque Lois apparut, poussant une table roulante pour servir le thé, dans un tintamarre de tasses et de cuillères. « Merci », lança Elsbeth de sa voix la plus autoritaire, mais Lois resta.

— Bonjour, dit-elle en souriant et saluant les dames à la ronde. Dieu du ciel, que vous êtes toutes chic !

— Merci, répondirent en chœur ces dames.

— Moi aussi, j'ai une robe neuve ! dit-elle, rayonnante, en hochant le menton vers Una, c'est la couturière de chez nous qui me l'a faite.

Lois écarta les bras et tourna lentement sur elle-même, en disant :

— Je vais juste aller chercher les sandou-iches, c'est du concombre, tranché bien fin.

Elle traversa la pièce en direction de la cuisine. Les plis accordéon se mirent à monter et descendre sur ses hanches carrées et, comme l'ourlet remontait dramatiquement au centre, ces dames eurent un bel aperçu du renflement charnu, là où s'arrêta sa culotte, et de sa chair, à l'arrière des genoux, qui flageolait comme un derrière de bébé.

Una pâlit, et Elsbeth s'excusa pour suivre Lois à la cuisine. Un bref moment plus tard, la porte de derrière claqua, et Elsbeth reparut pour discuter calmement du programme pour le concert.

— Nous avons eu une idée, déclara Mme Flynt.

Elsbeth accusa le coup.

— Une idée ?

— Un festival, précisa Mme Flynt, un *eisteddfod* théâ-tral. Voilà qui mettra à belle épreuve votre élocution et tout le reste, non ?

Elsbeth se raidit. Trudy parut effrayée.

— Comment ça se passe, demanda Mona, un *eisteddfod* ?

— Je vais vous expliquer, répondit gracieusement Mme Flynt. D'accord ?

— Si vous voulez bien, dit Muriel.

Il fut convenu que la salle des fêtes de Winyerp était le lieu le mieux adapté. Des trophées récompenseraient le meilleur acteur, la meilleure actrice, la meilleure pièce et les meilleurs costumes… Elsbeth tripota nerveusement sa broche en marcassite, et Trudy s'éclaircit la voix.

— Je suppose que nous chargerons Una de faire les nôtres…, commença Muriel.

Mme Flynt de Winyerp se frappa le genou et s'écria :

— Parfait, parce que justement nous voulons votre Tilly !

— Non ! cria Trudy, et elle se leva.

Son ourlet se prit dans le talon de sa sandale, et sa jupe entière se détacha de sa taille comme du papier sulfurisé d'un gâteau encore tiède, exhibant sa combinaison en nylon crème.

— Elle est à nous. Je viens de parler avec Myrtle Dunnage ce matin, prétendit-elle.

— Alors vous pourriez lui demander d'arranger votre jupe, lança Mme Flynt. Ah ! on ne sait plus les faire comme dans le temps, n'est-ce pas ?

25

Hamish poussa le billet d'aller simple sur le comptoir en cuir lisse vers « Miss Unpleasant », comme l'appelait Faith. Miss Unpleasant ramassa le billet du bout des ongles, se détourna sans un mot et alla se planter à l'extrémité du quai, face au soleil couchant tout au bout des rails, avec ses valises autour des jambes.

Le chef de gare s'approcha des Beaumont. Il consulta sa montre, tordit les extrémités de sa moustache et annonça :

— C'est un vapeur ce soir, classe R, type 4-6-4. Un « Hudson » il s'appelle, et qui est à l'heure bien sûr. Ce sera un voyage magnifique.

— Oui, dit William, et il se balança un peu sur la pointe des pieds.

Hamish s'éloigna lourdement le long de la voie, vers les manettes des signaux. William s'approcha d'Una d'un pas nonchalant.

— C'est un train à vapeur, classe R, un « Hudson », et à l'heure de surcroît. Vous devriez faire bon voyage, lui dit-il avant de tirer une bouffée de sa pipe et de rejoindre sa famille.

Hamish revint au bord du quai et brandit son drapeau, le sifflet entre les dents.

Une larme jaillit et roula le long de la joue d'Una pour tomber entre les pois du foulard en rayonne qu'elle avait au cou.

Penché au-dessus du lit de sa femme, Evan Pettyman versait soigneusement un épais sirop dans une cuillère à café.

— Je crois que ce soir il m'en faudra deux cuillerées, Evan, dit Marigold.

— Tu crois que deux suffiront, ma chérie ? M. Almanac a dit que tu pouvais en prendre autant que tu voulais, tu t'en souviens ?

— Oui, Evan, dit Marigold.

Il lui en versa une nouvelle cuillerée, tapota ses oreillers, arrangea la photo de leur fils Stewart et borda les couvertures. Marigold croisa les mains sur son estomac et ferma les yeux.

— Marigold, il va falloir que j'aille bientôt à Melbourne, juste pour quelques jours, dit Evan.

— Pour quoi faire ?

— Les affaires du comté, c'est très important.

— Je serai seule le soir…

— Je demanderai à Nancy de passer.

— Je ne l'aime pas.

— Alors je dirai au sergent Farrat de passer, ou à quelqu'un…

— Tu es tellement important, Evan…, marmonna-t-elle.

Un instant plus tard, comme sa bouche s'ouvrait et que sa respiration se faisait régulière, Evan la quitta. Il s'enferma dans son bureau et sortit de son coffre-fort une photo d'Una, qu'il dressa sur sa table avant de se caler en arrière dans son fauteuil en cuir, de dénouer le cordon de son pantalon de pyjama et d'y enfouir sa main.

26

Tilly rêvait. Pablo venait s'asseoir au-dessus de son lit, avec sa couche, et dans la lumière le duvet de sa parfaite petite tête ronde dessinait un halo. Il regardait sa mère et riait, sa bouche humide laissait voir deux petites dents. Il agitait ses bras potelés et Tilly se tendait vers lui, mais il serrait son ventre pâle et dodu, l'air grave. Il fronçait le sourcil, l'air intrigué. C'était la même expression que celle qu'il avait eue le jour où il avait entendu ce son nouveau — celui d'un hautbois dans la rue. Il était calé sur sa hanche quand il avait levé vers elle ses yeux bleus émerveillés, et touché son oreille là où le son avait pénétré. Sa mère lui avait montré le hautbois, et il avait compris et battu des mains.

Tilly tendit à nouveau les bras vers lui, mais il secoua la tête — non — et elle sentit sombrer son cœur en liesse.

— J'ai quelque chose à te dire, déclara-t-il d'une voix adulte.

— Quoi ?

Il s'évanouissait — elle poussa un cri, mais il s'en allait trop vite. Bébé Pablo la regarda, de tout en haut.

— Maman, dit-il.

Il faisait jour, le soleil brillait sur elle par la fenêtre, elle se leva donc pour aller rejoindre sa mère. Molly était debout devant le fourneau, habillée et coiffée. Elle avait ranimé le feu, et elle détachait délicatement les fils et les bouts de tissu des accoudoirs de son fauteuil pour les jeter dans les flammes. Les coussins durs et luisants de crasse qu'elle empilait habituellement autour de ses cuisses et de son dos avaient disparu. Dans le feu, de vieux œufs durs, des serviettes bien fortement torsadées et des pattes de poulet se consumaient en braises dans les flammes dorées. Molly s'interrompit dans son travail, leva les yeux sur sa fille, et dit avec douceur :

— Bonjour, Myrtle.

Tilly s'immobilisa devant le fourneau, la bouilloire à la main, pour dévisager sa mère avec stupéfaction. Elle prit quelques brins de citronnelle et les regardait flotter sur l'eau chaude de sa tasse quand Molly parla encore :

— J'ai rêvé, cette nuit. Rêvé d'un bébé. Un beau bébé tout rond avec des fossettes aux genoux et aux coudes, et deux petites dents rondes parfaites.

La vieille dame scruta le visage de Tilly.

— C'était ton bébé, ajouta-t-elle.

Tilly se détourna.

— Moi aussi, dit Molly, j'ai perdu un bébé. J'ai perdu ma petite fille.

Tilly s'assit dans le fauteuil de Teddy et regarda sa mère.

— Je travaillais à Paris, commença-t-elle d'une voix entrecoupée. J'avais une boutique à moi et beaucoup de clientes et d'amies, et un ami aussi, mon compagnon — il s'appelait Ormond, il était anglais. Nous avons eu un bébé, mon bébé, un garçon que nous avons nommé Pablo, juste parce que le nom nous plaisait. Nous allions l'amener ici et puis te ramener là-bas avec nous, mais voilà qu'un jour, quand Pablo avait sept mois, je l'ai trouvé un matin dans son berceau… mort.

Tilly s'interrompit pour prendre une longue et profonde inspiration. Elle n'avait jamais raconté cette histoire qu'une seule fois, à Teddy.

— Il était mort, tout simplement. Ormond n'a pas compris, il m'en a voulu et n'a jamais pu me pardonner — mais les médecins ont dit que ce devait être un virus ; pourtant il n'avait pas été malade. Ormond m'a quittée, et j'ai dû revenir ici — je n'avais plus rien, tout paraissait tellement vain et cruel. J'ai décidé qu'au moins je pourrais aider ma mère.

Elle se tut à nouveau, et but quelques gorgées de thé.

— Je me suis rendu compte que j'avais encore quelque chose ici. Je croyais que je pourrais vivre ici, je croyais qu'ici je ne pourrais plus faire de mal, et que donc, j'allais faire du bien, murmura-t-elle en plongeant le regard dans les flammes. Ce n'est pas juste.

Molly tendit la main et caressa les épaules de sa fille.

— Ce n'est pas juste, mais tu aurais pu ne jamais sortir d'ici, tu aurais pu être réduite à te cacher avec moi en haut de cette colline, si tu n'avais pas été envoyée au loin. Et puis tu as encore du temps devant toi.

— Ça n'a pas été juste pour toi.

— Bah ! sans doute. J'étais demoiselle quand ton… bon, j'étais naïve. Mais ça m'est égal puisque je t'ai eue. Quand je pense que j'ai failli épouser cet homme, ton « père ». Nous aurions pu être coincées avec lui en plus ! Je ne t'ai jamais dit qui…

— Pas la peine, coupa Tilly. Miss Dimm me l'a dit à l'école primaire. Au début, je ne l'ai pas cru, mais ensuite quand Stew…

Molly frissonna.

— Comme je ne voulais pas abandonner mon bébé, j'ai dû quitter ma ville et mes parents, dit-elle. Il m'a suivie et m'a exploitée. Je n'avais pas d'argent, pas d'emploi, et un enfant illégitime à nourrir. Il nous entretenait… Et puis, soupira-t-elle, quand il n'a plus eu de fils, je n'ai plus eu droit à ma fille.

Molly essuya une larme et regarda Tilly dans les yeux.

— Je suis devenue folle de solitude loin de toi, j'avais perdu la seule amie que j'avais, la seule chose que j'avais, mais au fil des ans j'en suis venue à souhaiter que tu ne reviennes jamais dans cet endroit horrible.

Elle regarda ses mains sur ses genoux.

— Quelquefois, tout paraît vraiment trop injuste.

— Pourquoi n'es-tu jamais partie ?

— Je n'avais nulle part où aller, répondit-elle tout bas.

Et elle posa sur Tilly un regard plein d'amour, son vieux visage empreint de douceur, avec ses pommettes hautes et sa peau ridée et veloutée.

— Il leur a interdit de me dire où tu étais. Je n'ai jamais su où tu étais.

— Tu attendais ?

— Ils t'ont emmenée dans une voiture de police, et c'est tout ce que j'ai jamais su.

Tilly s'agenouilla devant sa mère et enfouit son visage contre ses jambes tandis que Molly lui caressait tendrement la tête et qu'elles pleuraient ensemble. « Pardon, oh pardon ! » se disaient-elles l'une à l'autre.

Dans l'après-midi, Molly tomba. Tilly était au jardin, à cueillir un peu de saponaire pour faire une salade, quand elle entendit la canne de Molly heurter fort le plancher. Tilly l'étendit doucement, puis courut chez Pratt. Elle trouva le sergent Farrat au comptoir de mercerie.

Elle remonta en courant s'asseoir auprès de sa mère pour l'apaiser en lui caressant la main, mais le seul fait de respirer faisait souffrir Molly et le moindre mouvement lui tordait le visage de douleur. Elle perdait régulièrement conscience.

Le sergent Farrat amena M. Almanac. Il se pencha au-dessus de Molly, allongée sur le dos sur le plancher de la cuisine.

— Je pense qu'elle s'est cassé le fémur ou quelque chose en tombant, dit Tilly. C'est une douleur terrible.

— Comme elle ne s'est pas pris les pieds dans le tapis, ce doit être une petite attaque, répondit M. Almanac. Rien à faire, juste l'empêcher de bouger. Dieu veillera sur elle.

— Pouvez-vous lui donner quelque chose pour la douleur ?

— On ne peut rien contre une attaque, dit-il en reculant discrètement.

— Je vous en prie, elle souffre.

— Elle sera bientôt dans le coma, dit-il. Et morte avant le matin.

Tilly se releva vivement et leva les mains pour le frapper et l'envoyer rouler en mille morceaux jusqu'au pied de la colline, mais le sergent Farrat la retint et la serra contre son gros corps tiède. Il l'aida à coucher la vieille dame brisée qui hurlait de douleur et se démenait pour frapper tout ce qu'elle pouvait, mais ses poings serrés tombaient comme une menue grêle sur le manteau en laine du sergent Farrat. Puis il reconduisit M. Almanac.

Il revint avec des comprimés pour Molly.

— J'ai appelé le médecin, mais il est parti à cinquante kilomètres de Winyerp pour un accouchement par le siège.

Il regarda Tilly écraser du chanvre dans un mortier et le pilonner puis le dissoudre dans un bouillon de miel. Quand le mélange fut refroidi, elle le versa sur la langue de Molly pour qu'il lui descende dans la gorge. Peu après, elle s'accroupit dans les coquelicots, armée d'un rasoir et d'un bol, mais les graines étaient trop mûres et le liquide blanc ne voulait pas couler, alors ils arrachèrent les coquelicots et hachèrent les graines jusqu'à ce qu'elles forment de fins granulés, qu'ils firent bouillir dans de l'eau. Tilly versa quelques gouttes de la décoction entre les lèvres dociles de Molly, mais elle se renfrogna et secoua sa tête osseuse.

— Non, murmura-t-elle. Non.

Il l'aida à masser la peau diaphane de Molly avec de l'huile de camphre, il lui essuya le front avec de l'eau de pissenlit et nettoya à l'eau salée les suppurations verdâtres des coins de ses yeux. Ils la lavèrent et la poudrèrent de poussière de lavande, et lui tinrent les mains en chantant des cantiques — « Sois mon Gardien et mon Guide, Et entends-moi quand j'appelle ; Ne me laisse pas défaillir, Et retiens-moi de tomber. »

A l'approche de l'aube, Molly arracha les draps de sa poitrine sifflante et se mit à les tordre. Elle aspirait l'air par le trou noir desséché qu'était sa bouche, la gorge rauque, rauque, et lorsque parut l'aurore elle avait encore décliné. Seule restait sa respiration. Son corps était inerte et immobile dans le lit, sa poitrine se soulevait et s'affaissait, se soulevait et s'affaissait au gré de rares petits souffles répondant à l'impulsion de la vie, mais finalement sa poitrine s'affaissa sans plus se soulever. Tilly garda la main de sa mère entre les siennes jusqu'à ce que toute chaleur l'ait quittée.

Le sergent Farrat partit quand le soleil était haut, et revint avec l'entrepreneur de pompes funèbres et le médecin de Winyerp. Ils amenaient avec eux une odeur de whisky et d'antiseptique. Ils organisèrent les obsèques.

— L'enterrement aura lieu demain, dit l'homme des pompes funèbres.

— Demain ? répéta Tilly, stupéfaite.

— Règlement sanitaire. Le seul endroit pour garder les cadavres, ici, c'est la chambre froide de Reg derrière chez Pratt, dit le médecin.

Tilly resta assise sur la galerie embrumée jusqu'à la tombée du jour, secouée parfois de tremblements fébriles et désespérés. En retombant, la cendre des ordures se posait sur ses cheveux, et les lignes de feu de la décharge luisaient dans la nuit comme une ville lointaine. Elle pourrait boucler la boucle, partir, aller à Melbourne prendre un emploi chez la voyageuse qui était venue la voir, l'automne précédent.

Mais il y avait encore les mauvaises gens de Dungatar. A la lumière de tout ce qu'ils avaient fait, de tout ce qu'ils n'avaient pas fait et de tout ce qu'ils avaient décidé de ne pas faire — il ne fallait pas les abandonner. Pas encore.

Certaines personnes subissent plus de souffrances qu'elles

n'en méritent, d'autres non. Tilly se planta debout au sommet de la Colline et hurla ses lamentations comme une fée irlandaise de mauvais augure, jusqu'à ce que des lumières s'allument ici et là et que des points luisent dans les maisons.

Elle descendit jusqu'à la chambre froide du boucher, derrière chez Pratt. Elle resta longtemps à veiller le cercueil de sa mère, ombre ténébreuse en ce lieu désolé, comme avait toujours été la présence de Molly.

— La souffrance ne sera plus notre malédiction, Molly, dit-elle. Ce sera notre vengeance et notre cause. J'en ai fait mon catalyseur, ma raison d'être. Cela ne paraît que trop juste, tu ne trouves pas ?

Il plut à verse toute la nuit tandis que Tilly dormait d'un sommeil léger dans le lit de sa mère. Ils vinrent la voir, juste un instant, et lui emplirent le cœur. Teddy agita la main puis contempla Pablo dans les bras de Molly. Ils souriaient tous d'un sourire de lumière. Puis ils disparurent.

IV
BROCART

Etoffe opulente tissée avec un mélange de fils mats et de fils brillants pour produire une texture ressortant sur un fond mat. Motifs floraux ou figuratifs à l'aspect de relief, souvent soulignés par des contrastes de couleur. Utilisé pour des tentures et des tapisseries.

Etoffes pour travaux d'aiguille

27

Le sergent posa sa main à plat sur son front et se pencha au-dessus de son registre de main courante pour écrire.

— A quelle heure est l'enterrement ? demanda Beula.

— A 2 heures.

— Vous y allez, sergent ?

Il écarta la main et regarda ses yeux cupides, couleur de bois.

— Oui.

— Tout le monde peut y aller ?

— Tout le monde peut y aller, Beula, mais seules les braves gens aux intentions respectueuses devraient y aller, vous ne trouvez pas ? Sans la tolérance et la générosité de Tilly, sans sa patience et ses talents, nos existences — et la mienne en particulier — n'auraient pas connu cet enrichissement. Comme vous n'éprouvez rien de sincère, ni envers elle ni envers sa chère mère, et que vous voulez seulement y aller pour cancaner, eh bien, c'est simplement morbide, non ?

Le sergent Farrat s'empourpra, mais il soutint son regard.

— Bon ! dit-elle avant de partir en direction de chez Pratt.

— Bonjour, Muriel.

— 'jour, Beula.

— Elle est là-bas ? demanda-t-elle en hochant la tête en direction de la chambre froide.

— Si vous voulez regarder…

— Vous allez à l'enterrement ? demanda brusquement Beula.

— Eh bien, je…

— Le sergent Farrat dit que si elle n'a pas enrichi nos existences d'une façon quelconque, vu que nous n'avons été ni patientes ni respectueuses, ce ne serait pas sincère, et que nous sommes simplement de morbides cancanières.

— Je ne suis pas cancanière, dit Muriel en croisant les bras.

Alvin sortit de son bureau. Les yeux fixés sur Beula, sa femme déclara :

— Beula dit que le sergent Farrat lui a dit que si nous allions à l'enterrement nous serions tout simplement morbides, et que comme nous n'avons jamais eu de patience ni de respect pour Molly, ce serait juste pour cancaner.

— En principe, nous devrions fermer quand passent un corbillard et une procession, mais ça m'étonnerait qu'il y ait grand-chose, dit Alvin en prenant le registre des commandes.

Lois Pickett entra de son pas lourd et s'approcha du comptoir en disant :

— J'trouve qu'on devrait y aller à l'enterrement, pas vous ?

— Pourquoi ? dit Muriel. Vous êtes amie avec Tilly, ou vous y allez juste pour cancaner, comme dit le sergent Farrat ?

— Elle a encore du raccommodage à moi, vous comprenez…

— Ce serait hypocrite d'y aller, Lois, dit Beula.

— Morbide, d'après le sergent Farrat, ajouta Muriel.

— Bah ! je suppose… Vous croyez qu'il y a quelque chose entre le sergent et Tilly ? ajouta Lois en se grattant la tête.

— Comment ça ? s'écria Muriel.

— Une liaison, dit Beula. Je m'en suis toujours doutée.

— Rien ne me surprendrait, dit Muriel.

Alvin leva les yeux au plafond et retourna dans son bureau.

Le sergent Farrat vint chercher Tilly vêtu d'une robe en crêpe de laine noir lui tombant au genou, avec un col drapé et un effet cloche asymétrique et raffiné, des bas noirs et des escarpins plats noirs ornés d'une discrète fleur en cuir cousue au talon.

— Molly n'approuverait pas, admit-il en souriant. Vous imaginez sa tête ?

— Cette pluie va esquinter votre robe.

— Je pourrai toujours m'en faire une autre, et d'ailleurs j'ai une jolie cape bleue et un parapluie dans la voiture.

Elle le regarda, le sourcil froncé.

— Je m'en fiche, Tilly. J'ai largement dépassé le stade de me demander ce que disent ou pensent ces gens. Je suis sûr que, depuis toutes ces années, tout le monde a déjà vu ce qu'il y a sur ma corde à linge. Et de toute façon je suis sur le point de prendre ma retraite, ajouta-t-il en lui offrant son bras.

— La pluie va tenir les foules à distances, dit Tilly.

Et ils quittèrent la galerie pour monter dans la voiture de police.

Reginald conduisit Molly à sa dernière demeure dans la camionnette de Pratt, puis s'y adossa pour observer les deux endeuillés, les cheveux plaqués sur le front et le visage grimaçant sous la pluie. Le sergent Farrat croisa les mains sous sa cape et éleva la voix par-dessus le crépitement sourd :

— Molly Dunnage arriva à Dungatar avec un bébé dans les bras pour commencer une nouvelle vie. Elle espérait laisser derrière elle ses tourments, mais sa vie fut sans relâche accompagnée de souffrances, et Molly vécut donc aussi discrètement qu'elle le put sous les regards et les jugements les plus durs et les plus impitoyables. Son cœur reposera plus paisiblement d'avoir à nouveau connu Myrtle avant de mourir.

« Nous disons adieu à Molly et, dans notre chagrin, notre colère et notre incrédulité, nous implorons pour Molly une vie dans l'au-delà faite d'amour et de bienveillance. Nous souhaitons pour elle la paix éternelle — car je pense que c'est tout ce qu'elle a jamais désiré pour elle-même. C'est cela que, dans son cœur, elle aurait souhaité pour quiconque. »

Le conseiller Pettyman, au nom du Conseil du comté de Dungatar, avait envoyé une couronne. Tilly l'ôta du cercueil avec la pelle et la jeta à terre dans la boue, puis la sectionna en petits morceaux. Reginald s'avança pour les aider à descendre Molly dans le tombeau. De grosses gouttes de pluie tombaient sur le cercueil, rat-ta-tat, lorsque Tilly jeta la première motte de terre dans la dernière demeure de sa mère.

Les deux hommes se tenaient respectueusement de part et d'autre de la jeune femme mince au grand chapeau détrempé. Elle s'appuya sur la pelle, tremblante, sous un ciel gris, en larmes, avec de la boue collée à ses grosses chaussures et aux revers de son pantalon.

— Tu vas me manquer ! s'écria-t-elle. Tu vas continuer à me manquer comme tu m'as toujours manqué.

Reginald tendit au sergent Farrat la facture du cercueil et de la location de la camionnette d'Alvin. Le sergent l'enfouit dans sa poche, prit la pelle des mains de Tilly, et dit :

— Bordons bien Molly, et puis allons boire du thé arrosé jusqu'à ce que nous parvenions à comprendre un peu Molly Dunnage et la vie qu'elle a reçue en partage.

Tilly tint le parapluie au-dessus du sergent pendant qu'il pelletait la terre, engoncé dans sa cape bleue alourdie par l'eau, ses escarpins enfoncés dans la boue. La pluie ruisselait sur lui, fonçant et ternissant ses bas noirs.

Bien plus tard, Beula les entendit chanter quand elle monta sans bruit au sommet de la Colline. Elle se tapit à la fenêtre de derrière et vit Tilly Dunnage affalée contre le sergent Horatio Farrat en robe. La table de la cuisine était jonchée de bouteilles vides, de vêtements usagés et de vieux albums de photos, et la sainte Bible était ouverte là, ses pages arrachées et froissées — ils n'y avaient trouvé aucun réconfort et l'avaient donc détruite. Les deux endeuillés oscillaient ensemble, la tête renversée, et chantaient : « Tu m'as forcée à t'aimer, moi je ne voulais pas… »

— Non, non, pas celle-là, dit Tilly. C'est exactement ce qui s'est passé !

Le sergent Farrat passa donc à : « M'man, il me fait les yeux doux, M'man il est si tendre… »

— Non, surtout pas celle-là.

— Avec qui étais-tu hier soir ? Là-bas dans…

— Non.

— J'en ai une, Til, pourquapas *Quand je serai trop vieille pour rêver…*

— Oui oui, c'en est une qui y aurait plu. Ahyez, undeuxtrois…

Penchés et calés l'un contre l'autre, ils chantèrent : « Quand je serai trop vieille pour rêver, j'aurai mes souvenirs de toi, quand je serai trop vieille pour rêver, ton amour vivra dans mon cœur… »

— Oh ! merde ! dit Tilly. Elle aurait détesté celle-là. Toutes ces chansons sont corruptrices, pornographiques.

— Pas étonnant qu'elle ait eu des ennuis.

— C'est exactement ça. C'est ça ! dit Tilly, et elle s'arracha de la tête le couvre-théière pour le jeter en l'air.

— Quoi ?

— C'est entièrement la faute de ces chansons populaires si persuasives, si débauchées !

— Adjugé, dit le sergent en s'asseyant à la table.

Il versa du champagne dans leurs deux verres, et ils trinquèrent.

— Ahez on r'chant'encore.

— Fini de chanter, décréta Tilly. C'est corrupteur !

Elle alla dans le salon et revint en chancelant avec le poste de TSF dans les bras.

Beula s'écarta d'un bond de la fenêtre éclairée et se coucha à plat sur l'herbe dans l'obscurité. Tilly arriva sur le perron et, avec un grognement d'effort, lança le poste de TSF dans la nuit noire. Il y eut un eeeuuugh écœurant et un bruit assourdi de chute tandis que Tilly rentrait dans la maison. Elle attrapa ses disques et courut à nouveau dehors, les empila à côté d'elle sur le perron, puis se planta dans la longue bande de lumière jaune de la porte ouverte pour les jeter au vent, l'un après l'autre.

Quand l'angle de la TSF volante atteignit Beula, il lui défonça le front, lui cassa le nez, et provoqua une modeste commotion. Elle rentra chez elle à tâtons le long des rails usés, le long des clôtures qu'elle connaissait si bien, et se coucha. Sa blessure commença à suppurer, et la contusion se mit à enfler, depuis la cavité de chair à vif au milieu de son visage jusqu'au bas de son menton rentré, et à travers son front plissé jusqu'à la racine de ses cheveux.

Le lundi matin, le sergent Farrat prit son bain préparatoire et attendit Beula. Il attendit encore le mardi matin jusqu'à 9 h 30, puis partit à sa recherche. Comme personne ne répondait à ses coups, il ouvrit la porte de la cuisine encrassée de graisse et de poussière pour aussitôt reculer en chancelant et toussant. Il courut à la voiture de police et prit dans la boîte à gants un flacon d'huile d'eucalyptus pour en verser sur son mouchoir. Retournant à la porte de la cuisine, il pressa le mouchoir parfumé sur ses narines et entra. Il la trouva, la tête drapée dans un torchon raide et souillé de taches noires qui se soulevait et s'affaissait au milieu, là où un nez aurait dû pointer sous le tissu.

— Beula ? souffla-t-il.

Il y eut comme un bruit de gouttes montant et descendant dans une paille pour boire, et ses bras remuèrent un peu. Il souleva le bord du torchon et recula d'un bond en le laissant choir. Les yeux de Beula étaient deux fentes bouffies et violacées, et il y avait un trou noirci et desséché au milieu de son visage. Deux chicots hérissaient ses gencives en lieu et place des canines.

Le sergent la soutint jusqu'à sa voiture et la conduisit chez le médecin de Winyerp. Ils s'assirent dans la salle de consultation. Beula percevait à peu près le contour flou d'une silhouette blanchâtre qui bougeait devant elle, en faisant : « Hmmm ».

— J'ai trébuché et je suis tombée, éructa-t-elle, le visage pourrissant, les amygdales éclatées, des bulles rosâtres fleurissant sur ses lèvres.

— Trébuché ?

Le médecin regarda le sergent, avec un geste suggérant qu'elle avait bu.

— Il faisait noir, dit-elle.

— Vous avez dû subir des dégâts optiques internes, dit le médecin. L'orbite semble fracassée.

Il lui tendit une lettre adressée à un spécialiste de Melbourne.

« L'os du nez s'est écrasé contre l'os lacrymal, et l'a fendu en éclats. Ce qui a sectionné le conduit lacrymal, endommageant le sphénoïde et par conséquent le foramen, ainsi malheureusement que la macula, qui est essentielle. Il est évidemment trop tard à présent pour y remédier… »

Pour Beula, les lumières s'étaient éteintes.

Le sergent Farrat lui donna des lunettes noires, lui noua un foulard autour du menton, lui mit une canne blanche dans la main, et la mit dans le train à destination de Melbourne avec un panneau épinglé au dos de son cardigan, qui disait : « Beula Harridene, c/o poste de police, Dungatar, Ph : 9 (code interurbain). » Puis il se rendit chez Tilly et descendit de voiture dans l'éclat orangé du couchant, étincelant dans son costume de matador en brocart de soie vert rehaussé de perles. Tilly l'avait mis à la taille du sergent en rapportant des pièces de soie dorée, auxquelles le sergent avait ajouté des pompons verts. Ils étaient dans le jardin, enfouis jusqu'à la ceinture dans les fleurs et les massifs, les herbes et les légumes, baignant dans l'air rafraîchi et purifié par la pluie récente.

— Je vois que Molly a éteint le feu de la décharge, plaisanta le sergent.

— Oui, dit Tilly.

— Avez-vous su la nouvelle, pour cette pauvre Beula ?

— Non.

— Elle est partie en maison de repos, dit le sergent en se frottant les mains.

— Racontez-moi tout.

— Eh bien…, commença-t-il, terminant par : Ça a dû être une chute terrible, elle a l'air d'avoir reçu le coin d'un réfrigérateur volant en pleine figure.

— Quand est-ce arrivé ?

— La nuit de l'enterrement de Molly.

Tilly leva les yeux au ciel et sourit.

Cet après-midi-là, Nancy vint chercher M. Almanac. Elle le trouva coincé dans l'arrière-boutique, la tête dans le placard où il gardait ses mesures d'apothicaire, ses épaules voûtées appuyées au rebord. Nancy le manœuvra soigneusement à reculons et lui fit passer la porte, regarda bien dans la rue et lui donna une petite poussée. Il cahota en bas du trottoir et à travers la rue tandis que Nancy éteignait les lumières, verrouillait le réfrigérateur, fermait à clé la porte d'entrée. M. Almanac prit de la vitesse en direction de sa femme qui somnolait au soleil. Il la dépassa, cahotant toujours, et poursuivit sa route à travers la maison, dont le couloir allait de la porte d'entrée à celle du fond. Nancy jeta un coup d'œil à Mme A., puis à droite et à gauche dans la rue. Elle plissa le front, mit ses mains en visière et se retourna pour vérifier une dernière fois le magasin, à contre-jour. Elle regarda encore Mme A., puis se précipita dans la rue et dépassa Mme Almanac qui ouvrit les yeux en sentant l'air bouger.

— Sainte Marie, mère de Dieu, entendit-elle Nancy prononcer.

Le sergent Farrat suivit la trace des raclements de pieds de M. Percival Almanac à travers tout le jardin jusqu'au bord de la rivière. Il s'attarda sur la rive à contempler tristement l'eau brune, environné du bourdonnement des moustiques. Il ôta sa casquette bleue et la posa sur son cœur avant de la laisser tomber sur une souche, découragé, et de commencer à se déshabiller soigneusement, en pliant ses vêtements. Quand il ne lui resta plus que son caleçon de satin rouge, il entra dans l'eau immobile de la rivière. Au milieu, sa tête blanche s'enfonça dans l'eau et des petites bulles tournoyèrent à la surface, puis la tête de M. Almanac apparut. Le sergent le soutenait par-dessus son épaule comme un point d'interrogation dressé bien raide, avec des algues vertes gluantes pendant à son cou tordu, des écrevisses accrochées aux lobes de ses oreilles et des sangsues collées à ses lèvres.

Tilly se tenait devant le tas de terre boueuse de la tombe de sa mère et lui relatait en détail les accidents de Beula et de M. Almanac.

— Comme tu le disais, quelquefois tout a vraiment l'air injuste.

Elle entendit le cacatoès avant d'atteindre le sommet de la Colline. Les membres du comité du Social Club de Dungatar étaient coincés sur la galerie par l'oiseau, qui dansait autour d'elles en piaillant très fort, les ailes déployées et la crête dressée. Ces dames arboraient des « créations originales de Tilly » et paraissaient effrayées. Elle arriva d'un pas décidé sur le perron, regarda le cacatoès et lui dit : « Chut ! »

Il se tut, pencha la tête vers elle et ferma son bec. Sa

crête s'aplatit, et il s'éloigna vers le montant du portail en trottinant comme un pigeon, grimpa dessus, puis se tourna vers les intruses et se remit à vociférer bruyamment.

— Votre jardin, Tilly, minauda Trudy. Qu'il est joli, quel gros travail vous avez fait, et tout ça sans arrêter de coudre si bien !

Toutes lui souriaient.

— Ce jardin embaume.

— Vous avez des plantes tout à fait exceptionnelles.

Tilly cueillit un brin d'herbe et le mâchonna.

Trudy s'éclaircit la voix.

— Nous organisons un *eisteddfod*…

— Nous montons *Macbeth*, coupa Elsbeth. *Macbeth*, de Shakespeare. C'est une pièce de théâtre. Les clubs dramatiques d'Itheca et de Winyerp préparent *Un tramway nommé Désir* et *HMS Pinafore*…

— Divertissement léger, dit Muriel, dédaigneusement.

— Donc, nous prenons *Macbeth*, et c'est vous que nous avons choisie pour faire les costumes.

Tilly les dévisagea à tour de rôle. Elles acquiesçaient toutes avec de grands sourires.

— Vraiment ? dit-elle. *Macbeth* ?

— Oui, dit Trudy.

Elsbeth brandit les *Œuvres complètes de Shakespeare* et *Les Costumes à travers les âges*.

— Nous avons déjà une idée de ce que nous voulons…

— Montrez-moi ça, dit Tilly.

Elsbeth s'approcha vivement, la page déjà ouverte sur des dessins d'hommes vêtus de toges austères ceinturées de cordelières, avec de larges manches et des cols festonnés, et de femmes en gilets étroits serrés par des cordons.

— J'aime surtout ceux de la page suivante, déclara Trudy.

Tilly tourna la page. Les images montraient des hommes en jupes avec des épaisseurs et des épaisseurs de jupons et des mètres et des mètres de dentelle retombant de manches volumineuses, couvertes de fronces et de volants. Certains posaient sur la page en culottes bouffantes qui s'arrêtaient sous le genou, avec des bas, ou avec des volants profonds qui se rabattaient par-dessus des chaussures à hauts talons nouées de larges nœuds en satin. Leurs chapeaux étaient immenses et encombrés de plumes. Les femmes arboraient d'amples jupes à trois niveaux avec des ruchés volantés, des fontanges à plusieurs étages conçues comme des pièces d'architecture, des bonnets de plumes et des vestes aux jabots compliqués ou aux revers ornementés.

— Mais c'est baroque, dit Tilly. C'est XVIIe.

— Précisément, dit Elsbeth.

— *C'est* Shakespeare, assena Trudy.

— Vous avez déjà entendu parler de lui ? s'écria Muriel qui n'en revenait pas.

— Peut-être pas, observa Mona. Je n'en avais jamais entendu parler avant la semaine dernière.

Tilly haussa un sourcil et récita :

« Double, double puis redouble,
« Le feu chante au chaudron trouble.
« Filet de serpent bien tendre,
« Peau de lézard, salamandre,
« Nez de Turc, doigt de grenouille,
« Fiel de bouc, œil de hibou,
« Pour faire un charme qui trouble,
« Dans le chaudron jetez tout,
« Dans le pot qu'il cuise et bouille,
« Dans le chaudron bous bous bous... »

Les membres du comité échangèrent des regards embarrassés.

— Acte IV, scène I, trois sorcières autour du chaudron, non ?

Ces dames restaient coites.

— Nous n'avons pas encore vraiment lu la pièce, admit Muriel.

— Je préfère les costumes que j'ai sélectionnés, pas vous ? relança Trudy.

Tilly la regarda bien en face pour répondre :

— Ils seraient sans aucun doute les plus frappants.

Trudy adressa à ses amies un éloquent signe de tête.

— Pourriez-vous vous en occuper ? dit Elsbeth en faisant un pas vers Tilly.

— Je peux, mais…

— Quand pouvez-vous commencer ? coupa Elsbeth.

Tilly examina les illustrations en réfléchissant. Les dames se regardèrent avec des haussements de sourcils. Puis Tilly leur sourit.

— Je serais plus que ravie de contribuer à votre pièce en faisant ces costumes… à condition d'être payée.

Elle referma le livre avec un claquement sec et le garda contre sa poitrine.

— Vous avez toujours des dettes considérables, qui remontent à douze mois et davantage.

— Nous évoquerons la question à la prochaine assemblée, promit pitoyablement la trésorière.

— Eh bien, voilà qui est réglé, dit Elsbeth en lissant sa jupe et reprenant le chemin en sens inverse.

— Je ne commencerai pas avant que les créances ne m'aient été réglées. Et je veux une avance en espèces sonnantes et trébuchantes. Sinon, j'offrirai mes services pour faire les costumes d'Itheca et de Winyerp. Elles me payent toujours.

Elsbeth et Trudy se tournèrent vers Muriel, qui soutint implacablement leur regard.

— Il n'acceptera jamais de nous prêter ces sommes, dit-elle.

— Mère ! dit Trudy, et elle vint se planter devant la trésorière en lui appuyant l'index sur le nez. Il faut que tu demandes à père.

Alvin avait de nouveau cessé de faire crédit à sa fille et à la famille de cette dernière, n'acceptant d'inscrire au compte de Windswept Crest que des dépenses alimentaires — ils devaient même se passer de savon.

— Personne n'a payé Alvin non plus, il y a des arriérés qui remontent jusqu'à dix ans, riposta Muriel en croisant les bras. Nous ne pouvons pas nourrir tout le monde gratis indéfiniment, ajouta-t-elle dédaigneusement en foudroyant Elsbeth du regard.

Elsbeth et Trudy échangèrent des coups d'œil accusateurs.

— Bon, tant pis, dit Elsbeth. William n'aura qu'à attendre encore un an pour son nouveau tracteur.

— Il pourrait jouer Macbeth ! s'exclama Trudy.

— Oui ! dirent-elles.

Et le comité repartit d'un pas uni vers le portail.

Tilly suivit d'un regard narquois ces dames qui descendaient gauchement la pente.

Tilly se leva de bonne heure et se mit en tenue de jardinage, puis s'attaqua aux touffes d'œillets d'Inde, coupant de grosses tiges de rameaux fleuris pour les emporter à l'intérieur de la maison. Elle sélectionna un gros bouquet de fleurs bien ouvertes et les disposa dans un vase plein d'eau, puis elle ôta les feuilles et les fleurs des tiges restantes, les coupa grossièrement et les jeta toutes dans une grande marmite d'eau bouillante. La cuisine s'emplit de vapeur et d'une odeur de bois bouilli ainsi que d'une autre, plus douceâtre, de brûlé. Lorsque la décoction d'œillet fut refroidie, elle la mit en bouteille. Ce soir-là, elle prépara un sac et se dirigea vers le centre administratif du comté.

28

Deux jours plus tard, Evan se réveilla morose et déprimé. Il jeta un coup d'œil à son épouse comateuse dans le lit jumeau, puis se recoucha pour évoquer des images salaces d'Una, mais la seule chose qu'il éprouva fut une torpeur inconfortable — une vague paralysie de ses membres et appendices. Il se leva et contempla son pénis, qui pendait comme une peau de chamois mouillée. *Je suis simplement nerveux*, se dit-il, et il commença ses bagages.

Vers le milieu de la matinée, Evan jeta son sac Gladstone sur la banquette arrière et se glissa au volant de sa Wolseley. Les rideaux des voisins retombèrent tous en place. Il se mit en route vers Melbourne, impatient de rejoindre Una.

Tilly sentit son estomac se révolter mais elle resta et quand Marigold vint ouvrir la porte, elle lui tendit un bouquet d'œillets d'Inde, des *French marigolds*.

La main de Marigold monta vite couvrir la rougeur de son cou.

— Qu'est-ce que vous voulez ? dit-elle.

— J'ai apporté des fleurs, répondit Tilly en se glissant à l'intérieur de la maison des Pettyman.

Marigold éternua et dit :

— Quelle drôle d'idée !

— *Tagetes patula*, dit Tilly. Elles éloignent les mouches des plants de tomate et sont aussi très efficaces pour chasser les pucerons des roses et des pommes de terre. Leurs racines sécrètent une substance qui repousse l'anguillule — qui l'anéantit.

Marigold regarda les pieds de Tilly.

— Vous auriez dû vous déchausser.

Tilly s'assit dans le salon. Marigold examina ses traits ; une belle fille au teint clair, le teint d'Evan, mais avec l'épaisse chevelure et la bouche pulpeuse de Mad Molly.

— Je suis désolée, pour votre mère, dit Marigold.

— Non, ce n'est pas vrai, rétorqua Tilly.

Les yeux de Marigold s'arrondirent, et les tendons de son cou se dressèrent comme des lézards prêts à batailler.

— Evan a envoyé une gerbe !

— C'était la moindre des choses, dit Tilly. Je vais chercher un vase ?

Marigold s'empara des fleurs et courut à la cuisine en les tenant à bout de bras. Elles semaient du pollen sur la moquette.

— Qu'est-ce que vous voulez ? appela-t-elle encore, de la cuisine.

— Rien, juste faire une visite.

Tilly prit une photo de Stewart sur la table à côté d'elle et elle l'examinait quand Marigold revint s'asseoir en face d'elle.

— Tout ça est bien embrumé à présent, mais je crois me rappeler que vous êtes partie parce que votre mère n'allait pas très bien.

— Pas tout à fait dans cet ordre-là, répliqua Tilly, mais, quoi qu'il en soit…

— Où avez-vous appris la couture ?

Marigold tripotait le bouton de sa robe de chambre.

— Ici et là.

— Comme ?

Les yeux de Marigold parcouraient furtivement le visage de Tilly, cherchant à comprendre.

— C'est de Paris que je suis revenue à Dungatar, mais avant ça j'étais en Espagne, et avant ça à Melbourne, dans une fabrique de vêtements. Quand j'allais à l'école à

Melbourne, je suivais des cours de couture. Ce n'était pas une très bonne école, mon protecteur…

— Qui était votre protecteur ? votre père ?

Marigold tiraillait le bouton de son col à présent, et les veines battaient à ses tempes.

— Il sera remboursé, dit Tilly.

— J'avais pas mal d'argent de côté pour l'éducation de Stewart, dit Marigold en regardant par la fenêtre. Mais il ne reste plus rien.

Le bouton lui resta entre les doigts.

— Les apprentis ne sont pas très bien payés, poursuivit Tilly, mais je me suis débrouillée pour voyager et continuer à m'instruire, alors…

— Bah ! dit Marigold. Personne n'a jamais été mécontent de ce que vous leur aviez fait, ici, pas comme cette Una…

Elle se plaqua la main sur la bouche.

— Ne dites pas à Elsbeth que j'ai dit ça !

— Jamais, promit Tilly. Aimeriez-vous que je vous fasse une nouvelle robe pour l'*eisteddfod* ?

— Oui ! dit-elle, et se penchant en avant. J'aimerais quelque chose de spécial, très spécial. Mieux que tout le monde. J'ai gagné le prix de la Reine du bal, figurez-vous. Voulez-vous une tasse de thé ?

Marigold s'envola vers la cuisine, et revint peu après chargée d'un plateau.

— Il y a une chose que je veux vous dire. Je sais que vous n'avez jamais eu l'intention de tuer ce garçon.

Elle but une gorgée de thé, tandis que l'estomac de Tilly se révulsait.

— Ce Teddy McSwiney, poursuivit Marigold. Mais je sais ce qu'a éprouvé Mae. Voyez-vous, mon fils est tombé d'un arbre et il en est mort. Tombé sur la tête.

Marigold montra à Tilly tous ses albums de photos — Evan et Stewart, quand Stewart avait trois mois ; Marigold et ses parents avant leur mort ; la maison avant la construction de la grille d'entrée ; et il y avait même Tilly sur une photo de classe, avec Stewart. Marigold jeta un coup d'œil à Tilly.

— D'où venait votre mère ? demanda-t-elle.

Tilly la regarda bien en face, et dit :

— Voulez-vous entendre toute l'histoire ?

— Oui, absolument.

Tilly prit une profonde inspiration.

— Bon. Molly était fille unique et toujours demoiselle, à un âge avancé pour l'époque. Elle était très naïve, une proie facile pour un homme ambitieux, rusé, sachant jouer de son charme. Cet homme ne réussissait pas tellement dans la vie, mais il affirmait le contraire aux gens. Les bons chrétiens qu'étaient les parents de Molly le crurent de toute la force de leur grand cœur et de leur imagination bornée, ils la laissèrent aller se promener avec lui. Cet homme séduisant était très persuasif. Elle se retrouva dans une situation qui aurait profondément blessé et embarrassé ses parents, à moins qu'elle ne se marie très vite…

— Je connais cette histoire ! s'écria Marigold d'une voix stridente.

— Je sais que vous la connaissez.

Evan était allongé sur le lit avec les draps remontés jusqu'au menton. Autour de ses genoux, les draps s'enflaient, basculaient, se bosselaient, puis Una émergea de dessous et se laissa retomber sur son épaule, écarlate, moite et à bout de souffle. Elle souleva le drap et regarda le membre orangé, humide et mou d'Evan, avachi sur sa cuisse. Elle gloussa. Evan fondit en sanglots.

Il rentra chez lui de bonne heure, se déshabilla sur le perron de derrière et se dirigea vers la salle de bains. Sa femme était tranquillement assise près de la radio, et tricotait.

— Bonjour, Evan, dit-elle doucement. Comment ça s'est passé, à Melbourne ?

— Bah ! répondit-il distraitement. Un peu décevant.

Il était assis sur le siège des toilettes, avec plusieurs longueurs de Sorbent froissé enroulées autour de la main droite, quand la porte fut ouverte brutalement, d'un coup de pied. Marigold s'adossa négligemment au montant, tricotant toujours.

— Ça fait longtemps que tu es là-dedans, Evan, dit-elle.

— Je suis malade. J'ai un truc qui ne va pas.

— Avant, c'est moi qui étais malade, Evan. Tu me rendais malade, mais Tilly Dunnage m'a guérie.

— Quoi ?

Elle soupira.

— Tu as eu beaucoup d'aventures, n'est-ce pas, Evan ?

— Elle est folle, nous pouvons la faire inter…

— Elle n'est pas folle, Evan. Elle est ta fille.

Elle lui sourit de haut et lui dit d'une voix sucrée de bébé :

— Ce pauvre Evan est si malheureux, et je sais pourquoi, mais je pense que c'est une fille très, très intelligente, cette Tilly.

Evan se leva et ferma la porte, mais Marigold la rouvrit d'un nouveau coup de pied.

— C'est dans ta bouilloire électrique, au bureau — du poison, pour que tu ne puisses plus me faire les choses que tu me faisais la nuit, tu comprends, Evan ? ajouta-t-elle avant de s'éloigner avec un petit gloussement.

Il la suivit dans sa cuisine immaculée, où elle regardait fixement une infime fiente de mouche sur la vitre parfaitement propre.

— Elle a assassiné Stewart, tu le savais ? Ta nouvelle amie…

— Tu veux dire que Tilly, ta fille, a assassiné ton fils ?

Marigold se retourna pour dévisager Evan.

— Ton fils, cette sale brute, poursuivit-elle. Ce garçon trop gros, avec ses taches de rousseur, qui sentait mauvais et qui était si grossier, il me lançait des coups de coude au passage, il m'espionnait dans la douche et il agressait les petites filles. Sans lui, je n'aurais pas été forcée de t'épouser, j'aurais pu ouvrir les yeux et te voir tel que tu étais.

Elle frissonna.

— Pourquoi est-ce que tu ne tombes pas dans les pommes, Marigold, avec une de tes migraines. Tu es folle !

— Tu m'as volé tout mon argent !

— Tu es instable, droguée et névrosée, le médecin sait tout sur ton état !

— Bonne à enfermer, dit-elle paisiblement. Beula dit que c'est très bien, là-bas.

Elle soupira et se laissa doucement tomber à genoux. Evan baissa la tête pour la regarder, et aperçut l'éclair quand elle tendit le bras derrière ses chevilles et lui lacéra les tendons calcanéens avec un couteau affûté comme un rasoir. Ils cédèrent et claquèrent comme un couvercle de caisse à outils. Evan heurta le linoléum en barrissant comme un éléphant torturé tandis que ses tendons se rabougrissaient, telles des limaces effarouchées, dans les ligaments capsulaires, derrière ses genoux.

— C'est une erreur terrible, Marigold, cria-t-il.

Marigold regarda Evan se tordre dans une mare rouge qui se répandait sur son linoléum ciré.

— J'ai subi des violences considérables pendant des années, dit-elle. Tout le monde le sait, et ils sont aussi tous au courant pour Una Pleasance. Ils comprendraient parfaitement. Mais ça m'est bien égal.

Elle se campa au-dessus de lui, jambes écartées, pour essuyer le couteau avant de le laisser tomber dans le tiroir.

— Je t'en prie, Marigold, cria Evan. Je vais mourir.

— Oui, ça finira comme ça, commenta-t-elle, et elle arracha le téléphone du mur.

— Marigold ! hurla-t-il.

Elle referma la porte derrière elle, abandonnant Evan révulsé de souffrance par terre, hors d'atteinte de la poignée de porte.

— Marigold, je t'en prie, sanglota-t-il. Je regrette tout.

— Pas tant que moi, dit-elle.

Elle s'assit sur son lit, versa le flacon entier de somnifère dans une carafe, compléta avec du sherry, remua, ferma les yeux, et but.

29

Le cacatoès cria « Bande de brutes ! » quand des pas rapides traversèrent la galerie de Tilly. La porte de derrière s'ouvrit brusquement, et une onde mouvante de robes soyeuses, de boas en plumes, de chapeaux, de châles, de foulards, de satin et de sequins, de cotonnade, de mousseline, de cretonne bleue et de brocart de matador — tout le contenu de la garde-robe secrète du sergent Farrat — s'engouffra comme un raz-de-marée dans la cuisine de Tilly. Elle baissa les yeux vers le pantalon bleu marine et les chaussures cirées du sergent.

— L'inspecteur de district vient s'installer chez moi, expliqua-t-il avant de se précipiter dans la salle du devant pour y flanquer son chargement et de ressortir en courant.

Il revint poser sur la table ses albums de photos, quelques tableaux, son tourne-disque et sa collection de disques.

— Il risquerait de me trouver bizarre. Soie ou peau d'ange ? demanda-t-il en s'attardant devant la table pour caresser entre ses doigts une étoffe qu'il n'avait jamais vue.

— Que vient faire l'inspecteur de district, exactement ?

— D'abord Teddy, puis Molly, ensuite l'accident de Beula, et puis M. Almanac. Mais c'est surtout mon rapport sur les Pettyman qui a déclenché son intérêt. C'était déjà affreux d'interner Marigold, mais Evan — les choses qu'on a trouvées dans cette maison ! Des drogues… des livres pornographiques, et même des films cochons. Et en plus c'était un escroc !

Le sergent Farrat courut à sa voiture pour rapporter une nouvelle cargaison.

— J'aimerais bien rencontrer l'inspecteur, dit Tilly.

— Pourquoi ?

Tilly haussa les épaules.

— Juste pour voir s'il a de la classe.

— Absolument aucune : il porte des costumes marron — et en plus, je suis sûr qu'ils sont en laine mélangée.

Elle s'endormit dans le fauteuil déglingué, et vit en rêve son bébé tendre et dodu qui lui tétait le sein, Molly, au temps où Molly était la jeune maman souriante, avec sa masse de cheveux blond-roux, qui descendait à sa rencontre après l'école. Et elle se retrouvait avec Teddy au sommet du silo, au sommet du monde. Elle voyait son visage, son sourire espiègle au clair de lune. Ses bras se tendaient vers elle, et il disait : « Voici que le désir vif a surpris la proie consentante, Et gloutonne elle nourrit… »

Puis son bébé tendre et dodu était immobile et bleu dans un drap de satinette ; Molly, rigide et endolorie, glacée dans son cercueil trempé de pluie et tournée vers elle ; et Teddy, noyé dans le sorgho, qui se débattait, à bout de souffle, cadavre de chocolat nappé de graines. Evan et Percival Almanac agitaient vers elle un doigt menaçant alors que, derrière eux, les bourgeois de Dungatar escaladaient la Colline dans la nuit, armés de petit bois et de braises, de piquets et de chaînes. Mais elle se contentait de sortir sur son perron et de leur sourire, et ils tournaient les talons pour s'enfuir.

Un pet sonore retentit dans le poste de police du sergent Farrat, puis un bâillement bruyant. L'inspecteur de district était encore au lit, dans la cellule. C'était un homme négligé, entre deux âges, qui avait des habitudes relâchées et de fort mauvaises manières. A l'heure du dîner, le sergent Farrat s'approchait de la radio et montait le son afin de pouvoir s'alimenter sans haut-le-cœur, car l'inspecteur de district déplaçait son dentier dans sa bouche avec sa langue pour aspirer les dernières particules de nourriture. Sa manche lui tenait lieu de serviette, et il ne rinçait pas le pourtour du lavabo après s'être rasé ; il laissait tomber des gouttes par terre dans les toilettes, il n'éteignait jamais la lumière ni les robinets, et quand le sergent Farrat lui avait proposé de laver des vêtements — « puisque je dois justement faire une machine » —, l'inspecteur avait levé le bras, reniflé son aisselle et répondu : « Nan. »

L'inspecteur de district — « Appelez-moi Frank » — parlait beaucoup.

— Ah ! de l'action j'en ai vu ! J'me suis fait tirer dessus trois fois. L'a fallu quitter ma femme — ça lui a brisé le cœur —, mais c'était pour la garder en dehors de tout ça. Ça m'a permis de résoudre des tas de crimes insolubles, à moi tout seul. De mon temps, j'ai attrapé plein de types en cavale, ils avaient commis le crime, je leur ai fait payer l'amende. C'était pas juste pour un tendron de femmelette, tout ce danger. Vous comprenez ça, Horatio, non ?

— Oh oui ! dit le sergent. Cela expliquerait pourquoi ils vous ont mis ici, dans cet Etat rural de Victoria.

Le sergent Farrat ne souhaitait qu'une chose, retrouver ses soirées à lui — son feuilleton radiophonique, ses livres et ses disques, sa couture… et sa ronde de 21 heures, en paix.

— Qu'est-ce qu'on mange ce soir, Horry ?

— Nous sortons. Nous allons manger des tripes, annonça le sergent Farrat, et il laissa tomber son crayon sur le comptoir.

— Ah ! mon plat préféré, les tripes en sauce persillée ! s'exclama l'inspecteur en passant dans la salle de bains. Je me plais bien, ici, lança-t-il avant de se mettre à siffler.

Le sergent Farrat ferma les yeux et se pinça l'arête du nez.

Ils arrivèrent de bonne heure pour dîner. L'inspecteur ôta sa casquette en apercevant Tilly qui posait dans l'encadrement de la porte. Elle portait un fourreau noir moulant et chatoyant, dont le décolleté lui descendait jusqu'à la taille. Le sergent versa le champagne, et Tilly fit la conversation.

— Alors, il paraît que vous êtes un adversaire redoutable pour les criminels, inspecteur ?

L'inspecteur rougit.

— J'ai attrapé ma part de criminels en mon temps.

— Etes-vous bon enquêteur aussi ?

— Je suis ici pour ça.

— Pour résoudre l'affaire Pettyman ?

L'inspecteur de district était captivé par le décolleté plongeant de Tilly. Elle lui posa un doigt sous le menton et lui releva la tête, l'obligeant à soutenir son regard.

— Avez-vous reçu une formation médico-légale ?

— Non. Enfin, pas encore.

— L'inspecteur est plus porté à « recueillir les faits » et à rédiger des rapports, pas vrai, inspecteur ? dit le sergent en lui tendant un verre de champagne.

— Oui, fit l'inspecteur, vidant d'un trait le contenu de sa flûte. Dites, à manger, c'est bien des tripes, hein ?

— Gigot de dinde farcie accompagné de livèche et de feuilles de vigne, avec des artichauts en sauce ravigote, annonça Tilly en posant la volaille rôtie sur la table.

L'inspecteur parut déçu et lança un regard interrogateur au sergent Farrat, puis tira la chaise du bout de la table, s'assit et retroussa ses manches.

Le sergent découpa, Tilly servit, et l'inspecteur se mit à manger. Le sergent Farrat versa le vin et huma son verre avant de le lever à la santé de Tilly.

— Vous faites beaucoup de bruit en mangeant, inspecteur, observa Tilly.

— Je me régale de votre…, commença-t-il avant d'apercevoir le cacatoès qui se rengorgeait sur la tringle à rideaux.

— C'est de la dinde, dit le sergent.

Tilly morigéna l'inspecteur.

— Vous nous gâchez le plaisir. Veuillez fermer la bouche en mangeant.

— Bien, madame.

Ils descendirent tout ce qu'il y avait à boire (l'inspecteur avait apporté de la bière), et Tilly offrit des cigarettes aux deux hommes. Le sergent alluma la sienne et inhala la fumée, tandis que l'inspecteur reniflait la sienne.

— Inhabituel. Péruvien ?

— Pas loin. Honduras britannique.

— Aaahhh ! apprécia l'inspecteur.

Elle lui tendit la flamme d'une allumette, puis mit un disque, très fort, et ils dansèrent — un tourbillon individuel et endiablé autour de la table de la cuisine, mélange de bonds et de pas de l'oie, au rythme d'une interprétation accélérée de la *Wedding Samba*, par Mickey Katz. Ils dansèrent sur la table plusieurs morceaux du disque *Music for Weddings, Bar Mitzvahs*. Puis ils sautèrent à terre dans les bras les uns des autres, dansèrent le flamenco sur le sol en ciment devant l'âtre, jouèrent du tambour sur des casseroles avec des cuillères en bois, dansèrent encore — des rumbas, des sambas, et même une gigue écossaise —, enfin s'effondrèrent chacun sur un siège en soufflant et riant, les mains pressées sur leurs points de côté.

L'inspecteur se leva soudain et dit :

— Bon, il faut y aller.

Et il sortit. La serpillière de Tilly trônait sur sa calvitie. Le sergent Farrat haussa les épaules et lui emboîta le pas, avec des serviettes de table passées dans les épaulettes de sa veste Eton rouge.

Tilly se leva, les mains sur les hanches et le front plissé.

— Où allez-vous ?

— Je suis obligé de faire ma ronde de 21 heures, soupira-t-il à regret, roulant les yeux en direction de l'inspecteur.

Frank titubait, enfoncé jusqu'aux genoux dans le feuillage pourpre de sa ciguë dont les fleurs blanches pissaient des gouttelettes de parfum immonde sur son pantalon.

— Vous v'lez v'nir aussi ?

— Il ne faut pas vous montrer avec moi, répondit Tilly. Je suis la criminelle du pays.

Frank rit, agita la main et tomba lourdement dans la voiture de police. Le sergent Farrat klaxonna un au revoir, et ils s'éloignèrent. Tilly rentra sans hâte. Elle regarda le cacatoès, et dit :

— Je peux commencer maintenant, il n'y a rien à craindre.

Elle passa en revue les piles aux couleurs attrayantes — calicot, percaline, satin, soie, vigogne, veloutine, gros-grain, rubans de dentelle, fleurs en papier, joyaux en plastique et carton doré, tout cela pour les costumes baroques. Elle passa dans la chambre de sa mère où elle rangeait les tendres beiges rosés et le piqué blanc-bleu, la popeline, le crêpe de soie, la batiste, l'organdi, la soie et le satin pour les bals, les baptêmes et les mariages, puis elle retourna regarder les mètres de couturière, les épingles, les boutons et les mannequins qui attendaient dans les coins, entre les pièces. La garde-robe secrète du sergent Farrat était suspendue dans un placard fermé à clé, à côté de la porte d'entrée. Tilly avait le pied sur les ciseaux, là où, par terre, elle coupait l'étoffe. Des croquis baroques étaient épinglés aux rideaux, et son dossier accordéon contenant les mensurations de la troupe était grand ouvert sur le plancher.

Elle échangea son fourreau contre une salopette et trouva un maillet et une pince. Elle arracha les rideaux et en couvrit toutes les étoffes et les machines, puis elle se campa devant la paroi qui séparait la cuisine du salon, cracha dans ses mains, brandit le maillet et frappa. Elle donna des coups jusqu'à ce qu'il y ait un trou de bonne taille dans la cloison puis, à l'aide de la pince, elle écarta les planches de leurs supports. Elle s'acharna ainsi jusqu'à ce qu'il ne reste plus entre la cuisine et le salon que de vieilles poutres en pin, couvertes d'une fine poussière noire. De la même manière, elle démonta les portes et les murs entre les chambres et le salon, puis dévissa les poignées de porte. Elle transporta à la décharge les planches fendues et pleines de clous rouillés, ainsi que son ancien lit, dans le fauteuil roulant de sa mère. Elle regagna sa maison transformée et cloua ensemble deux portes, qu'elle fixa sur sa table de cuisine. A l'aube, devant sa grande table de coupe dans l'immense atelier, elle souriait.

Comme elle était couverte de poussière et de toiles d'araignées, elle se fit couler un bain bien chaud. Allongée dans sa baignoire, elle fredonnait en bouchant le robinet avec son doigt de pied, bloquant les gouttes jusqu'à ce que l'eau se force un chemin autour de l'orteil pour gicler en un filet ténu mais impérieux.

30

Les habitants de Dungatar s'assemblèrent dans la salle des fêtes pour l'audition des divers rôles de *Macbeth* dans la mise en scène du Social Club de Dungatar. Irma Almanac vint placer son fauteuil roulant à l'extrémité d'une allée, à côté de Tilly. Nancy donna un petit coup de coude à Ruth en faisant : « Hmph », et les candidats venus auditionner leur jetèrent des coups d'œil obliques. Irma n'était pas en noir : ses hauts talons blancs reposaient de guingois sur les repose-pieds, et elle arborait une robe rouge comme un camion de pompiers.

La plupart des gens choisissaient de lire un poème ou de chanter, mais l'inspecteur de district fit une sorte de numéro de claquettes sans claquettes. La productrice et le metteur en scène se retirèrent dans les coulisses pour discuter de la distribution et prendre leurs décisions avant de revenir les annoncer.

Trudy prit la parole en premier.

— Je suis metteur en scène, donc tout le monde doit faire ce que je dis.

— Et moi, comme je suis la productrice, tout dépend de moi, y compris le metteur en scène.

Trudy se retourna contre sa belle-mère.

— Tout de même, Elsbeth, à strictement parler…

— Voulez-vous avoir l'obligeance de lire la liste des acteurs retenus, Trudy ?

— Comme je le disais, je suis metteur en scène et je

suis aussi lady Macbeth. Le rôle de Macbeth, général et futur roi, va à…

William se prépara au pire.

— Lesley Muncan !

Il y eut un mouvement général d'approbation et quelques applaudissements. Lesley avait tout mis dans son audition. Mona se pencha et l'embrassa sur la joue tandis qu'il rougissait en battant des cils. William gardait les yeux rivés au sol.

Trudy toussota et poursuivit :

— William pourra être Duncan…

Le sergent Farrat, Fred Bundle, Big Bobby, l'inspecteur, Scotty et Reg échangèrent des petits coups de coude et des hochements de tête et, lorsque Trudy ajouta : « … et ses fils Malcolm et Donalbain seront joués par Bobby Pickett et Scotty… », ils levèrent les yeux au ciel et croisèrent les bras.

— Septimus Crescant jouera Siward, et le sergent Farrat jouera Banquo, poursuivait Trudy, mais comme Banquo se fait plus ou moins tuer par erreur, chaque fois que l'un de vous ne sera pas Banquo ou Duncan ou Macbeth vous serez des serviteurs, des seigneurs, des officiers, des messagers et des assassins. Purl, vous ferez lady Macduff. Les sorcières seront Faith, Nancy et l'inspecteur de district.

Les membres de la troupe dansaient d'un pied sur l'autre et chuchotaient entre eux.

— Je voulais être une sorcière, couina une petite voix.

— Mona, je te l'ai dit, tu fais le fantôme et une servante.

— Mais je n'ai pas une seule réplique à dire.

— Mona, il n'y a que trois sorcières dans la pièce.

Nancy s'avança.

— Ma lady Macduff à moi était mieux que celle de Purl…

— Je suis un gars. Je ne vois pas pourquoi je devrais être une sorcière, pleurnicha l'inspecteur.

Elsbeth bondit.

— Pas de récriminations, ou vous serez priés de partir !

Elle foudroya du regard la troupe. L'inspecteur claqua des talons et salua brièvement de la tête.

Elsbeth se tourna vers Trudy.

— Veuillez contrôler votre personnel, lança-t-elle sèchement.

Trudy se mordilla l'intérieur des joues et annonça :

— Madame Almanac, vous êtes chef costumière.

Irma regarda ses jointures enflées et ses doigts malhabiles.

— J'en ferai quelques-uns demain, lui promit Tilly. Au triple galop.

Après plusieurs soirs de répétition, les choses progressaient lentement.

— Bon, dit la réalisatrice. Banquo et Macbeth, à vous.

« MACBETH : Je ne vis jamais jour plus beau ni plus laid que ce jour-ci. »

BANQUO : A quelle distance sommes-nous de Forres ? »

— Stop ! arrêtez un moment, s'il vous plaît, fit Trudy. Euh, c'est très bien, maintenant, sergent…

— Banquo…

— Banquo, soit. Le kilt est bien — mais personne d'autre n'a d'accent écossais, et la cornemuse n'est pas vraiment nécessaire non plus.

Hamish était chargé des accessoires et des décors. Trudy s'approcha de lui.

— Pourquoi construisez-vous un balcon, monsieur O'Brien ?

— Pour la scène d'amour.

— C'est dans *Roméo et Juliette*.

— Oui.

— Mais nous jouons *Macbeth*.

Hamish cligna les yeux en la regardant.

— C'est celle où la femme ambitieuse du soldat convainc son faible mari de tuer le roi, précisa Trudy. Ça se passe en Ecosse.

Les joues de Hamish se vidèrent de leur coloration rouge vif tandis qu'il sifflait entre ses dents :

— La pièce écossaise ?

— Il faut que vous fassiez des forêts qui marchent et un fantôme, insista Trudy.

— On m'a menti, cria Hamish. C'est ce foutu Septimus !

Il lâcha ses outils et sortit en courant.

Février passa vite pour Tilly. Elle se levait chaque jour de bonne heure pour coudre les costumes à la lumière du matin et organiser les essayages ou les retouches. Elle chantonnait en travaillant. Le soir, elle descendait parfois s'asseoir au fond de la salle pour regarder répéter les gens de Dungatar.

Ces braves gens paraissaient de plus en plus surmenés et fatigués, et ne semblaient pas s'amuser du tout. Trudy siégeait au premier rang.

— Recommencez, scène III », croassa-t-elle — elle avait perdu sa voix.

Septimus, Big Bobby, le sergent Farrat, Reginald, Purl et Fred regagnèrent nerveusement leurs places sur la scène.

— Que le portier entre… Je ne vous entends pas, portier ! cria le metteur en scène.

— Je ne disais rien, dit Faith.

— Et pourquoi ça ?

— Parce que je ne me rappelle plus ce que je dois dire après.

Faith fondit en larmes. Les autres acteurs se précipitèrent autour d'elle.

Le metteur en scène jeta son texte à terre.

— Bon, ça va, on va encore faire une pause de merde pendant cinq minutes, puisque quelqu'un pique sa crise — il y a d'autres acteurs qui veulent faire leur crise ? Ah oui ! vous aussi, là, hein ?

— Non.

— Alors pourquoi avez-vous encore le bras en l'air ?

— Je veux poser une autre question.

Trudy cilla en direction du serviteur — Bobby Pickett —, debout sur la scène.

— Non, vous ne pouvez pas poser d'autre question.

— Et pourquoi pas ?

Elsbeth alla se planter sur la scène à côté de Bobby.

— Parce que je le dis.

— Vous n'êtes pas un metteur en scène bien agréable, *Gertrude*, déclara Elsbeth.

William alla s'asseoir dans un coin à côté de Mona et enfouit son visage dans ses mains.

— Vous pensez sans doute que vous pourriez faire mieux ? gronda Trudy.

— Je sais que je pourrais. N'importe qui pourrait.

Elles se défiaient du regard.

— Vous êtes virée, dit Trudy.

— Vous ne pouvez pas chasser la productrice, idiote.

Trudy vint se planter tout près d'Elsbeth et, se penchant au-dessus d'elle, hurla :

— Vous êtes toujours à me dire ce que je ne peux pas faire ! Je peux faire tout ce que je veux. Et maintenant sortez d'ici !

— Non.

— Dehors, dit-elle en pointant le doigt vers la porte.

— Si je pars, le reste du financement part aussi !

William leva des yeux pleins d'espoir. Sa mère poursuivit, en comptant sur ses doigts :

— Il y a la location de la salle, le transport, sans parler du décor, et quant aux costumes des soldats, nous ne les aurons qu'après avoir payé le solde.

— Oh ! m… misère ! dit Trudy, et elle serra les poings sur ses tempes.

Faith se remit à sangloter bruyamment. Les acteurs levèrent les bras au ciel ou jetèrent leur texte à terre, et William s'approcha du devant de la scène.

— Mère, vous gâchez tout pour tout le monde…

— Moi ? Ce n'est pas *moi* qui gâche tout !

Tilly, qui suivait la scène depuis un recoin sombre, sourit.

— Si, justement, vous interrompez sans cesse…, enchérit Purl en s'avançant.

— Comment osez-vous, vous n'êtes qu'une…

— Elle sait déjà ce que vous pensez d'elle, tonna Fred, venant se placer à côté de Purl.

— Oui, dit Purl et, pointant un ongle rouge sur Eslbeth : Et je sais aussi ce que votre mari pensait de vous.

— Et de toute façon, Elsbeth, je peux payer les costumes des soldats, moi : j'ai encore tout l'argent des primes d'assurance dans le coffre-fort de la poste ! s'écria Ruth, triomphante.

Tout le monde se retourna pour la dévisager.

— Tu ne l'as pas encore envoyé à la compagnie d'assurances ? demanda Nancy.

Ruth secoua la tête.

— Vous voyez ? s'écria Trudy. Nous n'avons aucun besoin de vous. Vous n'avez qu'à partir et aller acheter ce satané tracteur pour William.

— Personne n'est assuré ? cria Fred.

Ruth commença à reculer, l'air effrayé.

Nancy posa les poings sur ses hanches, et foudroya du regard l'assemblée.

— Bon, il n'y a pas eu de tremblement de terre ces derniers temps, que je sache, et vous ne pensez tout de même pas qu'il suffise que vous découvriez qu'elle n'a pas payé pour qu'il y ait des feux et des inondations, non ?

— C'est vrai ! lança Trudy.

La troupe paraissait désemparée.

— Nous ne pouvons pas gagner sans les costumes de soldats…, suggéra Faith, faiblement.

— Ni sans décor, enchérit Trudy, les mains sur ses hanches.

Les membres de la troupe échangèrent des regards, puis s'assemblèrent lentement derrière leur metteur en scène.

Elsbeth frappa du pied et hurla :

— Vous n'êtes tous que des imbéciles ! Des crétins, des idiots, des boutiquiers et des demeurés, vous êtes grossiers, ridicules et vulgaires…

Elle allait sortir d'un air furieux, mais elle s'arrêta et se retourna à la porte, ajoutant :

— … haïssables tous tant que vous êtes. J'espère bien ne plus jamais revoir un seul d'entre vous.

Elle fit une sortie magistrale et claqua la porte derrière elle. Les vitres tremblèrent, et la poussière tomba des abat-jour.

— Bon, dit Trudy. Recommençons, d'accord ?

— Je n'ai pas pu poser ma question, dit Bobby.

— Bon, posez-la, fit Trudy, grinçant des dents.

— Eh bien, quand vous dites : « Disparais ! Disparais ! », eh bien… il est où ?

— Qui ?

— Ben, Eustache.

Mars arriva. La température grimpait, et les vents chauds du nord saupoudraient la lessive sur les cordes à linge et les buffets d'une fine poussière brune. William Beaumont — Duncan, roi d'Ecosse — avait rendez-vous à 11 h 30 pour son premier essayage. Il apparut sur le perron de Tilly à 11 h 23.

Elle le fit entrer.

— On retire la chemise, dit-elle.

— Bien sûr.

Il eut du mal avec les boutons, mais elle put finalement lui présenter un gilet de calicot, qu'elle haussa pour qu'il y passe les bras.

— C'est ça ? dit William, déçu.

— C'est une toile. Il est d'usage de confectionner d'abord une toile pour obtenir un ajustement parfait, pour éviter d'avoir trop d'essayages.

— Alors ce sera jaune avec de la dentelle, comme on avait dit ?

— Exactement comme vous le désiriez.

Il fallait remonter un peu l'arrondi de l'aisselle (bras maigres), mais elle avait bien calculé l'encolure. Elle réépingla les coutures d'épaules, redonnant de l'ampleur autour du bras pour accommoder le dos rond de William, puis elle l'aida à se dégager de la toile et retourna à sa grande table.

William se retrouva planté dans la cuisine, bras ballants, en maillot de corps. Il la regardait se pencher au-dessus de l'étoffe jaune avec des épingles dans la bouche, et faire des choses savantes avec une craie de tailleur, une aiguille et du fil. Quand elle releva la tête, il se hâta de contempler l'ampoule électrique en se balançant sur la plante des pieds, mais il ne put s'empêcher de la regarder encore tandis qu'elle épinglait de la dentelle sur un col avec ses longs doigts fins. Elle souleva l'habit jaune et aida William à le revêtir, puis elle tourna autour de lui en tirant ici et là et en traçant des traits avec un morceau de craie fine, provoquant des sensations tellement émoustillantes dans ses côtes et son épine dorsale que son scrotum se contracta et ses cheveux lui picotèrent le crâne.

— Savez-vous votre texte ? s'enquit poliment Tilly.

— Oh ! Oui, Trudy m'aide.

— Elle prend tout ça très au sérieux.

— Très, dit William, et il avança la lèvre inférieure pour souffler, faisant voleter sa frange.

— C'est une pièce très complexe.

— Pensez-vous avoir une chance de gagner ?

— Oh oui ! Tout va se mettre en place, répondit William, baissant les yeux vers la fourrure qui bordait le bas de son manteau. Les costumes sont vraiment splendides.

— Splendides, répéta Tilly.

Elle épingla les modifications, et il le réessaya. Tout en s'admirant dans le miroir, William demanda :

— Comment trouvez-vous que ça se passe ?

— A peu près comme je l'imaginais.

Il palpait à deux mains l'épais satin ornementé, effleurait le bord en fourrure.

— Vous pouvez l'ôter, maintenant, dit Tilly.

William rougit.

Cette nuit-là, incapable de s'endormir, il sortit sur la galerie. Il alluma sa pipe et resta là à contempler la pelouse carrée du jeu de croquet tondue de frais et illuminée par la lune, les lignes droites et blanches du court de tennis, la nouvelle écurie et son tracteur déglingué, qui gisait en gros éléments épars sous l'eucalyptus.

Trois semaines avant la grande soirée d'ouverture, Trudy demanda à la fin de l'enchaînement des actes I et II :

— Combien de temps ont-ils mis ce soir, Miss Dimm ?

— Quatre heures et douze minutes.

— Bon Dieu !

Le metteur en scène ferma les yeux et se mit à enrouler une mèche de cheveux autour de ses doigts, sans plus s'arrêter. La troupe recula, se rapprochant discrètement des coulisses ou du vestiaire en jetant des coups d'œil désespérés vers les sorties.

— Bon. Tout le monde en place — on la refait.

Ce calvaire se reproduisit le samedi et le dimanche après-midi, et tous les soirs de la semaine. Enfin vint le jour tant attendu de l'inspection des costumes. Tilly observa que Trudy avait beaucoup maigri. Elle s'était rongé les ongles jusqu'au sang, et de larges plaques blanches de peau nue apparaissaient sur son crâne, là où elle s'était arraché des cheveux. Elle marmonnait des bribes de *Macbeth* et criait des obscénités dans son sommeil. Elle se présenta devant sa troupe en robe tachée, avec des chaussures dépareillées.

Sereine, Tilly était assise derrière elle, un mètre de couturière autour du cou.

— Bon, dit Trudy. Lady Macduff ?

Purl fit son apparition sur scène en volumineuse jupe de satin enflée d'une énorme tournure. Elle avait le visage poudré de blanc et rehaussé de rouge, ses cheveux relevés en plusieurs étages de boucles étaient surmontés d'une haute fontange enrubannée. Un ample col raidi par une armature en fil de fer et bordé de volants agrémentés d'un feston de perles encadrait son joli visage en vacillant depuis le sommet de sa fontange jusqu'à ses aisselles. Les manches avaient une forme de citrouille extrêmement accentuée, le décolleté coupait en deux ses jolis seins, les faisant jaillir du corsage très étroitement corseté. Les hommes lorgnèrent lubriquement, et les sorcières ricanèrent.

— Ce costume est très lourd, haleta Purl.

— C'est moi qui l'ai conçu tel qu'il est, espèce d'idiote — c'est le genre de choses qu'ils portaient au XVIIe siècle. Pas vrai, costumière ?

— Oui. C'est exactement ce que portaient les aristocrates à la cour vers la fin du XVIIe siècle, dit Tilly.

— Je n'arrive pas à respirer, dit Purl, pantelante.

— C'est parfait, trancha Trudy.

Les hommes opinèrent.

— Suivant. Duncan !

William émergea des coulisses. Des bouclettes rouge feu encadraient son visage blanc de poudre aux pommettes fortement rougies et aux lèvres écarlates, avec un grain de beauté sur chaque joue. Les boucles jaillissaient d'une couronne d'or incrustée d'émeraudes grosses comme le Taj Mahal, et un jabot de dentelle lui cascadait jusqu'à la ceinture sur une chemise également en dentelle. Par-dessus venait le manteau jaune bordé de fourrure qui lui descendait au genou, et dont les poignets mousquetaires pendaient jusqu'à la bordure en fourrure. Il portait des bas de soie blancs transparents et de hautes bottes dont les revers lui retombaient mollement autour des chevilles. Il prit une pose noble et lança vers sa femme un regard rayonnant, mais elle se contenta de demander :

— Cette couronne ne risque pas de tomber ?

— Elle est fixée à la perruque, la rassura Tilly.

— Bon, alors voyons ce que vous avez fait de Macbeth.

Lesley fit une entrée gracieuse, sous son grand chapeau en pain de sucre ombragé d'une forêt de plumes, droites ou ondulantes. Des frous-frous de dentelle et de volants lui virevoltaient autour des oreilles, à partir du col d'une ample chemise de soie blanche dont les pans tombaient jusqu'au genou et s'agitaient au gré de fleurs artificielles cousues au bas de diverses jupes et jupons. Il avait un gilet de velours rouge, des bas rouges assortis, et ses chaussures à hauts talons s'ornaient de lacets de satin si larges qu'on n'aurait pas su dire de quelle couleur elles étaient.

— Parfait, dit Trudy.

Les soldats derrière elle la singèrent, « Pa-arfait », en remuant les poignets.

Trudy fit le tour complet de sa troupe en costumes baroques XVIIe, qui s'apprêtait à jouer la tragédie de Shakespeare sur le meurtre et l'ambition — au XVIe siècle. Ils étaient à la queue leu leu sur la scène minuscule, tels des figurants d'un film de Hollywood attendant leur déjeuner à la cantine du studio, formant une file de longues silhouettes colorées et de robes vaporeuses, de vertugadins et de fanfreluches, d'aigrettes pointées vers les cieux, de cartouchières et de casques en queue de langouste d'où s'échappaient des accroche-cœurs, de plumes dressées sur des chapeaux et des coiffures qui atteignaient les chevrons, de visages pâteux aux lèvres rouges qui s'encastraient comme des portraits dans des cols en roue de charrue ou à manger de la tarte.

— Parfait, dit encore Trudy.

Tilly acquiesça, souriante.

31

Tilly avait le dos et les épaules raides et endolories. Elle avait mal aux bras et l'extrémité des doigts à vif, ses yeux la piquaient, et des cernes descendaient jusqu'à ses pommettes délicates, mais elle était heureuse, ou presque. Comme la transpiration lui rendait les doigts glissants, elle s'autorisa une concession — elle fit la bordure en dentelle des pantalons bouffants des soldats en jacquard de jersey rouge et blanc au point de surjet, alors qu'elle aurait dû faire un bourdon. Elle noua le dernier point et, en se courbant pour couper le fil avec ses dents, elle entendit Mme Vionnet lui dire : « Mangez-vous avec des ciseaux ? »

Le sergent Farrat lui racontait les répétitions : « Et ce Lesley ! Bon, il ne se donne pas vraiment d'importance, mais il s'immisce toujours, il glisse leur texte aux autres — ce qui énerve au plus haut point Miss Dimm, bien sûr, puisque c'est elle le souffleur. L'inspecteur joue trop chargé, mais Mona est très bien, elle remplace au pied levé tous ceux qui ne viennent pas. Nous avons tous attrapé la grippe estivale, mal à la gorge et sinus bouchés, personne n'a vu Elsbeth, tout le monde déteste Trudy — je ferais un meilleur metteur en scène, parce que moi, au moins, je suis *déjà* allé au théâtre. »

Ils arrivèrent à la répétition les bras chargés de culottes bouffantes et de vestes en velours bordées de plumes d'autruche tandis que dehors le vent chaud du nord gémissait le long des fils télégraphiques. A l'intérieur, la troupe semblait paralysée de peur. Ils étaient littéralement emprisonnés tout au fond de la scène par le metteur en scène, assiégés par plusieurs chaises en bois cassées. Trudy avait les yeux vitreux et largement cernés de bleuâtre, et son cardigan était boutonné tout de travers.

— Recommencez, intima-t-elle dans un souffle, menaçante.

Lady Macduff, qui tenait une poupée enveloppée d'une sorte de moumoute en peluche, regarda son fils. Fred Bundle prit une profonde inspiration et commença :

« Le fils : Et doit-on pendre tous ceux qui jurent et mentent ?

Lady Macduff : Tous.

Le fils : Qui doit les pendre ?

Lady Macduff : Mais, les honnêtes gens.

Le fils : Alors les menteurs et les jureurs sont des imbéciles, car il y a assez de menteurs et de jureurs pour battre les honnêtes gens et les pendre. »

— Nonononononononnononnononon, vous êtes nuls ! hurla Trudy.

— C'était juste, protesta Miss Dimm. Il l'a bien dit, cette fois.

— Non.

— Si, répliqua l'équipe en chœur.

Trudy s'avança lentement vers le devant de la scène et fixa sur la troupe un regard démoniaque.

— Vous osez me contredire ? Puis, sa voix grimpant d'une octave : J'espère que vous serez atteints de dysenterie et j'espère que vous aurez tous la vérole et que vous mourrez de déshydratation avec d'énormes croûtes partout sur le corps qui suinteront et j'espère que vos bites vont noircir et se putréfier, et tomber, et j'espère que vous, les femmes, vous moisirez toutes de l'intérieur et que vous puerez comme un bateau de pêche pourri au soleil, j'espère que vous…

William s'approcha de sa femme, tendit le bras en arrière pour prendre de l'élan et lui lança dans la figure une gifle si forte que Trudy fit un tour complet sur elle-même. Le déplacement d'air fit tressaillir le rideau de scène. Il parla très doucement à Trudy, tout près de son visage cramoisi et ruisselant de sueur.

— Je sais que le médecin est en ce moment même à l'Hôtel de la Gare. Si tu émets encore un seul son ce soir, nous allons te ficeler sur cette chaise avec du fil de pêche, puis nous irons le chercher et nous jurerons tous sur la Bible que tu es folle.

Il se tourna vers la troupe et, d'une voix frémissante mais assurée, les prit à témoin :

— N'est-ce pas ?

Ils acquiescèrent.

— Oui, dit Mona, s'avançant jusque sous le nez de sa belle-sœur. Tu es une mauvaise mère… William aura la garde de ce pauvre bébé, et tu iras à l'asile.

Elle tendit l'enfant à William. La troupe acquiesça de plus belle. Felicity-Joy se nicha entre les bras de son père, se fourra dans la bouche le bout de son jabot en dentelle, puis elle tendit la main et lui introduisit délicatement son petit médius dodu dans une narine.

— Je pense que nous devrions faire relâche ce soir, reprit Mona. Pas vous ?

— Oui, approuva William. Allons au pub. Et reportons à demain la répétition en costumes.

L'équipe s'en alla, riant et bavardant, en joyeuse vadrouille dans l'obscurité de la grand-rue, dans un ballet de plumes et de dentelle qui leur dansaient aux poignets et aux genoux.

Trudy se tourna vers Tilly, qui restait calmement assise de l'autre côté de l'allée, et la dévisagea de ses yeux fixes et exorbités. Tilly haussa un sourcil interrogateur, puis suivit les autres avec un mouvement d'épaules.

Plus tard, ils rentrèrent tranquillement chacun chez soi

où pétrifiés dans leurs lits, les yeux rivés sur les formes indécises de la nuit, ils restèrent à mijoter dans l'inquiétude et le doute. Ils ressassaient la pièce dans leur tête, rejouaient les entrées et les sorties de scène, espérant que le public ne s'apercevrait pas qu'ils jouaient chacun trois personnages. Nul ne ferma l'œil.

32

Le jour de l'*eisteddfod* arriva, inhabituellement chaud et venteux. Les vieux os d'Irma Almanac lui faisaient si mal qu'elle mangea un petit gâteau supplémentaire avec sa tasse matinale de thé à la griffe du diable. Le sergent Farrat prit un bain particulièrement prolongé, parfumé à l'essence de lavande et à la racine de valériane. Purl prépara le petit déjeuner de ses hôtes — le docteur et Scotty — puis alla se coiffer et se faire les ongles. Fred arrosa l'allée et remit en ordre la salle du pub et la cave. Lois, Nancy et Bobby se joignirent à Ruth et à Miss Dimm pour un petit déjeuner cuisiné et copieux. Reginald passa voir Faith et partagea le jambon d'agneau frit de Hamish. Septimus fit une longue promenade dans le vent chaud et s'émerveilla de la beauté de cette poussière qui balayait l'immensité plate et jaune. Mona et Lesley firent des exercices de respiration et d'assouplissement, après un petit déjeuner léger à base de céréales et de pamplemousse. William trouva Trudy tremblante et roulée en boule sous les couvertures, qui mordillait ses jointures en marmonnant.

— Trudy, dit-il. Tu es notre metteur en scène et lady Macbeth. Maintenant, sois à la hauteur de ton personnage !

Il rejoignit Elsbeth dans la chambre d'enfant. Elsbeth tenait Felicity-Joy dans ses bras, près du berceau.

— Comment va-t-elle ?

— Pire.

Ils échangèrent un hochement de tête résigné. Elsbeth serra le bébé contre elle.

Tilly sauta à bas de son lit et sortit aussitôt. Elle s'immobilisa dans son jardin, enfoncée à mi-jambes dans les plantes, et contempla la ville déserte tandis que le convoi de spectateurs roulait vers Winyerp.

Bobby avait pris du retard. Il avait eu du mal à faire démarrer le car, qui maintenant vrombissait en cahotant dans la grand-rue en direction de la salle d'où, alors qu'il s'arrêtait le long du trottoir, le metteur en scène, lady Macbeth en personne, jaillit par la porte — éjectée comme une cartouche vide d'un fusil. Elle tomba à la renverse en plein soleil dans l'allée et rebondit deux fois puis, avec l'énergie d'un être possédé, se remit sur pied comme une acrobate de cirque. Elle serra les poings et les brandit contre les portes de la salle des fêtes, en hurlant et frappant.

— C'est à moi, à moi, vous ne seriez pas là sans ma mise en scène, mon organisation, mes conseils, aucun de vous. Je DOIS aller à l'*eisteddfod*, vous ne pouvez pas me chasser, c'est moi qui ai fait cette pièce…

A l'intérieur, la troupe barricadait les portes avec des chaises et le baquet de sable qui avait servi à tenir l'arbre de Noël. Trudy donnait des coups dans la porte. Ils ne bougeaient pas. Elle se retourna et aperçut le car. Bobby tira vite la poignée pour claquer la portière, puis il attrapa les clés et se jeta à plat ventre. Trudy se mit à lancer des coups de pied dans la portière, mais sans succès. Elle finit par grimper sur le capot et par taper sur le pare-brise avec ses poings.

Les visages peints des Macduff et des soldats effrayés se massaient derrière les vitres de la salle. William fit un signe au médecin qui observait la scène du balcon et qui vida alors son verre de whisky, le posa sur la balustrade, puis prit sa sacoche et, en quelques instants, eut rattrapé l'infatigable démente qui se démenait. Il lui tapa sur l'épaule.

— Qu'est-ce qui se passe ?

Trudy avait l'écume à la bouche et grinçait des dents.

— Eux, là ! hurla-t-elle. Ce tas de cabots sans talent, ils veulent me fiche dehors !

Elle se retourna et désigna Mona.

— Elle veut me voler mon rôle, elle est comme sa mère !

Puis elle se précipita sur les portes closes de la salle des fêtes, l'épaule en avant, rebondit et se rejeta encore dessus de toutes ses forces.

— Mona Muncan ne jouera *pas* lady Macbeth. Ce sera *moi* !

Le médecin fit un signe à Bobby, qui risquait un œil par-dessus le tableau de bord. Il secoua la tête. Le médecin réitéra son geste.

— Je vais vous aider ! cria Nancy.

— C'est mon bus à moi aussi ! brailla Trudy.

Bobby courut jusqu'à elle et l'empoigna, et toute la troupe applaudit. Il lui tenait les poignets entre ses solides mains de footballeur. Trudy hurlait : « C'est moi lady Macbeth, c'est moi ! »

Le médecin brandit une grosse seringue, lui donna une chiquenaude avec le médius, visa et, un sourire malveillant aux lèvres, la planta dans le large derrière de Trudy. Il recula d'un pas tandis qu'elle s'effondrait dans l'allée, gisant là comme un cardigan abandonné, puis il lui lança avec mépris :

— Son âme est pleine de scorpions.

Ils la portèrent jusqu'à la voiture du médecin et l'y enfournèrent.

La troupe se mit en ligne comme les pompiers, chargea le décor sur le toit du car et l'y ficela solidement. Quand ils montèrent dans le véhicule, Mona se posta à la portière avec une sorte d'écritoire au creux de son bras vêtu de velours et cocha la liste, avec la robe de lady Macbeth qui traînait par terre autour de ses chaussures couvertes de dentelle, et Macbeth à son côté. Tout le monde trouva un siège et commença à s'éventer dans l'air torride avec des mouchoirs en dentelle. Debout à l'extrémité de l'allée, Lesley frappa deux fois dans ses mains. Le silence se fit.

— Votre attention, s'il vous plaît, notre productrice et metteur en scène de remplacement a quelque chose à communiquer.

Mona s'éclaircit la voix.

— Il nous manque Banquo…

— Je ferai Banquo ! cria Lesley en levant bien haut la main. Moi, moi, moi !

— On passe le prendre au poste, corrigea Bobby.

Il essaya de mettre le bus en marche, mais n'obtint que des toussotements et des crachottements. Il y eut un long silence.

— Bon, dit-il. Tout le monde dehors.

Tilly contemplait les bâtisses mornes et la rivière, lente et brune. Le toit du silo étincelait au soleil, et la poussière balayait la route empierrée qui menait au terrain de foot. Le vent chaud courbait les arbres. Elle rentra. Devant son miroir en pied, elle scruta sa silhouette. Un brillant halo la couronnait, tel un acteur éclairé par-derrière, au centre d'un nuage de poussière de craie et de bourre qui flottait dans les rais de lumière. L'arrière-plan squelettique était jonché d'éléments de couture et de raccommodage — lambeaux et chutes, vestiges de modes épars et remontant jusqu'au XVIe siècle. Entassés jusqu'au toit, enfoncés dans le moindre orifice de la petite maison branlante, des sacs et des sacs de débris de tissus déversaient des bouts de rubans, des fils coupés et des bouloches. Des étoffes émergeaient des coins sombres et de dessous les sièges, au milieu des moutons de fils de laine emmêlés de recoupes de satin. Des chiffons rayés, des chutes de velours, des bandes de veloutine, du lamé, des carreaux, des pois, des imprimés de cachemire et des tissus d'uniformes scolaires se mélangeaient aux boas de plumes, aux cotonnades semées de sequins, aux maillots de corps de tondeurs et à la dentelle de mariée. Des rouleaux d'étoffes de couleur étaient dressés contre les bords des fenêtres et en équilibre dans le fauteuil. Des bouts de croquis et de patrons — silhouettes élancées pour des femmes qui se croyaient minces — étaient fixés aux rideaux poussiéreux par des épingles et des pinces à linge. Il y avait, froissés et abandonnés par terre en tas, des images arrachées dans des magazines et des dessins de costumes griffonnés sur du papier de boucher, à côté de piles de fragiles patrons déchirés. Des mètres à ruban pendaient à des clous plantés dans les poutres et au cou de mannequins nus. Il y avait des ciseaux dans des boîtes de Milo vides, à côté de vieux bocaux bourrés de boutons et de pressions, comme des Smarties à un anniversaire. Des fermetures à glissière débordaient d'un sac en papier brun et serpentaient par terre jusque dans l'âtre. Sa machine à coudre attendait, bien droite sur sa tablette, spectatrice solitaire au fond de l'entrée sans porte. Des toiles en calicot destinées aux délicatesses baroques occupaient un coin entier.

Des fils électriques s'entrelaçaient entre les lattes et les poutres, le long desquelles étaient alignés des rouleaux de cotonnade. Côté cuisine, le four inutilisé était rempli de tasses, d'assiettes et de bols sales.

Elle se pencha tout près du miroir et s'examina. Elle vit un visage mince, las, durci par l'air de la campagne et aux yeux rougis. Elle empoigna un bidon de pétrole posé à ses pieds.

— « Il n'est si longue nuit qui n'atteigne l'aurore », dit-elle, et elle commença à arroser.

A l'intérieur du poste de police, Banquo réfléchissait à sa grande scène, tout en cherchant à atteindre le bout de son nez avec sa langue. Lui aussi était auréolé d'un rayon de soleil qui faisait luire la rose ornementale de ses chaussures baroques en cuir verni. Il mit la main à son épée comme pour la tirer et tonna :

— « Puis quand nous aurons couvert nos frêles nudités qui souffrent du froid, réunissons-nous et interrogeons cette œuvre de sang… »

Les baroqueux en nage et inquiets poussèrent le bus à reculons jusqu'au milieu de la route, puis ajustèrent leurs chapeaux vaporeux, rassemblèrent leurs jupes et coururent derrière le bus pour pousser encore. Il toussa, frémit, et s'ébranla en crachant une fumée noire et grasse.

Lorsque le sergent Farrat entendit l'explosion, il respira profondément et empoigna son chapeau bordé de plumes d'autruche en criant :

— Faut y aller !

L'inspecteur émergea de sa cellule en haillons de jute boueux, avec une grande cuillère en bois dans la main.

— Vous croyez que je devrais m'en servir, Horry ? Pour l'effet ?

— Comme ça vous chante, dit le sergent.

Le bus s'arrêta dans un hoquet face à Banquo et à la sorcière n° 3, devant le poste de police.

— « A vous donner le bonjour », lança Banquo en saluant d'un geste ample et profond avant de renfoncer d'un grand coup son chapeau sur ses boucles platine.

Personne ne répondit à son sourire.

— Carburateur ? s'enquit l'inspecteur.

Et il monta à bord. Il prit place avec les autres sorcières.

— Des saletés dans l'essence, à mon avis. Mais on arrivera, dit Bobby.

— Bon, eh bien alors, allez-y, dit Banquo. Je ferais mieux de vous suivre avec la voiture de police : elle marche parfaitement.

— Je suis lady Macbeth à présent, déclara Mona. Gertrude est, euh…

— Oui, dit Banquo, mettant son chapeau sur son cœur. Terrible nouvelle.

William regarda par la vitre.

Le car s'éloigna avec fracas de Banquo qui agitait ses plumes. Derrière lui, sur la Colline, un filet solitaire de fumée bleutée sortait de la cheminée de Tilly.

Tilly détacha la vache et donna une tape sur son gros flanc osseux, l'envoyant dévaler la colline dans un tintinnabulement de clochette et un grand balancement de mamelles. Tilly traversa une dernière fois la ville déserte. En chemin, elle libérait les chiens attachés, ouvrait les poulaillers, et elle alla délivrer tous les animaux chéris de Bobby. Elle dégagea le cou des moutons retenus par des cordes à de vieilles traverses de chemin de fer sur des terrains vagues, et envoya les poneys des petites filles trotter vers les plaines.

Le sergent Farrat rassembla les pages de son texte et s'admira encore une fois, puis se dirigea vers sa voiture. Les clés étaient habituellement par terre sous le volant, mais elles n'y étaient plus. Il palpa sa poche sur sa cuisse et s'aperçut qu'il n'était pas en uniforme. Derrière lui, des volutes de fumée bleu-gris s'échappaient de sous le toit en tôle rouillée de Tilly et suintaient à travers le feuillage bleuté qui tapissait sa maison.

Tilly Dunnage, assise sur sa Singer portable sur le quai de la gare, observait les nuages de vapeur grise qui, des blondeurs de l'horizon, venaient haletants vers elle. Comme tenue de voyage, elle avait choisi un pantalon ajusté en matelassé bleu lumineux, noué à la taille par une cordelière de soie rouge. Simple et raffiné, son chemisier était coupé d'une main experte dans une largeur et demie de voile blanc de bonne sœur expédié d'Espagne. Elle regarda sa montre. Pile à l'heure. Elle fit un clin d'œil au cacatoès dans sa cage posée à côté de la valise. Derrière eux, un brouillard bleu s'approchait pour recouvrir Dungatar.

Le sergent Farrat entendit de loin le train arriver, s'arrêter, puis siffler et s'éloigner. Il s'éventa avec son chapeau à plumes pour chasser la fumée, puis fronça les sourcils, huma l'air, et se retourna vivement pour regarder vers là-haut.

— Mes robes ! cria-t-il en s'empourprant. Oh ! mon Dieu, oh ! Tilly…

Il lâcha son chapeau et se frappa les joues. Les pompiers étaient tous en route vers la salle de spectacle de la mairie de Winyerp.

Il décida de courir. Pour la première fois en quarante ans il se précipitait. Il courut aussi vite qu'il put vers la maison en flammes de Tilly, hurlant, la gorge en feu.

Arrivé au sommet de la Colline, il chancela et s'arrêta brusquement, rouge et pantelant. A travers les épaisses coulures de pâte à crêpes de son fond de teint, il pouvait voir les flammes s'égailler derrière ses hauts talons vernis et se propager dans les tiges et les herbes sèches jusqu'aux chaumes brunis, puis dévaler la colline vers le bourg. Le feu sortait en tourbillons des portes et des fenêtres de la maisonnette penchée. De petites volutes de fumée s'échappaient par les trous du toit en tôle ondulée. Joli effet, comme un tulle de mousseline, quelque chose qu'aurait pu porter Margot Fonteyn… puis il s'effondra, inerte, là où fleurissait jusqu'alors une touffe de myrte, entre le laurier-rose et les plants de rhubarbe. S'il avait changé de chaussures, peut-être aurait-il pu parvenir jusqu'au robinet. Mais c'eût été bien inutile, car Tilly avait coupé l'eau.

Devant la salle des fêtes de Winyerp, la troupe de *Macbeth* descendit du car et s'immobilisa sur le trottoir pour écouter le tonnerre d'applaudissements. A l'intérieur, le rideau avait fini par retomber sur les derniers rappels de la troupe du *Tramway nommé Désir*, mais les applaudissements n'en finissaient pas.

Quand ils pénétrèrent en masse dans la salle, le public

ne prêta guère d'attention à la troupe de *Macbeth* prenant vainement des poses tout au fond, près des toilettes. Percevant finement la tension nerveuse et la baisse de moral, l'inspecteur leur dit :

— C'est nous les meilleurs et on va gagner.

— Vous n'en savez foutre rien, gronda Fred.

HMS Pinafore s'étira sur une heure entière, interminable et oppressante, pendant que la troupe de Dungatar attendait en coulisses, au milieu des verres, des tasses et des vases bourrés de fleurs accompagnées de cartes disant : « Bravo, Itheca » ou : « Bonne chance, Winyerp ». Ils écoutèrent les matelots chanter et le public battre des mains en mesure. Lesley marquait le rythme avec son pied — Mona lui plaqua le sien par-dessus. Leur fond de teint commençait à couler, la colle qui fixait les faux cils à fondre, et leurs costumes à se tacher de sueur.

— Très réaliste, dit Lesley. Ils étaient comme ça, vous savez. Ils n'avaient pas de machines à laver et ils ne se baignaient jamais.

— Il y en a encore, des gens qui ne voient pas l'intérêt de se laver, lança Faith en orientant son éventail vers Lois.

— Il y a aussi des gens qui ne voient pas l'intérêt d'honorer leurs vœux de mariage, insinua Nancy.

— Au moins, je préfère les hommes, alors qu'il y a des pervers dans cette ville…

— Ça suffit ! cria Mona.

— On monte sur ses grands chevaux, Mona ? ricana Purl.

— Allons, allons, intervint William.

Ils comptèrent onze rappels martelés avec les pieds pour *HMS Pinafore*. Quand le vacarme s'estompa, lady Macbeth prit possession de la scène avec sa troupe. Le démonteur de décors chantait : « Je suis le parfait modè-èle d'un général mode-erne… »

— Hum hum, fit-elle en le foudroyant du regard.

Puis elle lui tendit son plan de scène, et s'adressa à sa troupe :

— Nous allons faire une rapide répétition générale, et ensuite nos exercices d'échauffement et d'assouplissement. Mais commençons par nous mettre en voix.

Ils formèrent un cercle pour chanter en canon *Three Blind Mice*. Lesley insista pour qu'ils terminent leur mise en voix par une amicale étreinte de groupe, puis ils se retirèrent pour « se concentrer ».

Le rideau allait se lever, et Banquo n'était toujours pas là. Lesley frappa dans ses mains et dit :

— Votre attention, s'il vous plaît.

— Comme nous n'avons pas de Banquo, Lesley fera Banquo, annonça alors Mona.

— Il ne connaît pas le texte…, objecta William.

— Je l'ai scotché sur la colonne à côté de la porte, dit Mona. Il n'aura qu'à le lire.

— Mais…

— Il en est capable, coupa Mona. Il est comédien.

Le public — maris et femmes des acteurs, mères et enfants de Winyerp, d'Itheca et de Dungatar — occupait les places du fond, jusqu'au panneau de sortie. Le jury, lui, siégeait au premier rang, assis derrière une table à tréteaux. Le rideau se leva.

Environ une heure plus tard, dans l'acte I, scène v, Mona se tordait sur le lit à baldaquin : « … à croasser l'entrée fatale de Duncan — sous mes créneaux ! Accourez, esprits qui veillez sur les pensées de mort ! Enlevez-moi mon sexe… »

Elle se masturbait à travers ses jupons, elle haletait, sanglotait, et s'agitait en tous sens. Les spectateurs se tortillaient, les chaises grinçaient, puis l'acte s'acheva et les lumières s'éteignirent.

Quand elles se rallumèrent treize secondes plus tard pour l'acte II, Banquo et Fleance firent une entrée magnifique, pour s'apercevoir que leur public avait disparu. Seuls restaient les quatre juges, penchés les uns vers les autres, qui chuchotaient. Une solide bonne femme à chapeau de paille se leva et dit :

— Ce sera tout.

Puis ils s'en allèrent bruyamment, sans un regard en arrière. La troupe émergea des coulisses et les suivit des yeux vers la salle des rafraîchissements où avaient lieu le repas et les remises de prix.

33

Ils ne dirent pas grand-chose pendant le voyage du retour. Ils buvaient de l'eau-de-vie de pastèque dans la coupe qui leur avait été attribuée pour les meilleurs costumes, et se laissaient ballotter mollement dans le bus brinquebalant.

— Le sergent Farrat va être content, dit Mona.

— Nous aurions dû faire une comédie musicale, lança Nancy en dévisageant Mona. Qui a choisi Shakespeare ?

— C'était la seule pièce de théâtre de la bibliothèque, expliqua Muriel.

— De toute façon, personne ne sait chanter, observa Ruth.

— Ni jouer du théâtre ! ricana Faith.

Tard dans l'après-midi, le car et toutes les voitures des habitants du bourg s'arrêtèrent devant la salle des fêtes. Plus précisément, là où avait été la salle des fêtes. La troupe descendit lentement du car et resta interdite, à regarder alentour. Tout était noir et fumait encore — la ville entière avait été rasée. Il restait quelques arbres racornis, ici un poteau électrique, là une cheminée en brique. Des chiens domestiques inquiets étaient assis là où auparavant s'ouvraient des barrières, et des poulets picoraient entre les citernes tordues et les toits en tôle qui jonchaient le paysage noir. La troupe se tenait immobile dans la fumée tenace, le mouchoir sur le nez et les yeux pour tenter d'échapper à l'odeur de caoutchouc brûlé, de bois, de peinture, de voitures et de rideaux calcinés.

Ils se dirigèrent en masse vers la grand-rue où ils s'arrêtèrent pour regarder à droite et à gauche avant de traverser, puis, le long de l'allée charbonneuse, ils passèrent devant la carcasse grinçante du magasin Pratt, où des boîtes de conserve avaient explosé et des rouleaux d'étoffe se consumaient encore. Reginald partit à la recherche de sa scie de boucher, mais ne récupéra qu'une sculpture abstraite fondue. Parvenus au sommet de la Colline, enfoncés jusqu'aux chevilles dans des buissons brûlés encore chauds, ils eurent une vue d'ensemble du paysage où avaient existé leurs maisons, tas de charbon et de débris noircis encore fumants. Les buts du terrain de foot ressemblaient à des allumettes usagées tombées en vrac sur l'ovale noir, et les saules qui avaient bordé la courbe de la rivière n'étaient plus que de grands échafaudages nus, morts et tordus.

Roussi et barbouillé de suie, assis dans l'âtre de la cheminée, le sergent Farrat agitait un rameau noirci et rabougri entre ses souliers vernis cloqués.

— Qu'est-ce qui s'est passé ? demanda l'inspecteur.

— Il y a eu un incendie, fit le sergent Farrat en continuant à agiter sa branchette.

— Mon école, sanglota Miss Dimm.

Ils se mirent tous à pleurer, d'abord lentement, sans bruit, puis de plus en plus fort. Ils se lamentaient en oscillant sur eux-mêmes, criaient et gémissaient, leurs visages rougis et tordus, leurs bouches grandes ouvertes, terrifiés comme des enfants perdus dans une foule. Ils étaient sans logis et le cœur brisé, les yeux fixés sur les pistes cendrées, étalées comme des traces de doigts noirs. Au nord, le feu s'était propagé le long de la piste jusqu'au cimetière, puis la zone coupe-feu l'avait arrêté aux confins du bourg.

— Bon, dit Lois. Après tout, nous sommes tous allés chez Ruth pour payer notre assurance, pas vrai ?

Ils commencèrent à se calmer, faisant oui de la tête en essuyant leurs larmes et en se frottant le nez sur leurs manches.

Ruth parut soudain horrifiée.

— Mais non, rappelez-vous, j'ai donné l'argent à Tilly pour les costumes des soldats.

Pétrifiées sur la colline noire, dans l'air immobile et brûlant, au milieu des filets de fumée qui s'insinuaient dans leurs bas et leurs jupes enrubannées, avec les planches calcinées de la maison de Tilly derrière eux qui craquaient et crépitaient tout bas, les bonnes gens de Dungatar dévisagèrent Ruth. Le sergent fut pris d'un fou rire hystérique.

— Qu'est-ce qu'on va faire maintenant ? demanda Fred.

— Boire un coup, dit Scotty, et il but.

L'inspecteur tendit la main vers la bouteille.

— Oh ! je vois la maison de maman, d'ici ! dit Mona, et elle adressa à son frère un petit sourire en coin.

Il s'illumina et se balança sur la pointe des pieds. Les gens de Dungatar regardèrent la maison du domaine, intacte et entière, par-delà la ville en ruine, parfaite au loin sur son petit tertre, avec son toit de tôle ondulée qui miroitait, rouge au soleil couchant.

— Bon vieux Monbeaupet, dit William.

— Allons voir mère, suggéra Mona.

Tous ensemble, ils s'ébranlèrent en direction de Windswept Crest, groupe disparate, empêtrés dans leurs costumes baroques tellement réalistes.

CHEZ MOSAÏC

Par ordre alphabétique d'auteur

KARMA BROWN	*Des millions de larmes et de rires*
T.J. BROWN	*Les héritières*
T.J. BROWN	*Le printemps des débutantes*
T.J. BROWN	*Le temps des insoumises*
DIANE CHAMBERLAIN	*Une vie plus belle*
DIANE CHAMBERLAIN	*Des mensonges nécessaires*
SUSAN CRAWFORD	*Qu'est-il arrivé à Celia Steinhauser ?*
SYLVIA DAY	*Afterburn/Aftershock*
BARBARA DELINSKY	*Le goût salé du secret*
MEG DONOHUE	*Les filles de la plage*
VALERIE GEARY	*Celles de la rivière*
JAMES GRIPPANDO	*Les profondeurs*
ADENA HALPERN	*Les dix plus beaux jours de ma vie*
ADENA HALPERN	*On n'est jeune que deux fois*
ROSALIE HAM	*Vengeance haute couture*
KRISTAN HIGGINS	*L'Amour et tout ce qui va avec*
KRISTAN HIGGINS	*Tout sauf le grand Amour*
KRISTAN HIGGINS	*Trop beau pour être vrai*
KRISTAN HIGGINS	*Amis et RIEN de plus*
KRISTAN HIGGINS	*L'homme idéal… ou presque*
KRISTAN HIGGINS	*Un grand amour peut en cacher un autre*
KRISTAN HIGGINS	*A un détail près*
KRISTAN HIGGINS	*Sans plus attendre*
LUCY HOLLIDAY	*Audrey Hepburn, la vie et moi*
ELAINE HUSSEY	*La petite fille de la rue Maple*
ELAINE HUSSEY	*Sweet Mama's Café*
JACK KERLEY	*Clandestinos*
MARY KUBICA	*Une fille parfaite*

…/…

CHEZ MOSAÏC

Par ordre alphabétique d'auteur

LISA JACKSON	*Le couvent des ombres*
LISA JACKSON	*Ce que cachent les murs*
LISA JACKSON	*Passé à vif*
LISA JACKSON	*De glace et de ténèbres*
LISA JACKSON	*Linceuls de glace*
LISA JACKSON	*Le secret de Church Island*
LISA JACKSON	*Dernier soupir*
LISA JACKSON	*Ne réveille pas le passé*
JAMES LILLIEFORS	*Le dernier psaume*
CHRISSIE MANBY	*Une semaine légèrement agitée*
KATIE McGARRY	*Pour survivre*
KATIE McGARRY	*Hors limites*
KATIE McGARRY	*Prêts à tout*
KATIE McGARRY	*Pas sans lui*
MICHELLE PAINCHAUD	*Dans la peau d'Erica*
AMY REED	*Invincible*
TIFFANY REISZ	*Sans limites*
TIFFANY REISZ	*Sans remords*
TIFFANY REISZ	*Sans détour*
TIFFANY REISZ	*Sans peur*
M.G. REYES	*Emancipés*
NORA ROBERTS	*La fierté des O'Hurley*
NORA ROBERTS	*La saga des O'Hurley*
NORA ROBERTS	*Par une nuit d'hiver*
NORA ROBERTS	*Retour au Maryland*
NORA ROBERTS	*Rêve d'hiver*
NORA ROBERTS	*L'été des amants*
NORA ROBERTS	*Des souvenirs oubliés*
NORA ROBERTS	*Sous les flocons*
NORA ROBERTS	*Petits délices et grand Amour*
NORA ROBERTS	*Des baisers sous la neige*

…/..

CHEZ MOSAÏC

Par ordre alphabétique d'auteur

KAREN ROSE	*Elles étaient jeunes et belles*
KAREN ROSE	*Tout près du tueur*
KAREN ROSE	*Dors bien cette nuit*
KAREN ROSE	*Personne pour t'entendre*
KAREN ROSE	*Pour que tu n'oublies pas*
KAREN ROSE	*Tes larmes et ton sang*
KAREN ROSE	*La cible de trop*
GENA SHOWALTER	*Alice au pays des zombies*
GENA SHOWALTER	*Alice et le miroir des Maléfices*
GENA SHOWALTER	*La reine des zombies*
DANIEL SILVA	*L'affaire Caravaggio*
JACK SOREN	*Le monarque*
ROBIN TALLEY	*Des mensonges dans nos têtes*
MARILYSE TRÉCOURT	*Au-delà des apparences*
LOUISE VIANEY	*Une mariée de trop*

La plupart de ces titres sont disponibles en numérique.

Composé et édité par HARLEQUIN

Achevé d'imprimer en juin 2016

BRODARD & TAUPIN

La Flèche
Dépôt légal : juillet 2016

Pour l'éditeur, le principe est d'utiliser des papiers composés de fibres naturelles, renouvelables, recyclables, et fabriquées à partir de bois issus de forêts gérées selon un système d'aménagement durable. En outre, l'éditeur attend de ses fournisseurs de papier qu'ils s'inscrivent dans une démarche de certification environnementale reconnue.

Imprimé en France